大周互娱
DA ZHOU HU YU

斗破苍穹之

大主宰 23

天蚕土豆 ◎著

湖南人民出版社

目录
CONTENTS

第1章
年少出北灵，今朝登天门

嗡嗡。

混沌高空，一轮幽黑空洞晃落而下，其形飘渺，速度虽然不快，但是当其落下的那一刻，牧尘便知晓躲避不开。

这一刹那，无法形容的危机感涌上牧尘的心头，这让他明白，若是他稍有不慎，今日说不定就真的会陨灭在此。

因此，他心念一动，毫不犹豫地将不朽金身催动到极致，紫金光芒大放，也不顾不朽金身那浑身的裂纹，将其所有力量尽数调动。

于是，一朵巨大的不朽金莲再度出现，形成守护。

这是牧尘最强的防御手段，即便以他如今之能，也很难接连施展两次，因为那种消耗，会对不朽金身造成损伤。但眼下已是关键的时刻，他自然不会有所保留，否则一切都将会化为乌有。

就在牧尘催动着最强防御时，那一轮幽黑空洞终是落下，轻飘飘落在了那金莲之上。

碰触的刹那，有无尽黑光自幽黑空洞喷薄而出，黑光笼罩而下，刚刚接触到那金莲，只见金莲便剧烈颤抖起来，下一瞬间，竟然开始以肉眼可见的速度，迅速湮灭。

金莲化为虚无，甚至于连灵力，都在黑光的照耀下，凭空消散。

牧尘最为强大的防御，竟然在这黑光照耀下，毫无阻挡之力！

牧尘的心神在此时剧烈一震，此时他的肉身，已是重塑了大半，他抬头望着那在短短数十息间就被侵蚀掉的金莲，一种死亡的气息涌上心头。

若是常人在此时，恐怕早已惊骇绝望，但牧尘这些年也经历过不少生死之刻，所以眼眸中虽然有波动，但却并没有多少恐惧之色。

他紧抿着嘴唇，并没有因为那幽黑空洞的无可阻挡就放弃，反而紧守心神，自身与不朽金身相融合，竭力抗拒。

如此又是十数息过去，金莲彻底化为虚无，而那幽黑空洞再度飘落下来，这一次，直指不朽金身以及牧尘重塑到一半的肉身。

牧尘仰头，面色无喜无悲，只是不朽金身周身紫金光芒愈发强盛，远远看去，犹如一尊大佛，静坐于虚空中。

幽黑空洞落下，那等霸道无比的黑光，便倾洒到了不朽金身之上。

黑光照耀，紫金光芒便渐渐黯淡，最后不朽金身由头部开始，迅速化为虚无。

牧尘凝视着这一幕后，双目缓缓闭上，在这等毁灭之刻，他的心神，彻底跟不朽金身融合在了一起。

一种感悟，自心中升起。

黑光笼罩，不消片刻，不朽金身便在那黑光之下尽数化为虚无，而紧接着，牧尘那重塑到一半的肉身，也在黑光的照耀下，消散而去。

于是，混沌之间，牧尘的身影彻底消散，仿佛在那天尊劫下，化为虚无。

而随着牧尘的消散，那一轮幽黑空洞也缓缓消散于天地间。

整个混沌，则归于死寂。

这般死寂，不知道持续了多久，似十载，似百载。

血魔山外。

白素素他们凝视着那座巨大的浮屠塔，眼中有忐忑之色，虽说牧尘在那混沌之间仿佛修炼了数十载岁月，可这里，却不过才半日光景。

但即便是半日，却依旧让白素素他们忐忑不安。

因为他们能够感觉到，那座浮屠塔之上的灵光已经开始变得黯淡，也就是说，要不了多久，那血魔皇就会脱困而出。

到时候若是牧尘还未归来，他们这些人，都将会在血魔皇弹指间，化为飞灰。

"不必着急，我们已经做到了最后一步，是成是败，全由天定。"白龙至尊倒是显得淡然许多，想来是见惯了生死，而且他也知晓，事情到了这一步，再如何担忧都于事无补，与其白白担忧，还不如安静等待。

白素素闻言，也平静了一些，她微微点头，说道："大人一定会成功的！"

白龙至尊轻叹一声，他在大千世界中修炼了很长一段时间，自然很清楚想要晋升天至尊是何等艰难，即便大千世界中那些底蕴悠长的古族，想要造就一位天至尊都困难至极，只因在晋升天至尊时有诸多死关，稍有差错，便飞灰烟灭。

所以，他虽然觉得牧尘的确是天纵之才，但能否突破到天至尊，还真是未知数。

混沌之间，岁月不知流逝了多久。

忽有一日，混沌中有异动传来，只见那一片混沌中，出现了一颗紫金色的尘埃，那尘埃初始时光芒微弱，但在许久后，忽然紫金光芒大放。

光芒蔓延开来，那一颗紫金尘埃则是迎风暴涨，短短十数息后，竟化为一个约莫千丈的紫金光茧。

光茧之上，古老纹路蔓延，象征着不朽之意。

紫金光茧一形成，便鲸吞着天地间的混沌之光，如此许久后，似是达到了某种极限，只听得咔嚓一声，金茧上有裂纹蔓延出来。

咔嚓咔嚓！

裂纹一现便止不住地延伸，很快就蔓延到了金茧的每一个角落，紧接着，金茧一震，便爆碎开来。

亿万道紫金光芒暴射而出，竟连那混沌都遮掩不住。

此时混沌之间忽有一股无法形容的气息凝聚，在那股气息凝聚时，那混沌之光层层退去，仿佛不敢沾染。

只见那无尽的紫金光芒间，一道人影若隐若现，数息之后，人影便变得清晰起来。

只见那里，一个身躯修长的青年负手而立，玄袍大袖，周身紫金光芒萦绕，那些光芒每一次的闪烁，都会引得天地震荡，风起云涌。

而站立于紫金之光中的，自然便是牧尘。他那紧闭的双目在此时缓缓睁开，漆黑双目中，仿佛蕴含着乾坤苍穹，深邃无比，仅仅只是目光扫视，便令虚空动荡。

他微微低头，望着自身这具肉身，只见肉身闪着玉光，那是真正的无秽无垢，纯净到了极致，因为此时这具肉身，已是血肉与灵力彻底相融。

从今以后，即便他的肉身被硬生生摧毁，但只要天地间灵力尚存，他便能够一念之下，再塑肉身，当真可以不死不灭。

"这就是……天至尊吗？"

牧尘喃喃自语，那抬手可灭天地的伟岸之力，让他为之沉醉，这种力量，以往的他根本就无法想象。

他能够感觉到，就算他之前倾尽全力发动攻击，甚至催动八部浮屠，恐怕都不及此时他的一掌之力。

"如此力量，难怪天尊劫那般恐怖。"

牧尘抿了抿嘴，若非他在面临死亡之刻，与不朽金身相融，感悟到了那第三道至尊神通，恐怕此时的他，还真是凶多吉少了。

而这第三道至尊神通，名为"不朽生死变"，乃是不朽金身最后一道神通之术，极为玄妙神异，但其催发条件也异常苛刻，唯有面临真正的死亡时，才有机缘修成。

不过一旦修成，即便面临死亡，也能够在死亡之中浴火重生，并且变得更强。

只是这般神通却需要莫大的勇气，毕竟不是所有人都有那般胆魄，直面生死。

牧尘微微一笑，心中感叹，为了今日这一步，他历经磨难，多少次曾经失败，但却依旧坚守本心，不为外物所动摇。

而这般苦修磨砺，在今日，终于迎来了开花结果之时。

年少出北灵，今朝登天门。

从此天高任鸟飞，这大千世界，也将有牧尘的一席之地。

牧尘轻笑出声，袖袍一挥，他的身形便在这虚无之间渐渐消散，而那漫天混沌，也随之而去……

血魔山。

轰隆！

天地间，不断有轰鸣声响起，而每一次的轰鸣，都令白素素等人以及无数原住民生灵面色惨白，瑟瑟发抖。

因为那轰鸣声，来自那座浮屠塔。

而此时，浮屠塔不断震动着，显然是有着可怕的力量在其中肆虐，而看这模样，浮屠塔已是快要承受不住了。

轰！

又一次巨声响起，浮屠塔猛地一震，竟被震得冲天而起，塔底破碎，随即有血海席卷而出，最后在那半空中，化为血魔皇的身影。

白素素等人望着血魔皇再度出现的身影，心中涌起浓浓的绝望感。

不过，就在他们等死的时候，却发现那现身的血魔皇根本没有在意他们，反而一脸凝重地望着高空之上。

白素素等人先是一怔，然后猛地明白过来，顿时震惊抬头，只见在那无尽高空上，一道混沌之光从天而降。

混沌之光散去，一道熟悉的修长身影踏步而出，而后有一道朗笑声传来，令他们心中的恐惧尽数消散。

"有劳诸位久等了。"

天空之上，混沌之光散去，一道年轻身影凌空而立，他衣袍随风飘动，俊逸的面庞上有玉光萦绕，漆黑双目深邃如星空，让人只是看去便忍不住将心神沉溺在其中，难以自拔。

白素素和白龙至尊等人的目光，在牧尘现身的时候便停在了他的身上，紧接着，他们便清楚地感觉到了此时牧尘身上的不同。

以往的牧尘，体内灵力浩瀚磅礴，即便未曾运转，但依旧散发着可怕的灵力威压，让人感到压迫。

但此时的牧尘，却再没了那种压迫感，他面带微笑地立于高空，若是感应过去，仿佛此时他体内的灵力尽数消散了一般，竟是没有一丝一毫的灵力波动。

而且，虽然肉眼能够看见牧尘就站在那里，但在白素素他们的感知中，那里的虚空一片飘渺，根本就没有任何气息存在。

所以此时就算有人对着牧尘所在的方向发动狂暴的攻势，恐怕都沾染不到牧尘片角衣衫。

白素素与白龙至尊他们面面相觑，然后震撼的神色便攀爬上了他们的脸庞，他们当然不会以为此时的牧尘真的散去了浑身灵力而导致他们无法感应到他的存在，这种情况出现的原因，只有一个——那就是他们与牧尘之间的差距，已经达到了一个无法跨越的地步。

所谓的无法跨越，那就是牧尘已经成功地跨过了天障，踏入了天至尊的境界！

"大人……真的成功了？"

白素素喃喃道，美目中满是震撼之色，虽然她对于所谓的天至尊境极为陌生，但从血魔皇与血魔王之间的差距来看，便能够知晓这两个境界究竟拥有着何等巨大的鸿沟。

她会一直相信牧尘，其实大部分的原因，是因为她已经没有了其他的选择，牧尘是她最后的那道希望，所以为了不使自身绝望到崩溃，她唯有将那道希望死死握住，逼得自己相信，那道希望能够拯救他们。

只是，在压制下来的理智中，恐怕白素素也对牧尘突破到天至尊没有抱太大的希望，所以，当她在见到此时的牧尘时，才会震撼得无以复加。

"当真是天纵之才……"白龙至尊也在此时深深一叹，作为对大千世界极为了解的人，他非常清楚牧尘这等成就究竟是何等的惊人，如此天赋，当真是空前绝后。

同时他心中也感到无比庆幸，没想到当年那无意间结下的善缘，竟然真的能够完成他的心愿。

而在白素素等人因为牧尘的成功而震撼时，那血魔皇则是面色一片阴沉，原本那居高临下的优越感，在此时早已尽数消散。

因为当牧尘踏入天至尊的那一刻起，血魔皇就知道，他原本的碾压优势，已经荡然无存。

"该死，早知如此，之前就不该留手！"

血魔皇心中无比的后悔，之前与牧尘交手，他虽然没有留情，但却同样没有将手段施展到极致，不然的话，凭他这魔帝级的实力，不管牧尘手段再多，恐怕都讨不到半点好处。

更不用说，还能将他困住，为自己争取到最为关键的突破时机。

"现在后悔，可没多少作用。"牧尘瞧得血魔皇那阴沉的神色，便知晓他心中所想，当即一笑，道。

血魔皇眼角抽搐了一下，深吸一口气，压制下心中翻涌的情绪，面无表情道："就算你踏入天至尊，也不见得就能斗赢本皇！"

"不过如今的你，倒的确已经有了与本皇面对面相谈的资格，既如此，若是你答应，本皇可以率领部族，退出这方世界。"

牧尘闻言，洒脱一笑，道："阁下现在才想走，未免晚了一点吧？"

说着，他眼皮一抬，眸子中有冰冷之色凝聚而起："而且你们在这方世界中造成亿万杀戮，以为能够就这样算了吗？"

血魔皇眼中寒意一闪，抬起头来，眼神凶戾地盯着牧尘："本皇只是不想与你拼得两败俱伤，方才退步而已，你真以为本皇怕了你不成？！"

牧尘望着他这般色厉内荏的模样，淡淡一笑，单手结印，周身空间泛起波动，再然后，一黑一白两道身影，便自那波动空间中缓缓走出。

"既然如此，那就请赐教了。"

三个牧尘，眼神淡漠地看向血魔皇，周身的空间泛起一圈圈涟漪，涟漪扩散开来，整个天地都在此时震动了起来。

白龙至尊、白素素他们咽了一口唾沫，好半晌后，前者才倒吸一口凉气，震撼道："好恐怖的神通之术。"

牧尘那一气化三清，之前虽然也强悍，但却并没有让人感到有多震撼，可如今伴随着他踏入天至尊，再将此术施展开来时，才让人感到惊恐。

因为此术一旦施展，就变成了整整三位货真价实的天至尊！

望着天空上三个一模一样的牧尘，即便是血魔皇，眼中都忍不住涌起了一抹惊惧之色，原本他以为牧尘那分身之术，仅仅只能分出天至尊之下的化身，眼前这一幕，显然是将他震骇到了。

那就是说这如果要打的话，他将会面对三位天至尊！

这种战斗，不用想他也知道，必输无疑。

咻！

因此，这血魔皇袖袍一挥，只见滔滔血海顿时凭空而现，肆虐着天地，然后朝着三个牧尘席卷而去，而血魔皇本身，却直接化为一道血光暴射而退。

看这模样，他竟是打算不战而逃。

牧尘望着毫不犹豫暴退的血魔皇，则是讥讽一笑，他伸出手掌，冲着那席卷而来的滔滔血海一握，只见天地间光芒大放，前方的空间都断裂开来，形成巨口，一口便将那滔滔血海吞了进去，抛入另外的虚空之中。

而同时，他另外的手掌，朝着远处的血魔皇凭空一抓。

砰！

只见那片天地直接崩碎开来，化为巨大的空间黑洞，那无数空间碎片被一股无形的力量化为一只空间巨手，一把便将那血魔皇的身躯抓在其中。

轰！

无尽血光冲天而起，下一刹那，只见一个数万丈庞大的血红魔影凝现而出，震爆空间巨手，踏空而逃。

唰！

不过，就在此时，白袍牧尘出现在其上方，手指凌空点下。

嗤！

天地间有无尽罡风汇聚而来，竟化为一根万丈巨大的风柱，那风柱狠狠对着血魔皇那道魔影镇压下去。

血红魔影仰天咆哮，魔拳轰出，一拳便与那镇压下来的风柱硬撼在一起。

砰！

不过在接触的瞬间，风柱忽然凭空散去，化为亿万道罡风，每一道罡风掠过，都在那血红魔影上撕裂出道道伤口，引得那血红魔影发出痛嚎之声。

此时的牧尘，已入天至尊，每一次的攻击，都远比之前倾尽全力要恐怖，所以这血魔皇想要再如之前那般轻松，显然已是不太可能。

唰！

就在血红魔影被白袍牧尘拖住的时候，前者身前空间扭曲，一道黑袍身影便踏空而出，正是黑袍牧尘。只见他眼神漠然，没有半句废话，身躯上发出莹莹玉光，令此时的他看上去晶莹剔透。

这是真正的天至尊之身，一旦催动，举手投足间，都能够将天地伟力掌控，弹指间，便是天崩地裂。

黑袍牧尘催动天至尊之身，一掌拍出，仿佛没有什么威势，轻飘飘地落在了那血红魔影胸膛之上。

轰！

手掌落下，大地剧烈震动起来，然后便见到那血红魔影如遭重击，倒飞而出。在那惨嚎声中，魔影瞬间崩碎开来。

噗嗤。

魔影崩碎，一道血光狼狈射出，一口鲜血就喷了出来，赫然便是那血魔皇的真身。

短短一番交手，这血魔皇彻底落入下风，毫无抗衡之力。

三道光影从天而降，落在他周围三个方位，将他围困在其中，淡漠的眼神扫视而来，令血魔皇浑身都泛起了寒意。

血魔皇望着牧尘那蕴含着杀意的目光，心中知晓今日后者定然不会将自己轻易放过，随即眼神也渐渐变得狠戾起来。

"你真以为你赢定了吗？"他阴森地望着牧尘，狠狠说道。

牧尘双目微眯，指尖灵光凝聚，却不打算与其再说废话，准备直接下杀手。

咻！

不过，就在此时，那血魔皇一咬舌尖，一口精血喷出，直冲天际。精血之中，现出了一枚血红令符，令符炸裂，竟直接将那虚空炸碎开来。

"引魔符，诸魔降临！"

伴随着血魔皇森寒声音响起，那片虚空变得一片黑暗，中间形成了一条不知道通往何处的空间通道，在那通道的尽头，有着无比邪恶的气息传递过来。

牧尘见状，眼神猛地一凝。

通道的尽头，竟然是那域外邪族之域！

那是一方幽暗世界，日月暗沉，散发着灰暗之光，笼罩着无尽天地。

嗡！

这片天地间，忽有一道异样波动出现，一个巨大的空间漩涡成形，立即引得

这个世界中不少强大的存在的注意。

一道道目光穿越空间，望向那空间漩涡的尽头，那里似乎连接着一方下位面。

"竟然有人催动了引魔符。"

"看那波动，应当是血邪族，没想到那小族之中也会有魔帝出现，当真会隐藏。"

"不过毕竟是小族，底蕴薄弱，不然怎会被逼得动用引魔符，如此一来，引来其他人窥视，这方下位面怕是要与他们无缘了。"

"这引魔符只能引得一位魔帝降临，就看谁有那等兴趣了。"

……

一道道魔念在这片天地间交流着，不过暂时，却并没有哪位魔帝真要动手，毕竟那下位面已被血邪族榨取干净，价值并非特别大，而眼下其中情况未明，贸然进入，怕是不智。

而在一些魔帝考虑之时，在一方弥漫着尸气的空间中，一把高达万丈的白骨王座上，有一道漆黑巨影紧闭双目。突然，他似是有所感应，猛地睁开了双目。

他的目光，穿透空间，穿透那空间通道，穿透位面桎梏，将那下位面中的一切都收入眼中。而最后，他的目光，停在了一道年轻身影之上，灰白的眼目中，掠过一抹刺骨寒意。

"此人的身上，竟有着我那孩儿留下的死亡气息，想来便是杀我孩儿的凶手吧。"那道漆黑巨影发出一道冷哼之声，旋即其袖袍一挥，只见一只漆黑手掌竟然自动脱离身躯，然后化为一道黑光，震碎虚空，只是数个呼吸间，便出现在了那空间漩涡之前，迅速投入其中。

这一幕，被那众多关注于此的魔帝所察觉，而当他们感应到那出手之人时，心头都忍不住一震。

"竟然是尸魔族的黑尸天魔帝！"

"怎么他会出手？"

那尸魔族乃是域外邪族三十二大族之一，而那出手的漆黑巨影，更是尸魔族族长，踏入了天魔帝的层次，堪称域外邪族中的顶尖强者之一。

一般这等存在不会轻易出手，但眼下他却忽然出手，如何不让那些窥视于此的魔帝疑惑与震撼？

虽说那个天魔帝只是将自身手掌化为化身投入那下位面，但以天魔帝之力，即便只是一只手掌，所具备的力量，也远非一般天至尊可比。

"看来是下位面中那天至尊曾惹到那位大人了，真是可怜。"

众多魔念开始退散，他们想，眼下这里，有一个天魔帝出手，那个大千世界的天至尊，将没有一丝一毫的活路了。

下位面中。

牧尘望着那打破虚空，连接着另外一方世界的空间通道，眼神微微一凝，当即心念一动，浩瀚灵力化为巨手，遮天蔽日，狠狠拍在那空间漩涡上，试图将其拍碎。

咚！

天地震荡，然而那空间漩涡仅仅只是一颤，并未碎裂。就在此时，牧尘感应到，有一股无法形容的邪恶气息，正从那空间尽头穿越而来。

那股气息一出现，便直接笼罩了整个世界，无数生灵在那种气息下恐惧发抖，甚至连天地，都在哀鸣震动。

"这股气息……"牧尘瞳孔微缩，那种死气，他并不陌生，因为之前在那尸魔族的皇子身上，他便察觉过。但显然，这一次出现的死亡气息，比那尸魔族的皇子要强悍很多倍。

那血魔皇同样是有些惊愕地望着那空间通道，片刻后，震惊失声道："黑尸天魔帝？"

虽说引魔符能够引来魔帝降临相助，但血魔皇从来没想过，他会将这等存在给引过来，要知道在整个域外邪族中，那黑尸天魔帝都是巅峰般的存在。一般说来，那等存在，根本不会理会他的这种招引。

但不管他感到如何震惊，眼前的一幕，都是事实。

于是，在经过震惊后，血魔皇再度看向牧尘的眼神就变得无比怜悯起来。他摇头讥笑道："你这家伙，还真是倒霉到了极点。"

如果此次来的只是另外一个魔帝，或许牧尘还能够保持不败，但谁能想到，最后来的，竟然会是尸魔族的天魔帝！

牧尘没有理会他的讥笑，他面色凝重地望着那空间的尽头，那里死亡气息不断加强，显然，那尸魔族的天魔帝，正在打破位面桎梏，试图降临到这片下位面中。

那天魔帝显然拥有着无法想象的力量，即便是坚固无比的位面桎梏，都在以一种惊人的速度破碎。如此不过数分钟的时间，牧尘便见到，一道黑光出现在了此方世界之外，黑光之中，隐约可见一只漆黑的手掌。

那漆黑手掌散发着黑光，渐渐扭曲，最后化为一道漆黑身影。身影犹如魔神般屹立在位面之外，目光穿透重重障碍，锁定了牧尘的身上，毫无情感的声音自天外传来，响彻在这方世界的每一个角落。

"便是你杀了吾儿吧？"

牧尘眼神一凝，这才明白为何这一次会引来尸魔族的天魔帝，显然是他之前杀了那尸魔族皇子引来的麻烦。

那皇子死前，曾将一缕气息缠绕在他的身上。以往他在大千世界中，那尸魔族的天魔帝自然无法感应，可刚刚血魔皇联通了域外邪族的地域，那天魔帝便生出感应，察觉到了他身上那一缕气息。

牧尘双目微眯，平静地点了点头。

"既是如此，那本座今日便将你擒回，炼成尸傀，以慰吾儿吧。"那黑尸天魔帝淡淡说道，只是声音之中，却透着残酷之意。

牧尘闻言，则是一笑，道："恐怕不能如你所愿了。"

"哦？"黑尸天魔帝冷酷一笑，他俯视着整个位面世界，"莫非你以为成为这下位面的位面之主，就能够抗衡本座不成？"

"那我倒还没这般自大。"牧尘笑了笑，他再如何自信，也不会觉得此时的他有能力抗衡一个天魔帝，即便眼前这天魔帝，只是其一只手掌所化的分身。

"你还想搞什么鬼？"血魔皇冷笑道，不明白牧尘这举动为何意。

倒是那黑尸天魔帝忽然眉头微微一皱，眼中黑光浮现，牧尘这般古怪模样，让他略感奇怪。

"不管怎样，先将此子擒杀。"黑尸天魔帝眼中黑芒陡然强盛，他手掌伸出，无尽的尸气弥漫，硬生生轰击在位面之上。那等恐怖之力，引得整个位面都在此时颤抖起来，天空碎裂，大地碎裂。

面对着黑尸天魔帝那毁灭天地之力，牧尘神色毫无波澜，到了后来，甚至双目微闭，任由那黑尸天魔帝撼动世界。

"闭目等死吗？"那血魔皇讥讽出声，试图干扰牧尘的情绪，因为后者此时的平静，让他感到有一些不安。

然而，牧尘依旧不理会于他。

轰轰！

震动不断持续，白素素、白龙至尊他们骇然地望着那遥远的虚空，只见那里，有可怕的尸气穿透位面桎梏，涌入进来。

而在黑尸天魔帝的攻击下，整座位面都摇摇欲坠，眼看就要破碎不保。

不过，就在这一刻，牧尘微闭的双目终于睁了开来，他望着位面之外，俊逸的面庞上有一抹笑容浮现出来。

位面之外，那黑尸天魔帝望着牧尘的笑容，眉头一皱，当即他猛地凌空一指，只见无尽尸气汇聚而来，竟化为一个数十万丈庞大的骷髅头。骷髅头发出尖啸声，冲上前来，就要对着位面噬咬起来。

看这架势，恐怕一口下来，就能够将这位面撕裂出一个口子。

不过，当那骷髅头将要碰触到位面屏障那一瞬间，位面之外，忽然有狂暴无比的雷鸣声响起，紧接着，无尽雷光破碎了虚空，从那不知名处席卷而来，直接将那数十万丈巨大的骷髅头轰成了一片虚无。

"何人敢坏本座之事?!"黑尸天魔帝见状，瞳孔一缩，厉声道。

牧尘则是轻轻吐出一团白气，笑道："总算是来了。"

此时他那紧握的手掌也缓缓摊开，只见掌心中一团石粉顺着指缝缓缓飘散开来。

而也就在此时，空间撕裂，一片雷海自其中呼啸而出。雷海之上，一道手持雷杖的伟岸身影，踏出虚空，出现在了位面之外。

与此同时，一道洪亮的声音，从天而降。

"堂堂天魔帝，若是想要找对手的话，那来我武境便是，何必在这一个小小下位面中显露威仪？"

"真当我大千世界无人不成?!"

洪亮的声音响彻在天际，经久不息。

只见那道身影，手持雷帝权杖，权杖之上闪烁着雷光，每一缕雷光闪烁，都带来震动天地的雷鸣声。他身披紫黑长袍，负手而立，站在雷海上，面色坚毅而沉稳，蕴含无穷之威。

当这道身影出现时，那立于位面之外的黑尸天魔王面色微微一变，旋即眼神一沉，道："没想到竟然会在这里碰见武祖。"

武境镇守大千世界边境，与域外邪族接触颇深，而武祖自然也与不少域外邪族的巅峰强者交过手，所以其威名，在域外邪族中极为响亮。

"竟然是武祖?!"

在那下位面中，白龙至尊则震撼无比地望着那出现在世界之外的身影。对于他们这些出自下位面的人而言，武祖几乎是传奇般的存在，他从未想过，竟然有朝一日能够见到武祖真容。

白龙至尊感叹一声，旋即看向一旁的牧尘，叹服道："没想到牧小哥人脉如此之广，竟然连武祖这等人物都能够请来。"

难怪先前即便见到一个天魔帝降临，牧尘依旧没有露出多少惊慌之色，原来手中还留着这等手段。这让白龙至尊颇为感叹，当年那个少年，如今已在这大千世界中成了气候。

对于白龙至尊的感叹，牧尘只是一笑，然后仰首望向那天外，这一个天魔帝，一个圣品天至尊，今日相遇，怕是有一场精彩好戏了。

世界之外，武祖那深邃不可测的双目看向这座下位面，以其之能，只需稍稍感应，便知晓这下位面中发生了何事，当即眼眸深处，有一抹淡淡寒光掠过。

武祖同样来自下位面，所以非常清楚这些域外邪族对于下位面的生灵来说，究竟是一个何等可怕的噩梦。当年在他的那座下位面中，为了斩魔，甚至连其妻都舍命相助，最终才除魔成功。

这种种，也导致武祖对那域外邪族最为痛恨，如今瞧着故事重演，那转向黑尸天魔帝的双目中，已有杀意涌动。

"你这尸魔，不躲在你域外邪族中，还敢跑到我大千世界下位面来撒野！"武祖冰冷声音响起，一时间，整个世界之外，亿万道雷霆轰鸣，震撼周天。

那黑尸天魔帝虽然对武祖忌惮，但毕竟他也是一族之长，听到武祖之言，不由得怒极而笑。

虽然他只是本尊一只手掌所化，但眼前的武祖显然也只是一道化身，所以他并不惧。对方虽说威名远扬，但他黑尸天魔帝，也不是什么软柿子。

"武祖，此獠杀吾儿，更将这血邪族险些屠尽，你今日若是将此人交出，本座自可离去。"黑尸天魔帝手指遥遥指向下位面之中的牧尘，冷冷说道。

武祖闻言，看向牧尘所在的方向，淡笑一声，然后有些欣赏地说："若是如此的话，那倒是做得很好。"

黑尸天魔帝闻言，脸皮抖了一下，道："看来武祖今日，是真不想善了了。"

武祖洒脱一笑，道："谁要与你善了？今日你这分身我是收定了。"

"哼，本座却不信，凭你一道灵力化身，能奈我何？"黑尸天魔帝讥讽一笑，知晓无法谈拢，当即不再犹豫，袖袍一挥，顿时浓郁尸气遮天蔽日。

吼！

忽然间，遮天的尸气中传出咆哮之声，只见数百头骸骨尸兽暴射而出。每一头骸骨尸兽之上，都有极为强悍的波动散发出来。

这些骸骨尸兽显然由那黑尸天魔帝精心炼化而成，兽身强悍无比，特别是那领首数头，即便是灵品天至尊遇见了，也会束手无策。

武祖脚踏雷海，他眼神毫无波动地望着那呼啸而来的尸兽群，手中雷杖轻轻一挥，雷杖便冲天而起，浩瀚雷光肆虐天际。

雷光呼啸间，只见那柄雷帝权杖直接化为一条雷霆巨龙，那条巨龙盘踞虚空，肉眼看不见尽头，周身弥漫的雷霆不断转化着种种色彩，每一道雷霆仿佛都具备着毁灭之力。

牧尘望着那雷霆巨龙，眼神微微一凝，神色凝重。在他的感知中，这条雷霆巨龙极为不凡，而且看上去并非死物，反而具备着灵性。

如果他遇见了这条雷霆巨龙，都不见得能够占得上风。

吼！

在牧尘惊异间，那雷霆巨龙仰天咆哮，龙嘴一张，亿万道雷霆暴射而出，化成雷霆锁链，直接洞穿虚空，将那些尸兽尽数缠绕。

哗啦啦。

雷霆锁链一震，倒射而去，被捆缚的那些尸兽便尽数落进雷霆巨龙那巨嘴之中。

吞掉这些尸兽，那雷霆巨龙打了一个嗝，心满意足地拍了拍腹部，这才再度化为雷光落下，在武祖的手中变成那柄雷帝权杖。

黑尸天魔帝见到这一幕，面色微沉，他的这些尸兽的兽身蕴含着极为霸道的尸魔毒，如果天至尊与其他魔帝被侵蚀，都将会化为尸身，但刚刚那雷龙吞噬尸兽时，他能够感觉到有一股极端刚烈狂暴的力量，将那些尸魔毒尽数炼化了。

显然，他这番手段，已经被武祖轻易破去了。

"既然你出招了，那接下来，就接我一招试试，若是能接下，今日便任你而去。"武祖望向黑尸天魔帝，淡淡说道。

"狂妄！"

黑尸天魔帝怒笑出声，他好歹也是一方天魔帝，如今却屡次被这武祖蔑视，如何不让他怒火中烧。

"本座今日倒是要看看，你武祖究竟有何资格，敢对本座如此说话！"

然而，面对着黑尸天魔帝的怒笑，武祖却并不理会，他心念一动，只见其脑后忽有一轮光晕缓缓出现。

光晕成环形，其上有八种颜色，泾渭分明。

咻！

八色光环暴射而出，迎风暴涨，转瞬化为数万丈庞大，而那黑尸天魔帝，则处于光环的中央。

"哼！"

黑尸天魔帝冷哼出声，只见他身躯之上，闪烁着浓郁尸气，下一刻，忽有一滴滴的黑色尸水从他的身体上滴落下来。

那些黑色尸水，名为极恶尸水，黏稠而腥臭，其中弥漫着一种无法形容的死亡灭绝之气。这些尸水，只是一滴，若是落入下位面中，恐怕整个位面的亿万生灵，都将会化为尸骸。

"去！"

他屈指一弹，那一滴滴黑色尸水便化为一股小小溪流暴射而出，那溪流看似没有声势，可其过处，空间都散发着死寂的气息。

那尸水溪流最后撞在了那八色光环之上。

极恶尸水，拥有着污秽之能，任何灵力与其碰触，不仅会被死气侵染，甚至还会波及本尊肉身，令本尊生机被剥夺，直接化为尸骸。在此等恶水之下，不管你自身生机多顽强，都无法活命。

　　所以，那黑尸天魔帝瞧见尸水落在那八色光环上时，顿时露出一抹诡异笑容，这武祖固然强横，但却太过自傲，而今日，这份自傲，就是他的破绽。

　　嗤！

　　尸水与八色光环接触，很快便侵染上去，试图爆发那种恐怖的侵蚀之力。

　　轰！

　　不过，也就是在这一刹那，一直没有什么动静的八色光环猛然爆发出璀璨光华，只见其上忽现八种灵光，雷霆、黑暗、寒冰……

　　八种灵光，每一种都代表着不同属性的灵力，它们强悍无比，但却毫不抗拒，彼此相融，最后八色光环之上有绚丽的火焰升腾而起。

　　那火焰极为神妙，看似是火，但却有寒冰浮现，雷霆闪烁。

　　牧尘见到这一幕，忍不住发出一声感叹，传闻大千世界中，灵力属性最多之人，便是武祖，如今看来，此言果真不虚。

　　而这神妙之火一个吞吐，便将那极恶尸水吞没，火苗燃烧，尸水便化为淡淡的烟雾飘散而去。

　　下方的黑尸天魔帝见状顿时面色剧变，暗感不妙，此火似乎有灭魔之力。

　　不过，还不等他有更多的想法，那八色光环便猛然收缩，先前一瞬，明明还是万丈大小，可现在却直接环绕在了黑尸天魔帝身躯之外，要将其捆住。

　　黑尸天魔帝见状，眼瞳一缩，身躯陡然膨胀，意图将其震碎。

　　嗤！

　　但也就在此时，八色光环落在了他的身体之上，下一瞬间，他的身体陡然变得僵硬起来，八色之火侵入到了他的身体之内，转瞬就将其化为火人，熊熊燃烧起来。

　　啊！

　　那火焰显然极其恐怖，即便是黑尸天魔帝都无法阻挡，凄厉的惨叫声传出，短短不过数息的时间，那黑尸天魔帝的身躯便融化下来，最后化为一只黑色的干枯手掌。

　　砰。

　　八色光环一震，那一只手掌便碎裂开来，化为粉末……

第2章
位面之主

死气缭绕的灰暗世界中，那尸骨王座之上，一道犹如魔神般的黑色巨影忽然一震，紧闭的双目陡然睁开，灰色眼瞳中，有震怒之色出现。

"该死的武祖！"

他低吼出声，无边无尽的死气席卷出来，几乎弥漫了整个这个世界，令其中无数生灵在其恐怖威压下瑟瑟发抖。

震怒持续了好半晌，那黑尸天魔帝才渐渐压制下心中的情绪，他阴沉地望着自己的左手处，只见那里空空如也。

死气在断掌处缭绕，然后一只灰暗的手掌便生长了出来，但黑尸天魔帝的面色依旧难看，因为他肉身每一处，都经过了无数时间的锤炼，所以即便眼下左手再度生长了出来，但绝对没有以往那般强悍了。

而这无疑会令他多出一个破绽，日后与人交手，这左手将会成为他的弱点。

黑尸天魔帝干枯的手掌紧握，他阴冷地望着虚无空间，犹如要穿透重重空间锁定武祖所在的方向，如此许久后，他才缓缓收回目光。

"这武祖……果然很厉害。"

恢复了冷静，黑尸天魔帝阴沉的眼中掠过一抹浓浓的忌惮之色，先前的交手虽说短暂，但他却从武祖的身上察觉到了浓浓的危险气息。

"这武祖镇守在大千世界与我域外邪族的交界处，这些年不少天魔帝都在其手中吃了亏，以往本座还有些不信，如今一交手，才知晓其厉害。"

"以这武祖之能，在那大千世界中，应当排名靠前，不过传闻那大千世界中，无尽火域的炎帝，并不弱于武祖。这二人，按照情报评估，应该都有着媲美上古大千世界那位不朽大帝的潜力。"

黑尸天魔帝双目微眯，面露沉吟之色，若是如此的话，那这二人，还真会成为他们域外邪族的大敌，未来一旦开战，这就是拦在他们域外邪族之前的两块巨石。

"所幸我域外邪族整体实力高于大千世界，而且……"想到此处，黑尸天魔帝嘴角浮现一抹诡异笑容。

"我域外邪族谋划数万载，只要计成，就算这二人未来不不弱于那不朽大帝，依旧无法阻挡我域外邪族前进的脚步。"

"哼，眼下就让你们得意一阵，待到我域外邪族大计得成，定要找你武祖报了今日断掌之仇！"

黑尸天魔帝冷笑一声，手掌一挥，便有无尽死气弥漫开来，将他那庞大的身躯渐渐笼罩，最后消散于虚无之中。

下位面中。

牧尘望着世界之外迅速分出胜负的战斗，忍不住感叹一声，眼中流露出一丝钦佩之意，双方看似处于同等层次，可这一交手，就显露了高低。那黑尸天魔帝虽然也是堪比圣品天至尊的存在，但与武祖相比，还是逊色了一筹。

牧尘如今终于踏入了梦寐以求的天至尊境，但他知道，他依旧还有很长的路要走。

"真不愧是传说中的武祖。"

此时白龙至尊也回过神来，激动得连身体都在颤抖。

牧尘笑了笑，然后他目光渐渐变冷，看向不远处一脸呆滞的血魔皇，漠然道："现在还有什么底牌吗？"

血魔皇一个激灵，身形化为一道血光朝着天边逃遁而去，如今的局面，他已经失去了所有的战意，眼下也不希望能够保得族群，只要他自己能够逃得出去就好。

"需要帮忙吗？"

一道沉稳的声音从天外传来，只见一缕灵光从天而降，落在了牧尘身旁，正是武祖。

"这种家伙，就不用劳烦武祖前辈了，晚辈自能解决。"

牧尘谢过武祖，然后心念一动，黑白牧尘冲天而起，朝着那疯狂逃遁的血魔皇追击过去。

"一气化三清，不愧是三十六道绝世神通之一，看来还真被你修炼成功了。"武祖望着牧尘那远去的两道化身，微微点头，称赞道。

"只是倚仗前人余荫，侥幸而成罢了。"牧尘倒是没有多少得意，摇头说道。

"何必如此谦虚，这般年龄的天至尊，放眼整个大千世界寥寥无几，这足以让人震撼了。"武祖笑了笑，他扫视了牧尘一眼，眼中有欣赏之色浮现。上一次见到牧尘时，他连地至尊都未曾踏入，这才短短不到十年的时间，他就已踏足了天至尊的境界。

这等修炼速度以及天赋，委实不凡。

对于武祖的欣赏，牧尘则是不好意思地挠了挠头，因为他的一些修炼，其实是在一些时间流转缓慢的奇异空间中完成的，如他此次突破到天至尊，虽然现实中仅仅只是半日左右，可在那混沌中，他却历经百载。

"林静那妮子，若是在修炼之上有你一半的毅力，我就非常满足了。"一想到自家那活泼得时刻闲不住的女儿，即便是武祖这等传奇人物，也有点头疼。

想到林静那时不时离家出走的洒脱性格，牧尘也是莞尔一笑，不过却没多说什么，万一日后林静知晓他在她爹面前数落她，怕是不会轻易放过他的。

所幸武祖也没有在这上面多说，而是看向这座下位面，然后笑道："没想到这座下位面中，竟然也有位面之灵的存在，你倒真的是有好机缘。"

他自然一眼就看了出来，牧尘已经成为这座下位面的位面之主，而且此次能够突破到天至尊，应该也是借助了这股力量。

而类似这种拥有着位面之灵的下位面，在整个大千世界中都颇为稀罕，所以那些古族也会为之心动，因为借助着位面之灵的力量，他们很有可能会造就出一位天至尊。

"武祖前辈也是位面之主吧？不知道这究竟有何好处以及……我需要做什么？"牧尘犹豫了一下，请教道。虽然他成了位面之主，但却完全不知晓究竟应该怎么做，所幸眼前有武祖这位前辈在此。

武祖笑了笑，道："这位面之主好处倒是不少，日后你与人对战，只需心念一动，就能够沟通位面，从中汲取源源不断的灵力，如此与人交手，自然能够占据一些优势。"

牧尘闻言，心头微动，如此的话，日后他再催动八部浮屠与玄龙军，其中所需要的灵力，他就可以借助这方下位面来填补，倒是省了不少的麻烦。

"不过你也要知晓过犹不及，这毕竟只是一方下位面，若是索取过分，就会造成位面崩塌，其中无数生灵也会随之毁灭。"武祖提醒道。

牧尘神色一凝，旋即郑重点头，如今的他已成为这下位面的主宰者，能够轻易操控这位面中亿万生灵的存亡，若是不自制，怕反而会给这方位面带来毁灭。

"我曾答应过那位面之灵，守护这位面，不让这世间生灵再受域外邪族侵占之苦，但那血邪族能够进入此间，说明有另外的空间节点处于域外邪族的区域，若是不将此解决的话，未来说不定还会有其他的域外邪族进入。"牧尘沉吟道。

武祖闻言，道："这倒是简单，如今你已是这方位面之主，自然有挪移位面之力，只要你将位面挪移到安全的地域，空间节点自然也会发生变化。"

牧尘眼睛一亮，如此的话，他岂非可以将这位面挪移到天罗大陆，而且还能够想办法令此间位面联通大千世界？日后只要这位面中出现了能够打破位面桎梏的人，便能够将其直接接引进入牧府。

一般能够做到这一步的人，必然是天资卓越，未来说不定还有望晋入天至尊境。此等人物，大千世界各方势力都渴望至极，他们牧府自然也不能放过。

想到此处，牧府便转头看向白素素等人，笑道："既然如此，那日后我会将此位面与大千世界联通，想来应该会提升一些这个世界的力量层次。到时只要你等能够打破位面桎梏，那我牧府，便随时欢迎你们加入。"

白素素以及众多下位面中的强者闻言，皆是大喜，当即恭敬应下。他们都很清楚，这将会是他们这个世界的机缘，有了牧尘这等强者的照拂，他们日后，再不用受那域外邪族的肆意杀戮，并且能够追求更高的层次。

牧尘笑了笑，旋即心神一动，只见远处有两道流光掠过天际，落在了前方，现身出来，正是他的两道化身。

而此时在他们的面前，悬浮着一颗血红光球，光球内部，可见一张狰狞恶毒的面庞，正是那血魔皇。

显然，面对着两道化身的堵截，这血魔皇终是未能逃脱，最终被封印。

牧尘袖袍一挥，便将那血红光球收入浮屠塔中镇压下来，然后对着武祖恭敬地抱拳一礼："今日真是多谢武祖前辈出手相助了。"

武祖摆了摆手，不以为意道："斩除邪魔，本就是我大千世界之人应尽之力，只是可惜，未能将那黑尸天魔帝斩杀于此。"

牧尘心想，那黑尸天魔帝可是天魔帝，若是斩杀在此，想来对于那域外邪族而言，也是剐肉之痛。

不过，他也清楚，武祖也许还真有这等能耐。

"武祖前辈，日后若是有需要差遣小辈之时，可尽管吩咐。"牧尘语气真诚，武祖与炎帝都曾给予他一道护符，说起来，也算是他修炼之道上的护道之人，若非他们这种相助，他在面临很多险境之时，就得多一些考量。

所以，这两位对于他而言，无疑有护持大恩。

武祖朗笑一声，大袖飘飘，坚毅的面目自有一番沉稳魅力，道："我与炎帝会助你，只是因你有此潜力，也希望未来那域外邪族再度攻占我大千世界时，我等身旁，能够有同道之人。"

声音落下，武祖对牧尘摆了摆手，然后身躯便渐渐消散。

"牧尘，你虽已入天至尊境，但却尚未至尽头，万不可懈怠，否则大劫来临时，恐是无法应劫而生。"武祖的身形散去，而那告诫之声，却回荡在牧尘的耳旁。

牧尘的面色一片肃然，他能够听出武祖言语间的郑重，面对着那域外邪族，即便强如这等存在，都抱有危机之感，由此可见，那域外邪族对他们大千世界究竟是何等的威胁。

"晚辈谨记。"

牧尘低声说道，然后他抬起头来。域外邪族，是那未来之危，现在更重要的是去完成这些年始终压在心中的事。

呼。

他深深吐了一口气，眼神渐渐变得凌厉起来，自语之声，缓缓响起。

"浮屠古族……这么多年了……总算等到这一天了……"

天罗大陆。

北界。

自从一年之前牧尘强势击败北界三大老牌霸主之后，牧府便后来居上，取代了三大霸主的位置，成为这北界之中最强的势力。

这一年中，牧府欣欣向荣，凭借着占据一半的北界资源，整体实力开始节节攀升，名声不仅在北界愈发强势，甚至在这天罗大陆上，都颇有名气。而反观另外三大霸主，则日趋式微，最后导致越来越多的强者投靠于牧府麾下，令牧府声势愈发强盛。

不过，面对着牧府的强势，三大霸主势力却保持着沉默。旁人知晓，这种沉默不会持续太久，因为在这三大霸主势力的背后，都有超级势力撑腰，他们必然不会乐意见到自己辛苦扶持起来的势力被驱逐出北界。

此时的沉默，不过只是在酝酿更强大的风暴罢了。

对于这一点，作为牧府掌事的曼荼罗自然也极为清楚，所以她一直都未曾放松警惕，时刻盯着三大霸主势力。

她知道，三大霸主势力的反击，肯定会来的。

而她的意料，的确没有错，就在牧尘离开约莫大半年的时候，某一日，一座宫殿徐徐从天而降，悬浮在了牧府上空。

那座宫殿的降临，引起了整个牧府的恐慌，因为宫殿之内，有一道无边无尽的威压散发出来，笼罩数百万里的区域，无数强者在那等威压之下，瑟瑟发抖。

那道威压的主人，必然是一位货真价实的天至尊！

这座宫殿悬浮在牧府上方，但却并没有采取更进一步的动作，只是有一道玉帖对着牧府降临而下。

玉帖落下，接着有人发出洪亮声音，响彻在整个北界上空。

"本座玄天老祖，今受人所托，牧府之主，还不上前拜见?!"

那人居高临下，说话漫不经心，显然未将牧尘放在眼中。那等语气，俨然在驱使小辈。

来人的语气，无疑令牧府高层颇为恼怒，但却无可奈何，因为即便他们牧府如今实力大涨，看似风光，但在天至尊这种级别的强者眼中，依旧只是土鸡瓦狗，若是他要出手，整个牧府都无可阻挡。

面对着一位天至尊肆无忌惮地压迫在牧府上空，曼荼罗也分外气恼，初始，她接过那玉帖，试图登上那宫殿与其之主谈判，但谁知道她到了那宫殿之前，却根本上前不得一步。

"让你们牧府之主来吧，你还没这等资格面见老祖。"在曼荼罗被阻时，一句漫不经心的话语传出，响彻天际。

面对着此等羞辱，曼荼罗小脸铁青，但她却深吸一口气，压制下心中的怒火，取出牧尘所留下的"诛魔王令"，屈指一弹，将其射进宫殿之中。

这诛魔王令乃是大千宫之物，象征着诛魔王的身份，而以大千宫的威势，即便是寻常天至尊，也不敢招惹。

不过，这一次，当那诛魔王令射进宫殿后不久，其中便有一道冷笑声传出，然后那诛魔王令直接被丢了出来。

"区区一个无权无势的诛魔王，也敢狐假虎威？"

"滚吧，让你牧府之主前来见我，否则老祖便在此处停留数年，看你牧府还有什么脸面开宗立府？"

曼荼罗接住诛魔王令，精致的小脸一片阴沉，听这天至尊之语，竟是对牧尘颇为了解，显然是有备而来，并不惧大千宫。

面对着这种局面，曼荼罗也无法做什么，只能冰冷地看了一眼那座宫殿，转身离去。

而在接下来的半年时间中，这座宫殿真如其所说，就毫无顾忌地悬浮在牧府的上空，那位天至尊肆意散发着威压，令牧府之中无数强者苦不堪言。

如此作为，无疑令牧府颜面扫地，毕竟这样被人堵在门口肆意欺凌，对于自身的声望，简直是毁灭般的打击。

在牧府为此焦头烂额的时候，那紫云宗、雷音山、金雕府三大老牌势力，则从远处赶来，进入那座宫殿，成功拜访了那位玄天老祖。

这一幕，被牧府所有人都看得清清楚楚，当即心头都感到一阵不安。

在此之后，三大势力开始联手反扑，渐渐蚕食之前被牧府占据的疆域。

如此一来，牧府瞬间就有了前所未有的危机，几乎顷刻间就会被颠覆。

随着时间的推移，牧府上空有一位天至尊威慑的事情，不仅传出了北界，甚至传到了天罗大陆各方势力耳中，于是无数道视线，汇聚向北界。

毕竟不管在哪里，天至尊一旦现身，都将会成为瞩目的焦点。

虽说在天罗大陆上有不成文的规矩，势力之间的争斗，天至尊并不能轻易出手，但眼下那玄天老祖却并未与牧府争斗，而是以私人恩怨的名义，冲着牧尘所去，这样的话，倒有了一个勉强说得过去的理由。

毕竟，天罗大陆上的那些各方势力背后的超级势力，也不会为了一个连天至尊都没有的牧府，去得罪一位天至尊。

所以，面对着牧府的受挫，几乎所有势力都冷眼旁观，甚至还期待牧府因此而支离破碎，毕竟之前，牧尘展现出来的强势战斗力，令他们忌惮不已。

所幸眼下牧府没有天至尊的存在，万一以后被他们找到了这种靠山，那牧府坐大，基本是无可阻挡的事情了。

在这不知不觉间，牧府倒成了整个天罗大陆视线的聚焦点了。

眨眼便是半年过去。

这半年对于牧府而言，无疑极为煎熬，原本的欣欣向荣，因为玄天老祖的出现，彻底被逆转。

那玄天老祖并没有采取强硬的进攻姿态，虽然以他的实力，能够轻易将牧府掀翻，但他却采取最为缓慢与狠毒的手段，从根底上，一丝丝瓦解牧府所有人的士气。

他每日都降下一道玉帖，逼迫牧尘现身，但此时后者早已不在北界，自然无法出现，这样长久下来，便有谣言传出，说牧府之主惧怕天至尊之威，早已暗中抛下牧府狼狈而逃。

这种谣言，显然从紫云宗三大势力中传出，而那效果也分外显著，那些原本投靠在牧府麾下的诸多势力，都蠢蠢欲动，开始有脱离牧府的迹象。

毕竟眼下的模样，怎么看都是牧府这条大船有倾覆的迹象，大难临头各自飞，他们自然是不打算与牧府共存亡。

于是牧府内外飘摇，短短半年的时间，便兴盛不在，摇摇欲坠。

又是数日过去。

牧府一座大殿之前，众多牧府高层云集于此，气氛压抑，他们抬头望着九天之上，那里的云层中，有一座宫殿矗立着，恐怖的威压散发出来，犹如万重山岳，压在所有人的身躯之上。

"曼荼罗大人，铁山宗、妙音宗今日宣布脱离牧府了。"柳天道轻叹了一声，声音低沉道。

在众人前方，曼荼罗和灵溪对视一眼，她们的脸色有些难看，这短短半年她们竭力维护牧府的安全，感到精疲力竭。

那玄天老祖就犹如大山，压得牧府所有强者喘不过气来，如今人心惶惶，若不是以往牧尘的战绩太过辉煌，恐怕牧府早就分崩离析了。

到了此时，她们才彻底明白，天至尊对于一方势力而言，是何等的重要。

曼荼罗抬起小脸，望着高空的宫殿，小手紧握，声音冰冷道："这玄天老祖真是狠毒，想要以这种方法，让我牧府空无一人。"

柳天道沉默了一下，低声道："不知可有府主的消息了吗？"

曼荼罗摇了摇头，道："他此行是去找寻通往天至尊之路，我们也无法联系。"

柳天道苦笑一声，道："如此的话，那我们恐怕真撑不了多久了。"

曼荼罗银牙一咬，道："只要牧尘还在，牧府就不会消散，待到他日后踏入天至尊，就算牧府破败，也能再度兴盛！"

柳天道等人暗叹一声，话虽如此，但天至尊哪里是如此轻易能够踏入的？即便牧尘战绩显赫，天赋卓越，但若是没有大机缘，想要成为天至尊，谈何容易？

而且，就算牧尘真的成了天至尊，眼前局面，恐怕依旧不好解，因为虽然那座宫殿中看似只有玄天老祖一人，但他们却知晓，北界三大老牌势力背后的三座超级势力，也在暗中推动，而那三座超级势力中，都有天至尊的存在。

他们牧府眼前之局，当真是一个死局！

嗡。

而就在他们暗叹时，只见高空上，那座宫殿内又有一道流光射出。

流光落下，化为一道玉帖，玉帖震动，再度有洪亮之声响彻在北界上空。

"牧尘小儿，若是再不现身，你这牧府，怕就是要无人了！"

曼荼罗听得那戏谑大笑声，小手都紧握得发出嘎吱之声，一旁的灵溪和龙象等人也眼含怒色，如果不是与对方差距太大，恐怕他们早已忍耐不住出手了。

大殿前，众多牧府强者面色晦暗。

"嗯？"

不过，就在众人沉默时，他们神色忽然一动，抬起头来，只见那遥远处的虚空忽然扭曲开来，其中灵光大盛，一道修长身影踏空而来，仅仅只是一个呼吸间，便出现在了牧府上空。

曼荼罗他们怔怔地望着那道身影，片刻后，眼睛瞪大起来。

"那是？"

"好像是府主？"柳天道等人揉了揉眼睛，半晌后，才难以置信地出声。

天空上，那道年轻身影踏空而来，他伸手一招，那玉帖便落入他的手中，他看也不看，随手一握，玉帖便化为粉末飘散开来。

然后他神色冰冷地抬头注视着那座宫殿，手指凌空一点。

轰！

那宫殿周围的空间，直接在牧尘这一指下碎裂开来，无数空间碎片形成一只大手，一把便将那宫殿握住，生生捏爆开来。

宫殿爆碎，牧尘那低沉的声音蕴含着凌厉杀意，在整个北界的上空，轰然回荡。

"既然阁下喜欢我牧府，那从今往后，就留在这里不要走了。"

这一幕，来得太快，因此当宫殿碎裂开来的时候，整个天地间，不管是牧府的强者，还是那些从四面八方赶来的其他势力的强者，都惊呆了。

谁都没想到牧尘的出手会如此毫不客气，不给那位玄天老祖丝毫颜面，如此一来，势必会将后者激怒。

而惹恼了一位天至尊，那今日的事情，恐怕就没那么容易收场了！

在牧府大殿之前，众多牧府强者都面容惊骇，旋即暗暗叫苦，自家府主似乎太过莽撞了，如此激怒一位天至尊，真不理智。

在那遥远处，紫云尊者、金雕皇等人也注视着这一幕，他们面露讥讽笑容，这个牧尘，总算出现了，而且一出来，就沉不住气地打碎了玄天老祖的行宫……

如此一来，那玄天老祖今日必然不会善罢甘休，这牧府灭亡，就是今日了。

在天地间或惋惜或讥讽或悲叹的目光的注视中，高空之上，那破碎的宫殿之间，开始有一道璀璨灵光凝聚，最后化为一道人影。

那道人影，身披玄袍，玄袍上铭刻着日月星辰。他头发苍白，但那面孔却犹如婴儿般白皙，双目深邃，双眉如剑，散发着威严之感，目光扫视开来，连虚空都在其眼下震荡。

显然，这一位，便是玄天老祖！

此时的玄天老祖，白皙的脸上略显阴沉，周身灵光涌动，犹如在其身后化为万千星辰，声势骇人。

他看了一眼身后那碎裂的宫殿，然后便犹如鹰隼一般盯着牧尘，冷冷道："年轻人真是好大的火气，不过你今日毁了老祖我的一座行宫，那恐怕就得用你整个牧府来赔偿了！"

在玄天老祖远处的半空中，牧尘凌空而立，他盯着玄天老祖，冷笑道："倚老卖老的东西。"

"放肆！"

玄天老祖眼神一寒，想他堂堂天至尊，走到哪里不是人人敬畏，眼前这牧尘，不仅敢打碎他的行宫，还敢对他如此不敬，当真是找死。

轰！

亿万道灵光，陡然自玄天老祖体内爆发开来，其身后空间化为数万里长的星空。星空之中，无数星星闪烁，无边无尽的威压横扫天地。

轰轰！

在这等威压之下，下方的大地不断出现龟裂，而那些处于威压之下的牧府强者，只要是地至尊之下，几乎瞬间就趴在了地上。

而那些地至尊之上的强者，也膝盖发出嘎吱之声，身体渐渐跪伏下去。

一位天至尊肆无忌惮地释放出威压，那绝不是地至尊能够承受的。

"在我牧府，还轮不到你这老东西撒野！"

牧尘冰冷出声，旋即他一步踏出，同样有浩瀚灵光爆发开来，令此时的他犹如一轮烈日，冉冉升起。

一股同样强悍的威压，在此时犹如海啸一般冲天而起，竟硬生生将那玄天老祖的灵力威压震散。

哗!

在玄天老祖威压散去的那一瞬,整个天地都寂静下来,不管是牧府的强者还是其他各方的大人物,都在此时骇然失色。

他们眼神惊恐地望着天空上那道年轻的身影,他们能够清楚地感应到,此时那道人影之上,正在散发着恐怖的灵力波动。

那种波动,赫然已经超越了地至尊的层次!

那是天至尊!

曼荼罗与灵溪也在此时目瞪口呆地望着牧尘的身影,片刻后才面面相觑,倒吸了一口冷气,无法置信道:"这……这是天至尊的波动?!"

"府主他突破到天至尊了?!"

在那一旁,柳天道等众多牧府的高层,更是神色呆滞,犹如被雷劈一般,久久都回不过神来。

虽然对于自家府主的实力,他们都已经亲自领教过了,但他们却从未想到过,牧尘离开牧府才短短一年的时间,竟然就真的找到了天至尊之路!

那可是天至尊啊!

大千世界中巅峰的存在,无数天资卓绝的强者,到死都无法踏入的层次。

"怎么可能?!"

在那遥远处,紫云尊者等人也惊恐欲绝地望着那道年轻身影,作为曾经与牧尘交过手的人,他们那种震骇,最是强烈。

要知道,一年之前,牧尘才只是大圆满而已,然而如今,却直接踏入了天至尊境!

他们虽然号称距离天至尊仅仅半步之遥,可要知道,他们这半步,已经迟迟很多年没有踏出了?!

然而,那个曾经还落后于他们的人,如今却先他们一步踏入天至尊,这对他们造成的冲击,简直就是无以伦比。

"这个牧尘,简直是个怪物!"

他们震撼不已,旋即心中泛起一股恐惧感,因为他们知道,从今往后,北界将再没有他们可染指的地方了,甚至不仅北界,当拥有了一位天至尊后,牧府完全可以将触角对着整个天罗大陆上蔓延。

当然，不仅仅是他们在震撼，此时那天罗大陆上所有将视线聚焦在牧府上空的势力首领，都震惊得鸦雀无声。

显然，牧尘突破到天至尊这个消息，让整个天罗大陆为之震惊。

而对于那无数的震撼，牧尘并没有过多理会，他只是抬起头，面无表情地望着那神色渐渐难看下来的玄天老祖。

"该死的，这个小子，怎么会突破到天至尊了?!"

玄天老祖面色变幻，眼中同样有一抹震惊之意，因为按照他所得到的情报，牧尘只不过还是地至尊大圆满而已，但眼前的牧尘，跟他得到的情报完全不一样。

"怎么? 阁下之前不是在我牧府撒野撒得很威风吗?"牧尘望着那脸色变幻不定的玄天老祖，眼神微寒，讥声说道。

玄天老祖闻言，面色一沉，冷哼道："小子不要得意，你不过才刚刚踏入天至尊而已，真要斗起来，老祖也能收拾了你。"

他好歹也是天至尊，如今各方都盯着这里，如果任由牧尘扫他颜面的话，对他的名声可是不小的打击。

牧尘淡淡一笑，眼皮一抬，道："究竟谁叫你来找我麻烦的?"

虽然这玄天老祖的举动，很像是紫云宗他们背后的超级势力所为，但出于直觉，牧尘却觉得另有其他的原因。

玄天老祖闻言，冷笑道："你得罪了谁，难道自己还不清楚吗?"

牧尘双目微眯，他得罪的人虽然不少，但请动一位天至尊专门出手对付他的，显然只有一个……那就是浮屠古族。

从清霜那里得来的消息，虽然如今浮屠古族已经不敢轻易对他出手，但族内的人却可以找其他的天至尊帮忙。

以浮屠古族那些长老的人脉，想要请一个天至尊出手，显然不是太难。

牧尘眼中掠过一抹寒意，旋即收敛下来，漠然道："不管你受何人所托，既然你被鬼迷了心窍，那自然也该付出代价。"

"大言不惭!"玄天老祖怒笑道，他成名于大千世界时，牧尘还不知道在哪呢，眼下竟然敢如此与他说话。

牧尘却没有再与他多说废话，那原本自他体内暴射出来的亿万道灵光忽然返回，最后尽数收敛进了他的身体之中。

而随着浩瀚灵力入体，只见牧尘原本的血肉之躯，在此时渐渐变化成犹如璀璨水晶般的灵力之体。

此时此刻，牧尘的血肉都转化成了纯粹的灵力，举手投足间，散发着无法形容的恐怖威能。

"天尊灵体？"

那玄天老祖见状，眼神一沉，牧尘能够做到这一步，那就说明他真的是踏入了天至尊境。

"不过这小子显然是才踏入天至尊不久，还未曾将隐藏在身体最深处的灵脉炼化。"玄天老祖目光闪烁，作为老牌的灵品天至尊，他一眼就看出了牧尘这具灵体的一些缺憾。

"今日之事，看样子是没办法善了，既然如此，那就先与这小子过一下招，到时候将其制服，看他还敢嚣张？"

玄天老祖心中冷哼一声，下定了主意，按照他的估计，这牧尘才踏入天至尊，对自己的力量还没有完全掌控，所以要胜他应当不难。

心中有了主意，玄天老祖眼神立即变得凶狠起来，他盯着牧尘，拂袖冷笑道："既然你这小子不知天高地厚，那老祖今日我便让你知晓，就算踏入了天至尊，这世间制你之人，依旧数不胜数，还轮不到你来张狂！"

轰！

当其声音落下的时候，他身躯一震，血肉之躯开始爆发出亿万灵光。在其身后，无数星星射入他体内，令他的身躯最后化为一具周身铭刻着众多星星的璀璨灵体。

浩瀚无边的灵力波动自其体内席卷而出，在天地间掀起了灵力风暴。

高空之上，两具灵力身躯凌空而立，眼光交汇，寒光涌动，天地间的温度都在此时陡然降低。

唰！

下一瞬间，两具灵体，便在那无数道目光的注视下，暴射而出。

咻!

天地之间，两道璀璨流光犹如陨石一般划过天际，流光过处，空间尽数崩塌，毁灭波动散发出来，令整个天地都在为之颤抖。

那两道流光并没有采取其他的手段，而是直接以最为蛮横的姿态划过天际，最后轰然撞击在一起。

轰!

撞击后，有无边无尽的灵光在天空上蔓延开来，数万里之内，高空上的云层被摧毁得干干净净。

虽然双方的战斗是在九天之上，但依旧有余波扩散下来，令下方那一望无尽的大地都在震动，有的地块甚至被撕裂。

这看得不少地至尊强者头皮发麻，这等攻势，就算是余波，恐怕都不是他们所能够承受的。

咚!

在那无数道震撼视线的注视下，高空上，璀璨灵光爆发间，两道光影都在一瞬间倒射而出，他们身后的空间尽数崩碎。

牧尘退后数千丈，身躯微震，犹如璀璨水晶般的身躯表面荡起一圈圈的涟漪，便将那恐怖的力量化解而去。

在那对面，玄天老祖仅仅只是退后了千丈左右，而他的灵体，与牧尘略有不同。在其身体表面，铭刻着众多星星，星星闪烁间，轻易就将所有侵入体内的力量吸收化解。

两人这番交锋，显然还是老牌天至尊的玄天老祖微占上风。

不过虽说如此，但玄天老祖的面色反而变得凝重了许多，经过这一次的正面硬碰，他已察觉到，牧尘的这天尊灵体，虽说才刚刚修炼成，但却出乎意料的扎实。显然，牧尘以往的底蕴极深，根基非常雄厚，并非仅仅只是依靠机缘一步登天。

而在玄天老祖面色凝重时，牧尘倒是若有所思，他盯着前者那具天尊灵体，同样能够感觉到两者间有些区别。

他的天尊灵体，通体璀璨如水晶，极为纯净，而玄天老祖的天尊灵体，则暗蕴着众多星星，散发着一种奇妙之感。

"看来这应该是天尊灵体的强化方式，不过我才刚刚晋入这个层次，对于天至尊的修炼还颇为陌生。"

牧尘在心中自语，毕竟他的修炼，始终都是依靠自身，并没有长辈的随时指点，同时背后也没有超级势力，自然在这上面要缺少一些经验。

不过，在与玄天老祖交手的时候，牧尘却隐隐有所感悟，仿佛触及了什么。

所以，他的目光微闪了一下，忽然灵体再度暴射而出，携带着磅礴气势，直接冲向玄天老祖。

他没有动用任何神通之术，就完全是凭借着天尊灵体的强悍，施展着最为粗暴与蛮横的肉身攻势。

因为在晋入天至尊之后，肉身转化为纯粹的灵力，举手投足间，都拥有着无法形容的浩瀚之力。毫不客气地说，此时的牧尘即便随意一拳打出去，所具备的威能，都不会逊色于他之前动用的八部浮屠。

"哼，凭借你这最初步的天尊灵体，也想与老祖我斗？"

玄天老祖瞧着牧尘这架势，发出一声冷笑，只认为是牧尘先前落入下风不服气。不过后者这举动，倒正合他心意，毕竟灵体相斗，他可是能稳稳占据上风的。

因此，他身躯一震，身躯之上，无数星星闪烁光芒，然后他暴冲而起，化为一道流光，与牧尘再度冲撞在一起。

轰轰！

高空之上，两道流光不断冲撞，他们纠缠在一起，凭借着肉身之力硬撼，每一次的拳脚碰撞，都带起惊天动地之声。

一时间，高空上，仿佛惊雷不断，天地震荡。

而无数强者都震撼地望着那两道纠缠一起，不断交错而过的光影。因为牧尘与玄天老祖周身的灵光太过强盛，所以天至尊之下的人，若是看久了，便感觉到双目刺痛，体内灵力都随之震荡。

不过虽说不能持续观看，但众人都看得出来，此时两人的交锋，显然是玄天老祖占据着绝对的上风，每一次的对碰，都是牧尘被震退，但他却是悍勇至极，即便落入下风，也依旧爆发出狂风暴雨般的攻势，源源不断地轰向玄天老祖。

"曼荼罗大人，府主似乎局面有点不对啊。"柳天道望着这一幕，不由得担忧道。

曼荼罗与灵溪对视一眼，倒是显得颇为平静，因为她们对牧尘太了解了，眼下的牧尘，根本就没有施展任何杀招，只是凭借着那强悍的灵体在作战。

她们可是很清楚，牧尘身怀一气化三清与八部浮屠这两道大千世界顶尖的绝世神通，但眼下他却一个都没动用，显然是在以那玄天老祖为磨刀石，借助这场战斗，感悟天至尊的不同之处。

咚！

九天之上，天空震动，又是一次凶悍无比的轰击，只见牧尘的身躯一震，倒射出数千丈，步伐落下时，连虚空都在崩塌。

不过虽说被震退，但牧尘的眼中却掠过一抹精光。

他眼神灼灼，在一次次与玄天老祖硬撼中，他渐渐察觉到，玄天老祖的天尊灵体与他究竟有何不同了。

每当他的灵力侵入玄天老祖体内时，对方身躯之上那些星星便会运转起来，将这些入侵的灵力尽数化解。

那星星运转的化解之力，比起他这种硬生生承受的方式，显然高上了一大截。

这说明玄天老祖的天尊灵体，比他的要更高级。

他的天尊灵体固然强横，但却与自身隔着一层难以察觉的隔膜，那层隔膜，令他的天尊灵体不具备这些奇妙的能力。

而反观玄天老祖，则将此展现得淋漓尽致，所以才能够在与他的一次次对碰中，占据上风。

"我的血肉、骨骼都灵体化了，若是还有隔膜，那就应当是在身体的更深处……"牧尘的目光闪烁，心中念头飞速转动。

突然，一道灵光划过脑海，先前与玄天老祖一次次对碰中心中闪过的那些感悟，在此时涌现而出。

"我知道是什么了！"

"是灵脉！"

牧尘眼神深处掠过一抹了然之色。每一个刚开始修炼的人，都会对灵脉记忆尤深。在刚开始修炼时，灵脉等级越高的人，其修炼速度会更快。

而灵脉，一般说来，分为天、地、人三个等级，但其实，还有一种灵脉位于其上，那被称为神级灵脉……

牧尘犹自还记得，在那北苍灵院的时候，他的大敌姬玄，便拥有着天级灵脉。

只不过后来随着实力达到某种程度后，灵脉之说便逐渐消匿。很多人认为，灵脉只是在修炼最初有作用，到了往后，作用便会越来越小，甚至于无。

那身体深处的灵脉，并非没有作用，而是很多人都没有那个实力将其真正炼化，而要拥有这个实力，必须达到一种必要的条件。

那就是踏入天至尊，修成天尊灵体。

唯有将肉身与灵体之间转化，才能够感应到身体深处的灵脉，进而才能够将其炼化，让自身的灵体化达到圆满的程度。

牧尘凌空而立，俊逸的面庞上露出一抹笑容，其实在踏入天至尊境，成就天尊灵体的时候，他就隐约有所感觉，自己似乎缺了什么，而如今与一位真正的老牌天至尊交手后，终于明白了缺陷在哪。

此时玄天老祖也瞧见了牧尘的神色，当即眼神一凝，微微沉思，便明白了牧尘此番作为的目的，他嘴角忍不住抽搐了一下，这个小子，竟然将他玄天老祖当作了陪练，借助与他之间的战斗，来完善自身的不足。

亏得他先前还说牧尘心高气傲，不愿意服输，哪知道这人竟是故意在这上面与他激战，从而摸索出天尊灵体的圆满之道。

玄天老祖面目阴沉，他盯着牧尘，咬牙道："看来你这小子倒是聪慧，竟然这么快就知晓了你这天尊之体的缺陷。"

"没错，老夫就明白告诉你，唯有炼化了体内的灵脉，才能够让天尊灵体圆满，而且，越是强横的灵脉，一经炼化之后，那天尊灵体就越是神妙。"

"不过，就算你知晓了又能如何？临阵磨枪，又有何用？！"玄天老祖讥讽道。

这些经验，从某种意义而言，也算不得什么秘密，以牧尘的能力，即便今日没与他交手，想来日后也会领悟出来，只是会花费一些时间罢了。

而且，知晓是一回事，想要炼化又是另外一回事，至少，他眼下可不会给牧尘炼化灵脉的时间。

听到玄天老祖的冷笑声，牧尘忍不住一笑，道："是吗？"

玄天老祖闻言，脸上的讥讽更甚，不过还不待他再次说话，却忽然见到牧尘单手结印，紧接着，他身旁的空间震荡，一黑一白两道人影，自那虚空中缓步走出。

两道人影，与牧尘一模一样，而当他们屹立在牧尘两侧时，两股天至尊级别的灵力，也浩浩荡荡地席卷开来。

整个天地，都在此时剧烈颤抖起来。

而玄天老祖原本面带讥讽笑容的脸庞，也在此时一点一点僵硬起来，他望着那与牧尘如出一辙的两道人影，内心深处掀起了惊涛骇浪。

而天地间众多强者的表情也在此刻凝固了下来。

因为他们都察觉到，那两道化身的身体上，爆发出了与牧尘本体如出一辙的天至尊波动。

在那远处，紫云尊者目瞪口呆地望着这一幕，半响后，他狠狠倒吸了一口凉气，脸上的惊骇之色怎么都掩饰不住。

对于牧尘这两道化身，其实他们并不陌生，因为之前他们就曾经与之交过手，但他们从未想过，当牧尘踏入天至尊后，这两道化身的实力也会变得与本体一模一样……

那可是天至尊啊，就算是再强的化身，也总该有一些限制吧？但从眼前的情况来看，牧尘所掌握的神通，跨越了那种限制。

如此一来的话，那牧府拥有的就不是简单的一位天至尊了，而是三位！

要知道，就算是他们背后的超级势力，也不过只是各自拥有一位天至尊而已！

拥有三位天至尊的牧府，绝对足以傲视整个天罗大陆了。

整个天地间寂静无声，不止紫云尊者等人震撼失音，天罗大陆上那些同样将视线聚焦在此的各方势力，都在此时惊骇不已。

显然，牧尘这两道同样踏入天至尊的化身，彻底将他们给震撼了。

"没想到府主的化身也到了这一步……"柳天道等牧府的强者，在震撼了半晌后，终于回过神来，然后感叹道。

对于牧尘的化身，他们自然有所知晓，但与紫云尊者一样，他们也从未想过，在牧尘晋入天至尊后，这两道化身也能够随之变强。

而旋即，牧府这边，便爆发出震耳欲聋的欢呼声，原本因为玄天老祖这将近半年的压制而憋屈的士气，在此时彻彻底底爆发出来。

这口气，真的是吐得太爽了。

"不愧是名列三十六道绝世神通之一的神通之术。"曼荼罗与灵溪对视一眼，都看出对方心中的感叹，她们对此其实早有预料，但预料归预料，当三位天至尊同时出现时，那股震撼，依旧让人无法冷静。

高空之上。

玄天老祖死死地望着牧尘身旁的两道化身，许久后，才从那牙缝之间挤出几个字来："一气化三清?!"

能够成为天至尊，玄天老祖的见识自然不凡，所以一眼就认出了牧尘这番神通的来历，毕竟整个大千世界中，能够让化身拥有与本体一模一样实力的神通之术，除了那一气化三清之外，不会再有其他的了。

面对着牧尘两道化身的漠然注视，此时此刻，即便是玄天老祖，心中都涌起了丝丝悔意，原本以为这一次受人所托，应该手到擒来，毕竟以他灵品天至尊的实力，不管牧尘手段再多，也决然逃不出他的手心。

所以当他在受人所托时，根本没有多少犹豫便应承了下来，但到了此时，他才明白，他这一次究竟有多愚蠢。

眼前的牧尘，如此年轻便踏入了天至尊境，此等天赋，简直让人感到震惊，可以想象，日后他的成就必定不会局限在灵品天至尊，说不定，未来的大千世界中，又将会多出一位圣品天至尊。

那是整个大千世界中巅峰般的存在。

这一次，他可真的是踢到铁板了！

玄天老祖面色不变，心中却在暗暗叫苦，他此次在牧府之上欺凌了半年时间，令牧府颜面大失，算是彻底得罪了牧尘，而以后者的性子，这场恩怨，恐怕没那么容易揭过。

此时，牧尘那漆黑眸子紧紧注视着玄天老祖，眼中掠过一抹凶狠之色。

这玄天老祖虽然是天至尊，但这一次将牧府搞得颜面大失，牧府差点就真的士气消散，支离破碎了。

而且这个老家伙将此事搞得人尽皆知，若是今日他轻易将其放过，只怕会让外人看轻了他牧府，以后谁想来踩，都不用考虑所要承担的后果。

这一点，是牧尘绝对不会允许的。

因此，他转头，对着黑白牧尘微微点头，神色冷峻。

嗡！

黑白牧尘体内，顿时有浩瀚灵光涌动，只见他们的身躯也化为璀璨的灵体，散发着恐怖的威能。

唰！

两道光影暴射而出，携带着强大威能，凶悍无比地对着玄天老祖疾射而去。

而这一次，面对着两道天至尊化身的联手，那玄天老祖也变了脸色。先前他不过凭借着修炼得更强的天尊灵体，这才勉强占得一点上风，眼下这两道化身实力与牧尘如出一辙，二打一之下，他必然不是对手。

"该死！"

玄天老祖暗骂一声，再不敢只凭借天尊灵体硬抗，双手陡然结印，只见其身躯之上，那些星星忽然绽放出夺目光泽，然后星星彼此连接，最后在他的身体表面，形成了一幅星空光图。

"周天星辰图！"

轰！轰！

两道化身下手毫不留情，灵体散发着璀璨之光，两拳狠狠轰在了玄天老祖身躯之上。

咚咚！

天空震荡，空间都在这两道化身的狂暴攻势下崩塌下来，而那玄天老祖虽然竭力阻挡，依旧被两拳轰到。

不过此时，他身躯表面的星辰图开始运转，竟护住他的身躯，而那蕴含着毁灭之力的两拳落在上面，只是将那星辰图震得泛起阵阵涟漪。

"好强的防御力，这就是那天尊灵体的奇妙之处吗？"远处，牧尘本尊凌空而立，他望着这一幕，目光不由得一闪，玄天老祖周身那星辰图显然是由其天尊灵体所催动，防御力强得惊人。

如此看来，这天尊灵体的威能，的确是相当不凡……

不过，再强的防御，面对着两道天至尊法身的狂猛轰击，恐怕也无法持久。

局面正如牧尘所料，虽然借助着那星辰图的强大防御，玄天老祖勉强站稳了脚跟，但随着时间的持续，那星辰图也开始摇摇欲坠，即将崩碎。

以一己之力，抗衡两道天至尊化身，显然并没有他想象中的那么容易。

轰！

天空上，两道化身犹如鬼魅般出现在玄天老祖前后，又是两拳轰出，带起惊天动地般的轰鸣声。下一瞬，两拳重重轰在星辰图上。

咔嚓！

这一次，那星辰图终于达到了极限，其上有裂纹浮现出来，最后裂纹蔓延开来，星辰图轰然碎裂。

星辰图碎裂的瞬间，玄天老祖脚下灵光一闪，身影消失在原地，狼狈出现在了不远处，避开了两道化身的前后夹击。

但局面到了这一步，任谁都看得出来，这玄天老祖已是彻底落入了下风。

唰！

然而虽然他狼狈不堪，但两道天至尊法身却并没有放过他的意思，身形一动，又呼啸而来，发起连绵攻势。

面对着这种局面，玄天老祖变得险象环生，狼狈至极。

"牧尘，你不要欺人太甚！"狼狈之间，玄天老祖怒声道。

但对于他的怒吼，牧尘却丝毫不理会，两个天至尊化身的攻势，更为狂暴。

感受着愈发凌厉的攻势，玄天老祖再也忍耐不住，一声怒啸，浩瀚灵力席卷开来，只见一道数十万丈高的身影，陡然自其身后出现。

那道身影散发着璀璨灵光，连烈日都在其光芒下显得黯淡。他吞吐之间，天地间刮起狂风，下起暴雨，远远看去，犹如一尊神祇降临世间。

"这是天至尊的至尊法身。"

天地间，无数强者望着那出现在天地间的庞然大物，都是心头震撼，这玄天老祖竟然被逼得现出了至尊法身，由此可见有多狼狈。

吼！

那至尊法身一出现，便咆哮出声。天空上，有无数星星坠落，化为光束，铺天盖地地对着牧尘的两道化身轰击过去，将他们轰得不断后退。

显然，到了这一刻，玄天老祖再也不敢有所保留，将战斗力发挥到了极致。

"牧尘小子，你真当老祖我惧你不成？想要斗，老祖就奉陪到底！"至尊法身傲立天地间，玄天老祖出现在其肩膀上，暴喝道。

牧尘闻言，抬起头来，俊逸的脸上有一抹冷峻之色浮现。

"是吗？"

听到牧尘这冰冷之声，玄天老祖忽有所感，猛地抬头，然后便见到，高空之上，一座巨大得无法形容的水晶塔忽然出现，直接对着他压下来。

轰！

玄天老祖大骇，急忙催动至尊法身，爆发出无尽伟力，硬生生将那压下来的水晶塔顶住。不过这显然只是权宜之计，因为那水晶塔正在缓慢而坚定地落下，要将玄天老祖收入其中。

嘎吱。

巨大的至尊法身在此时发出不堪重负的嘎吱之声，那玄天老祖脸庞通红，半响后，终于察觉到有些无法抵御，当即深吸一口气，暴喝之声，响彻天际。

"紫气真人、雷尊者、龙雕大帝，你们若是不出手，这北界就没你们插手的地了！"

就在玄天老祖暴喝声响彻天地间之时，遥远的虚空中忽然有三道浩瀚匹练出现，它们穿透空间，轰向缓缓压制下来的水晶塔。

"牧府之主，还请手下留人！"

三道洪亮的声音传来，响彻在天地间。与此同时，三道无法形容的伟力自远处传过来，轰向正在缓缓下压的水晶塔，显然是打算将陷入绝境的玄天老祖救出。

这突如其来的攻势，再度引得天地间无数强者震撼，因为从玄天老祖的喝声中，他们已经知晓了那出手者究竟是何人。

紫气灵洞，紫气真人！

雷音大寺，雷尊者！

龙雕洞，龙雕大帝！

这三方势力，赫然都是大千世界中的超级势力，而这出手之人，则正是三大超级势力中的天至尊！

原本按照天罗大陆上的规矩，天至尊不得插手这片大陆上的争霸，但眼下这三大超级势力中的天至尊，显然是无法忍耐了。

他们看出了牧尘的强势，如果任由他镇压玄天老祖，那等声势恐怕将会无人能及，整个北界，都将会是牧府囊中之物。

他们辛苦扶持多年的势力，也将会崩溃。

所以，他们绝对不能见到牧尘如此嚣张，必须趁着这个机会，将其锐气打压下来。

按照他们的估计，只要救下玄天老祖，依靠他们四人联手，就算牧尘拥有两道天至尊化身，今日也得将这口气给咽下去。

"老祖他们出手了！"

紫云真君三人见到这一幕，面露狂喜之色，三位天至尊一出手，必定可以改变局面。在这等威势下，就算是那牧尘，都得服软！

高空上，牧尘望着那三道破空而来的浩瀚伟力，漆黑眸子中掠过一抹阴冷之色，对于那三位天至尊打的什么算盘，他自然一清二楚。

"以往因为忌惮你们，才未曾霸占北界，不过今日既然你们敢插手，那就怪不得我了。"

牧尘冷笑，旋即他一步跨出，直接出现在了浮屠塔最顶端。他单手结印，亿万道紫金光芒爆发开来，下一瞬间，一道数万丈高的紫金身影，便出现在了其身后。

不朽金身！

此时此刻的不朽金身，比起牧尘突破之前，不知道强大了多少倍，光是那体形，便增长十数倍，由千丈高达到了数万丈高。

而且，不朽金身通体流溢着紫金光芒，巨大的身躯修炼得犹如实质，如果说以往的不朽金身大部分只是光影形态，而现在……就是一尊真正的紫金大佛！

在不朽金身那庞大的身躯上，有古老的纹路，散发着不朽之光，犹如能够无视岁月的侵蚀。

不朽金身出现在牧尘的身后，只见其巨嘴一鼓，顿时一条浩荡紫金河流被其一口喷出。那河流一出，这片空间都在不断崩塌，仿佛无法承受其重。

牧尘抬头望着那紫金河流，微微点头，这紫金河流乃是由不朽神纹所化，按照他的估计，其中的不朽神纹数量，应该达到了整整四百八十道。

要知道，在晋入天至尊之前，即便牧尘暂时将两道化身融入自身，那所能够催动的不朽神纹才勉强达到三百道。

然而现在，他心念一动，不朽金身一口就能喷出将近五百道不朽神纹，由此可见，如今他的实力究竟提升了多少。

毕竟，越到后面，想要多喷出一道不朽神纹，都难如登天，更何况数百道。

紫金河流奔腾在高空中，然后伴随着牧尘心念一动，开始蜿蜒扭曲，最后竟化为一条凶悍的紫金神龙。

吼！

神龙咆哮，龙吟震天。

咻！

只见那紫金神龙冲天而起，携带着无尽威能，在那无数道目光的注视下，与那降临而下的三道浩瀚伟力硬撼在了一起。

撞击的瞬间，虽然并没有惊天动地之声响起，但见那九天之上，空间开始崩塌，最后渐渐形成了一个十几万丈长的漆黑空洞。

紫金神龙与那三道伟力，都在此时尽数湮灭。

咕噜！

望着这一幕，无数强者忍不住咽了一口唾沫，十分震骇，谁都没想到，牧尘竟然将三位天至尊的攻击给阻拦了下来。

"怎么可能?!"

而紫云真君三人则是目瞪口呆，虽说三位天至尊并没有全力出手，但好歹也是三人之力，然而现在，竟被牧尘一人挡下，这显然说明牧尘拥有非常强的战斗力。

"哼，在我牧府撒野，就该由我牧府处置，还轮不到你们来插手！"牧尘立于浮屠塔顶端，他望着虚空，冰冷之声响彻天际，其中蕴含着让人心悸的威严之感。

天空中一片寂静，那三位天至尊都被牧尘这强势出手惊到了。

不过牧尘却不再理会他们，脚掌猛地重重踩在浮屠塔上，顿时浮屠塔一震，爆发出水晶之光，直接将其下方苦苦支撑的玄天老祖笼罩进去。

"啊！"

玄天老祖发出一道惨叫之声，只见他那巨大无比的至尊法身竟在此时黯淡下来，最后嗖的一声，和他本人一起被水晶浮屠塔吸入塔内。

水晶浮屠塔屹立在虚空中，散发着神圣之光。无数强者见到这一幕，眼中都泛着浓浓的惊惧之色。

因为一位天至尊在眼前被硬生生镇压，实在是太具备震撼性了。

"牧主！"

"牧主无敌！"

天地间的寂静持续了一会，接着，有震耳欲聋般的咆哮声响起，只见那牧府中的无数强者，都在此时扯破喉咙地狂啸起来，他们看向牧尘的眼中，充满着狂热与尊崇之色。

今日牧府，原本被玄天老祖打压得抬不起头来，但谁能料到，他们府主强势归来，甚至连天至尊，都被其一手镇压。

如此显赫战绩，让每一个牧府之人都扬眉吐气，感到非常自豪。

他们牧府有如此一位府主，从此往后，这北界，甚至这天罗大陆，还有谁敢与他们牧府为敌?

而在牧府这边欢呼时，却有不少势力的强者面如土色，通体冰凉，因为这些势力，在之前牧府情况不妙时，便选择了自主脱离，不想与牧府共存亡。

原本他们还以为今日牧府不保，但哪能料到，局面会如此扭转。

"这下完了，从此以后，这北界再无容身之所。"他们如死了爹妈一般，面色难看至极。

听到下方大地上震耳欲聋的欢呼声，牧尘伸出手掌，巨大的水晶浮屠塔开始缩小，最后落在他的掌心之中。

牧尘瞥了一眼掌心，此时他已催动了八部浮屠，将这玄天老祖镇压在了其中，不过现在还不是处置其的时候。

他手托水晶塔，抬起头来，平淡的声音，回荡在天地间："三位既然出手了，那就现身吧，藏头露尾，可不是天至尊的作风。"

随着牧尘的音落，虚空之外，三道光柱降临下来，最后化为三道气势浩瀚的人影。

三道身影屹立在虚空中，气势如虹，引得天空震荡。

显然，这三位，便是先前出手的紫气真人、雷尊者以及龙雕大帝。

而此时这三位天至尊，面色都有些难看，刚刚三人同时出手，竟然都没有从牧尘的手中救下玄天老祖，显然大失颜面。

不过牧尘却并未理会他们，他目光幽深，淡淡道："这玄天老祖来堵我牧府大门，也有你们的鼓动吧，那今日，你们也给我牧府一个交代。"

听到牧尘此话，这三位天至尊眼神都一凝，旋即那龙雕大帝目光锐利，冷笑道："哦？牧主想要我们给个什么交代？"

"从今往后，这北界归我牧府所有，尔等势力，尽数退出。"牧尘双目微闭，随意说道。

此言一出，无数人感到震惊，而这三位天至尊也勃然大怒，他们没想到牧尘在面对着他们三人时，竟然还敢如此的嚣张。

"牧主此言未免过分了一些。"那身着紫袍，浑身散发着飘渺气息的紫气真人，眉头一皱，说道。

龙雕大帝性格暴戾，冷冷道："若是我等不愿，你又能如何？"

"如何？"

牧尘闻言，身躯之上，磅礴灵力爆发开来，与此同时，黑白牧尘踏空而来，出现在牧尘身旁，远远地注视着龙雕大帝三人。

天地皆一片寂静，谁都能够感觉到，那青年平淡的神色中蕴含着强烈的杀伐之气，显然，这一次玄天老祖的堵门，让这位牧府府主，动了真怒。

为了震慑整个天罗大陆，即便眼前出现了三位超级势力之主，牧尘依旧展现出了最为强硬与霸道的姿态。

在那无数道震惊目光的注视中，天空中，青年洒脱一笑，而后平静说道："还能如何？那就来战一场，看我等谁生谁死吧。"

第4章
问鼎北界

牧尘的声音在这天地间传荡开来，顿时引来无数强者心头震动，他们显然都没想到，在面对着三位灵品天至尊降临时，牧尘不仅没有丝毫惧意，更是直言挑衅。

而面对着牧尘这番言语，那紫气真人、龙雕大帝、雷尊者三人面色微沉，自从突破到天至尊以来，他们显然已经很久没有遇见过这种挑衅了。

而且，这还是在己方占据人数优势的情况下。

"牧主可真是好威风！你是想要凭你一人，战我们三人吗？"龙雕大帝阴沉沉道，眼中满是寒光。

牧尘笑道："有何不可？"

他声音落下，身边的黑白牧尘周身灵光涌动，再度变化成为灵体，璀璨之间，散发着浩荡威能，迅速进入战斗状态。

到了此时，众人方才明白，牧尘此言，并没有开玩笑，而是要真的挑战三大天至尊。

三大天至尊望着牧尘那如刀般的目光，心头微凛，此时他们才反应过来，拥有着两道天至尊化身的牧尘，整体实力其实并不输于他们三人。

如果今日真的开战的话，就算他们三人能够勉强获胜，那也必然会付出惨重的代价，这种代价，很有可能是他们中有人陨灭。

那种后果，太严重，严重到他们都承受不起。

他们苦修多载，才踏入天至尊，还未享受够天至尊的荣耀，若是在这里与牧尘展开生死相拼，实在是有些太不划算。

更何况，他们三人并不是铁板一块，往日都是竞争对手，如果不是此次牧尘太过强势，恐怕他们也不会联手。

所以，这种临时的盟友，其实彼此心中都不是绝对的信任，万一到时候开战，谁心生退意，其他人恐怕就会陷入绝境之中。

而反观牧尘那边，两道化身同出一体，不仅默契无比，而且绝没有丝毫二心，可不是他们这种各怀心思的组合能抗衡的。

在这种不对等的情况下，一旦开战，他们的胜算，恐怕不会太大。

所以，面对着咄咄逼人、毫不畏战的牧尘，三大天至尊反而开始犹豫起来，一时间，都保持着沉默。

而他们的沉默，被天地间那无数注视着此处的强者看在眼中。他们没想到，三位天至尊在此，竟然都被牧尘的锐气所震慑住，不敢直面相战。

这岂非说明，即便是三大天至尊联手，面对着牧尘时，都极为忌惮？

于是，天地间无数强者震撼地望着天空上那个负手而立的年轻人，目光之中，开始有浓浓的敬畏之色。

以一己之力，压服三大天至尊，此举当真是霸气得无法形容，今日之事若是传开，那牧尘的名声，将会传遍整个大千世界。

三大天至尊的沉默持续了半晌，然后，紫气真人叹了一口气，道："牧主会不会太过分了？"

牧尘淡淡道："三位鼓动那玄天老祖来堵我牧府之门时，可曾想过过分？"

他眼皮一抬，盯着三人，语气漠然道："今日我若是将此事轻巧放下，那日后我牧府，恐怕就没什么安宁日子了。"

"三位若是想战，我牧尘今日奉陪，若是不愿，那就依我先前所说，退出北界。"

紫气真人皱着眉头，片刻后苦笑一声，虽说北界资源不少，但他紫气灵洞毕

斗破苍穹之
大主宰
23
047

竟也是超级势力，这里只能算作产业之一，若是为此与如此强势的牧尘生死相斗的话，实在是有点不划算。

所以，他最终摇了摇头，道："既然如此，那我紫气洞麾下紫云宗，便退出北界，当作对牧主的赔礼。"

他倒是拿得起放得下，既然知晓局面不占优势，那就果断放弃，眼下模样，牧府崛起之势已是势不可挡，只要有牧尘在，他们就相当于拥有三位天至尊坐镇，这等实力，比起他紫气灵洞还要更强。

那雷尊者见到紫气真人退步，也无奈摇头，最后道："我雷音山也可退出。"

龙雕大帝见状，眼中掠过一抹怒意，不过若是这两人不参战，以他之能，决然无法与拥有两道天至尊化身的牧尘抗衡。

当即他只能闷哼一声，恨恨地盯了牧尘一眼，半句话都不说，身形一动，便化为一道流光冲天而起，踏空而去。

他这番举动，已表明了他的选择。

在那大地上，紫气真君、金雕皇、雷音尊者三人见到这一幕，面色都灰败下来。他们没想到，连他们背后的靠山，面对着此时的牧尘，都宁愿放弃他们，也不想和牧尘展开决战。

而失去了靠山，他们还拿什么和牧府相争？从此以后，北界将再无他们插手的地方。

高空上，牧尘见到三大天至尊的选择，目光微闪，但却并不感到意外，因为从一开始，他就知道，这各怀心思的三人，根本就不敢与他正面相战。

不过这是建立在玄天老祖被他率先镇压的情况下，如果先前他出手救下了玄天老祖，那现在恐怕就会是另外一番局面。

"既然如此，那就不送了。"牧尘冲着紫气真人、雷尊者拱了拱手，平淡道。

紫气真人和雷尊者是一肚子的憋屈，但最终都只能目光闪烁，也不多说什么，直接踏空离去。这般局面，再留在这里，只会更加丢失颜面。

随着三大天至尊的离去，笼罩在这方天地间的那种恐怖威压，才渐渐消散。无数的强者都如释重负，不断抹着额头上的冷汗。

牧尘袖袍一挥，黑白牧尘消散而去，而手中的浮屠塔，则化为一道灵光射入他眼瞳之中。

做完这些，他负手而立，仰头望着四周虚空，那幽深的目光，犹如穿透了虚空，看见了那些在遥远处窥视此地的各方强者。

察觉到牧尘的目光警告，那一道道目光也开始撤离。原本今日若是牧尘表现得稍稍弱势的话，恐怕不知道多少恶狼会冲出来将牧府瓜分，但可惜的是，牧尘太过强势，竟然硬生生将牧府从悬崖边上给拉了回来。

而且，经过今日一战，谁都知晓，从此以后，牧府将会成为天罗大陆上数一数二的顶尖势力，未来说不定还有机会，真正问鼎天罗，成为这座超级势力上当之无愧的霸主。

那牧尘气候已成，之后必然会如潜龙升渊，无可阻挡，而牧府，也将会借其声势，踏入超级势力的行列。

天空上，待到那些窥视的目光撤离后，牧尘才收敛了周身恐怖的威势，身形一动，从天而降，落在了牧府大殿之前。

"恭迎府主！"

瞧得牧尘落下，柳天道等众多牧府强者皆恭敬地跪拜，脸上充满着尊崇与狂热之色。

牧尘看向众人，发现牧府中的这些高层数量，比起自己离去时，似乎少了一些。

察觉到牧尘的目光，曼荼罗走上前来，道："这半年时间，因为玄天老祖的压迫，以往不少投靠过来的势力都脱离了牧府。"

牧尘闻言，神色倒是颇为平淡，道："如此也好，这种一遇见危险就各自逃难的东西，留下来也是祸害。"

曼荼罗赞同地点点头，这种人就是养不熟的白眼狼，若是留下来，反而会成为牧府这棵参天大树上的蛀虫，阻碍发展。

如今这一番变故，虽然让牧府实力有损，但却清除了这些隐患。

"对那些脱离牧府的势力，立即没收其所有产业，全部驱逐出北界，从此以后，若是再敢在北界发展，立即抹杀。"牧尘漆黑眸子中掠过一抹冷光，想要令牧府长存，那就必须赏罚公正，对于这些背离牧府的势力，则必须杀鸡儆猴，以傲效尤。

听到牧尘那蕴含着寒意的声音，柳天道以及众多势力首领都打了一个寒颤，旋即庆幸不已，还好他们坚持，没有被蛊惑成功，否则的话，那些倒霉家伙的下场就是他们现在的结果。

"有罚，也该有赏。"

牧尘望向面前那些选择与牧府存留在最后一刻的北界势力，神色变得温和了许多，道："那些没收的产业，可按照功劳，赏给留下的宗府，而且未来三年的天河修炼令，翻倍给予。"

此话一落，众多势力首领顿时面露狂喜激动之色，要知道此次脱离牧府的势力可算是不少，如果能够获得那些产业的话，无疑会令他们的势力暴涨。

而且那天河修炼令更是珍贵，若是翻倍的话，那他们精心培养的弟子与手下，就能够有更多人前往天河修炼，壮大自身。

此刻，众多首领不由得对牧尘叩头，恭声道："谢府主赏赐！"

在那一旁，曼荼罗与灵溪瞧得牧尘这一手大棒一手萝卜将众多桀骜的首领震慑得服服帖帖，不由得对视一笑。她们知晓，当牧尘踏入天至尊后归来的那一刻，牧府的崛起，就已经注定了。

而这一次，将再无人能挡。

震动天罗大陆的北界之战，最终落幕，但此事所造成的余波，在接下来的时间内，令整个天罗大陆处于震荡之中。

如果说一年之前，牧府与北界三大霸主争霸的那一战，只是令牧府在天罗大陆上声名鹊起的话，那么这一战，就彻底让牧府屹立在了天罗大陆顶尖的位置，引得无数势力敬畏有加。

而从此以后，北界将会成为牧府私有地，任何势力都不敢心生觊觎，至于天罗大陆上的那些顶尖势力，也将会对牧府保持极为强烈的忌惮。

因为，如今的牧府已经拥有了天至尊，以牧尘展现出来的惊人战斗力来看，若非现在的牧府底蕴还不足，恐怕早就能够跻身进入大千世界中的超级势力之列了。

如果此时换作是另外一座大陆，光以牧尘现在的实力，就能够直接霸占整座大陆，旁人也不敢有半句怨言。

不过天罗大陆毕竟是大千世界中的超级大陆之一，其中资源雄厚得无法想象，就算是超级势力也为之眼红。如今的天罗大陆上，虽说看上去并没有天至尊的存在，但那些顶尖势力的背后，却几乎个个都有超级势力在暗中支持。

在这种复杂的环境下，此时的牧府，因牧尘的存在，虽说明面上敢傲视群雄，占据北界，但却依旧无法称霸天罗大陆。

若是强行而来的话，必然会牵扯出众多的超级势力，到时候对牧府不满的，恐怕就不只是紫气灵洞、雷音大寺、龙雕洞这三方超级势力了。

而如果引得太多敌人仇视，就算是牧尘，恐怕也吃不消，除非等他有朝一日拥有着匹敌圣品天至尊的实力，那样的话，要将天罗大陆收入掌中，就是翻手间的事了。

所以，在他的吩咐下，牧府在经过此次大胜之后，仅仅只收揽着北界的疆域，并没有将触角朝其他的地方延伸，免得引来其他超级势力的反弹与抵触。

毕竟这辽阔的北界，已经足够此时的牧府消化很长一段时间了。

牧府，上古天宫。

一道光芒从天而降，落在了天河之旁一座最为巍峨的山岳之上，现出了牧尘的身影。他在山巅盘坐下来，目光微微俯视，便能够见到那犹如一条玉带一般环绕在巍峨山岳之外的天河。

天河周围，遍布着修炼石台，其上有众多身影在修炼。而先前牧尘现身的动静不小，自然也引得不少目光射来。

一般能够来到天河修炼的人，大多都是牧府麾下众多宗府内的年轻俊杰，因为这种年龄段的人，在天河修炼的好处很大。

此时，天河周围，少年器宇不凡，少女貌美年轻，气质空灵，当真是为天河增色不少。

"快看，那是府主大人！"

当牧尘在那天河之外的山岳上现身时，顿时引得天河周围无数修炼的少年少女们将尊崇的目光投射过来。

"府主真是了不得，如此年纪，就踏入了传说中的天至尊，成为这大千世界中巅峰强者。"一个姿色过人的少女，在瞧得那道年轻而伟岸的身影时，面若桃花，痴痴道。

"嘻嘻，傻丫头，不要发浪了，府主大人是何等人物，哪能看得上咱们？"也有理智的女孩嘻嘻笑道。

一个少年轻哼道："传闻府主已有心爱之人，那位仙子可是修行了洛神法身，未来必然是大千世界的第一美人，你们就别想了。"

一时间，天河周围，热闹得很。

在那山岳之巅，虽然距离天河略远，但以牧尘此时的感知，自然能够将那些笑闹声收入耳中，当即略有些哭笑不得。

在见到这些少年少女时，他有些感慨，想起了当初自己在北灵院、北苍灵院中修炼的时期，那时候的他，不也是这般崇尚强者吗？

他笑了笑，将这些心思渐渐收起，眼中有一道光芒射出，最后化为一座水晶塔，悬浮在他的面前。

这些天他一直坐镇在牧府，待牧府将整个北界都纳入掌控之中后，这才有时间进入上古天宫。此时，他需要将这水晶塔中的问题给解决掉。

前些天与那玄天老祖大战，他只是将其镇压进了浮屠塔内，并未将其击毙，所以眼下腾出手来，得先将这个隐患解除掉，不然的话，之后再与人对敌，这浮屠塔就不能轻易动用了。

水晶塔静静悬浮在牧尘的面前，散发着神圣之光。

牧尘身形一动，便化为一道流光射入其中。

进入塔内后，他目光一扫，只见此时浮屠塔内水晶光芒大放，铺天盖地地汇聚着，在那中心位置形成了一颗水晶星星，而星星之内，一道人影盘坐，不断运转浩瀚灵力，与牧尘抗衡。

似是察觉到牧尘的视线，那道人影双目陡然睁开，面色顿时一片铁青。此人，正是之前被牧尘用浮屠塔镇压下来的玄天老祖。

牧尘倒没理会玄天老祖的脸色，反而饶有兴致地打量着如今的浮屠塔，随着他晋入天至尊，这座浮屠塔也发生了巨大的变化。

仔细看去，那每一道自塔内散发出来的水晶光芒，竟蕴含着无数古老的纹路，那种纹路，拥有着强大的封印之力。

这种封印之力，就算以玄天老祖之强都敌不过，唯有被困在其中，因为他一旦催动灵力，就会有封印之力笼罩而来，将灵力尽数封印。

"如今浮屠塔的封印之力，已经能够对天至尊起作用了吗？"牧尘目光微闪，以往浮屠塔显然不具备这种能力，但现在，却具备了。

"这浮屠古族能够成为大千世界中的五大古族，的确独到之处，此等封印之力，简直霸道。"牧尘在心中感叹了一声，如果没有浮屠塔的封印之力，他想要将这玄天老祖收拾，还真没这么容易。

"玄天老祖，我这浮屠塔中可还舒坦？"牧尘的目光盯在那玄天老祖的身上，淡笑道。

玄天老祖面色铁青，想要发怒，但却不得不收敛，忍气吞声道："老祖我此次认栽了，之前算是我的不对，我给你牧府赔罪，也可以赔偿，只要你将我放出去，怎样？"

人在屋檐下不得不低头，如今他被牧尘镇压在此处，只能服软。

牧尘闻言，淡笑道："你此次差点将我牧府搞得支离破碎，以为简单赔个罪就能一笔勾销吗？"

玄天老祖怒道："那你想要如何？老祖我可没杀你牧府一人！"

牧尘漆黑眸子中掠过一抹冷光，道："若不是如此的话，我现在就将你镇压至死！"

感受到牧尘言语间的冰冷杀意，玄天老祖心头微寒，因为他知晓，此时的牧尘的确有这个本事，他借助着这神异的浮屠塔，还真有可能将自己永久镇压，直到陨灭。

一想到那个下场，玄天老祖就忍不住咽了一口唾沫，旋即面露讨好之色道："牧兄弟何必如此，说起来我们之间也没多大的恩怨，我也是受黑光那个老东西的挑唆，一时脑热才来寻你麻烦。"

"要如何才能放我，你尽管放个话，如果我能办到，一定不推辞！"

牧尘闻言，双目微眯，果然是那个黑光长老！不过此事不一定就是他独自所为，因为在他的背后，还站着浮屠古族中实力最强的玄脉。

"想要我放过你，也不是不可以。"牧尘盯了玄天老祖一眼，漫不经心道。

虽说他倾尽全力的话，的确能够镇压玄天老祖，但那样的话，对他其实也没有太多的好处。

听到牧尘言语放软，玄天老祖大喜，连忙道："牧兄弟有何条件？"

牧尘笑了笑，道："若是你能够许诺，自今天开始，成为我牧府长老，受我差遣百年时间，今日之事，我们就可一笔勾销。"

"什么?!"玄天老祖眼睛一瞪，面色变得难看起来，喝道，"老祖我逍遥自在，凭什么要受你差遣?!"

他好歹也是一位天至尊，如此所为，岂非成了牧尘奴仆？

对于他的激烈反应，牧尘也不意外，淡淡道："我牧府会举行盛大仪式，将你请为长老，给足你面子，而且我也不会随意指使你做什么，只要你在牧府呆上百年，保其安宁即可。"

玄天老祖皱着眉头，眼中掠过一抹犹豫之色。

"若是你不愿的话，我也不勉强。"

牧尘眼皮微垂，但那眼中，却有凶狠之色渐渐浮现："不过我们之间的恩怨，也该清算一下了。"

说着，他双手结印，顿时浮屠塔震动，铺天盖地的水晶之光呼啸而下。

瞧得牧尘这干脆利落的举动，玄天老祖心头一骇，旋即一咬牙，道："三十年！我当你牧府三十年的长老，其间若是遇见有人来犯，老祖我可出手相助！"

他也看了出来，这牧尘的确是个果决之人，如果谈不拢，后者怕是真的会下狠手。

玄天老祖声音一落，牧尘那俊逸的面庞上便有一抹温和笑容浮现出来，旋即他微微点头。

"可。"

山巅之上，静静悬浮的水晶浮屠塔忽然有光芒绽放出来，而后塔身一震，两道光影射出，落在了山巅上。现出身形，正是牧尘与玄天老祖。

重见天日，玄天老祖忍不住贪婪地吸了一口充满着灵力的空气，这些天被镇压在浮屠塔内，显然不好过。

"玄天长老，从此以后咱们也算是一家人了，还请多多关照。"在那一旁，牧尘笑吟吟地望着玄天老祖，抱拳说道。

玄天老祖干笑了一声，心中却是倍感郁闷，这次他以为只是一件手到擒来的事，结果没想到不仅事没做成，反而成了牧尘的阶下囚，如今更是被后者以此胁迫，令他成了牧府的长老。

虽说只有短短的三十年，但被限制了自由，对于任何一位天至尊而言，都是相当郁闷的事情。要知道，以他的身份地位，莫说是在牧府了，就算是在大千世界中的那些顶尖超级势力中，都能够成为高层。

但如今，落在牧尘的手中，只能老老实实当三十年的苦力。

这一点，两人先前在浮屠塔中已发过心誓。这种誓言，旁人倒是无所谓，但对于天至尊而言，却极为重要，一旦反悔，那就是违反了自心，从而在心灵深处留下隐患，对于未来的修炼，将会造成巨大的影响。

所以，牧尘不担心玄天老祖会偷偷跑路，而玄天老祖也不担心过了三十年后，牧尘会反悔。

"不知玄天长老可否为我解惑一二？"牧尘在这山巅盘坐下来，语气温和道。

玄天老祖看了他一眼，道："是天尊灵体的圆满之道吧？"

牧尘点了点头，在之前与玄天老祖交手的时候，他已知晓了如何才能让天尊灵体圆满，只是有些细节，还是想要问清楚，免得到时候出了差错。

玄天老祖也盘坐下来，他想了想，倒也没推脱，因为这种事情，其实算不得多大的秘密，即便他不说，牧尘也能从其他的渠道知晓。

"想来如何让天尊灵体圆满，你已经知晓。"玄天老祖大袖一摆，"天尊灵体乃是天至尊的标志，肉身能够随时化为最为纯粹的灵体，战力非凡，同时与一方天地融为一体，体内灵力几乎用之不竭。"

"不过这只是最初步的天尊灵体，唯有将隐匿在肉身最深处的灵脉炼化，将其与天尊灵体彻底融合，天尊灵体才能够逐渐圆满。"

"而圆满的天尊灵体，不仅神妙更多，而且基本上都会衍变出一道'灵脉神通'。"

"灵脉神通？"牧尘眼神微凝，"想来之前玄天长老施展的那星辰图，便是灵脉神通了吧？"

之前与玄天老祖交手时，后者凭借这一招，竟硬生生扛住了他两道化身许久的狂猛轰击，那等防御力，实在是惊人至极。

"我那周天星辰图，论起防御的话，就算是一般的绝世神通都比不上，如果这次遇见的不是你，而是其他任何一位同等级的对手，都没那么容易将其打破。"说到此处，玄天老祖看向牧尘的目光有点古怪，想来是在觉得自己十分倒霉。

一气化三清，那可是大千世界三十六道绝世神通之一，就算是圣品天至尊都会为之心动，然而此神通却落在了牧尘的手中，可想而知这究竟多么让人嫉妒。

牧尘笑了笑，旋即道："这灵脉神通的衍变，可有规律？"

"灵脉神通的衍变，大多与自身所修炼的功法有关。"玄天老祖微微沉吟，道，"至于灵脉神通的等级，则取决于体内灵脉的强度。"

"哦？"牧尘盯着玄天老祖，满脸诚恳之色。

"想来在你修炼之初就已经知晓，灵脉分天、地、人三等，但传闻天级灵脉之上，还有一种罕见灵脉，那被称为神级灵脉。能够拥有此脉之人，极为罕见。"

"灵脉出现时虽说形式不同，但都以量来区分，以一到九为数，一、二为人级灵脉，三、四为地级灵脉，五、六为天级灵脉，而七、八、九，则为神级灵脉。"

"我当年炼化灵脉时，灵脉化为六颗星星，正是天级灵脉。"

玄天老祖感叹一声："据说，有一些神级灵脉衍变出来的灵脉神通，其威能当算是绝世神通中的顶尖层次，甚至，还能与那三十六道绝世神通媲美。"

听到这里，牧尘的神色变得严肃起来，他身怀一气化三清与八部浮屠，自然很明白这三十六道绝世神通的威能有多恐怖与神妙，凭借着这种等级的神通，同等级之内，几乎难觅敌手。

不过三十六道绝世神通何等稀罕，牧尘同样心知肚明，如果不是机缘巧合，想要获得其中一种，都难如登天。

然而此时，听这玄天老祖所说，那由神级灵脉衍变的灵脉神通，却堪比三十六道绝世神通，这如何能不让他感到震惊？

"神级灵脉吗？"

牧尘自语，幽黑的眸子中闪烁着异样的光泽，其实在当初修炼的时候，他就不是很清楚自身究竟拥有何种灵脉，因为他的灵脉似乎隐藏得极深，连他自身都无法感应。不过，那姬玄就是天级灵脉，但牧尘却并没有感觉到天级灵脉在他面前有多厉害。

"到了如今我这一步，体内的灵脉应当再也瞒不过我的感知了。"牧尘轻吸一口气，不管这灵脉隐藏得多深，这一次，他一定要将它探测得清清楚楚。

　　"接下来这段时间，就麻烦玄天长老帮我护法一次吧。"牧尘冲着玄天老祖一笑，道。

　　眼下牧府的事情渐渐平静，他正好抓紧时间，将自身的天尊灵体修炼圆满。

　　因为接下来，他要动身前往浮屠古族，到时候必然会有惊天大战，所以他要在此之前，将自身的力量彻底掌握与稳固。

　　听到牧尘的话，玄天老祖无奈地叹了一口气，这位府主还真是不客气，这就开始差遣他来了。

　　不过他还是点了点头，身形一动，在那百丈之外盘坐下来，深吸一口气。突然，他神色一动，显然是察觉到了这上古天宫内那浓郁纯净的天地灵力。

　　"想来这应该就是那座上古天宫了，不愧是由天帝打造的。"玄天老祖暗暗点头，以他老辣的目光来看，这种修炼盛地，在大千世界中，一般的超级势力都拿不出来，唯有顶尖的超级势力，才有这种底蕴与本事。

　　在这种地方修炼，就算是对于他这种天至尊而言，都颇有裨益。如此看来，当这三十年的牧府长老，倒也不算吃亏。

　　牧尘见状，笑了一笑，然后双目便渐渐闭上。

　　他的心神凝聚，然后窥见到自己的肉身之中晶莹一片，血肉、骨骼、经脉仿佛都具备着某种生命力，体内充满着勃勃生机。

　　牧尘的心神，朝着肉身最深处探测进去，在浅层次，他无法察觉到灵脉的存在。

　　心神不断沉下，仿佛穿梭在一层层的时空中一般，不断感应着灵脉。初始时，并没有什么发现，但牧尘却毫不失望，心静如水，继续感应。

　　这般感应，持续了足足一个时辰，忽然，牧尘心神一动，犹如在此时撞破了一层屏障一般。然后，前方变幻，牧尘的心神出现在了一方莫名空间之内。

　　这方空间，一片混沌，有神秘之雾缭绕其中，屏蔽着一切感知。

　　"这些迷雾？"当牧尘发现这些迷雾时，心头微震，因为他能够感觉到，这些迷雾是人为制造的，故意在遮掩着诸多感应。

　　竟然有人在他的体内做了手脚？

牧尘心中泛起波澜，不过很快就渐渐平静了下来。他想，要做到这一点，必须在他体内未曾出现灵力的时候，由此可推知，应该是他的娘亲在他出生的时候，就施展了手段，将他体内的灵脉掩藏了起来。

而他的娘亲会如此做，目的很明显，那就是要阻碍浮屠古族以一些手段探测灵脉，找寻他的踪迹。

所以这也算是他娘亲的一番苦心。

"娘，谢谢您了。"

牧尘低语，心中微感暖意。

"不过，如今孩儿已非当年褴褓婴儿，即便迷雾散去，也无人能奈何得了我。"

似是听见了牧尘的低语之声，那神秘迷雾竟震动起来，然后开始以一种肉眼可见的速度退散。

而随着迷雾的退散，混沌之中开始有光明显现，只见在那深处，光芒渐渐凝结成了一轮紫月。

"一轮紫月？"牧尘心神一动，按照玄天老祖所说，以一到九作数，这岂非是最低级的人级灵脉？

而就在牧尘纳闷间，只见那一轮紫月周围竟再度有光芒出现，紧接着，一轮又一轮的紫月便接二连三地浮现出来。

短短数息，那混沌之中，竟有八轮紫月高高悬挂，散发着神秘之光。

在牧尘身体深处出现八轮紫月的时候，他的皮肤表面也绽放出莹莹光芒，八道璀璨的月纹，出现在他的皮肤上。

一股浩大之威顿时蔓延开来。

在那百丈之外的玄天老祖见到这一幕，瞳孔顿时一缩，旋即忍不住骇然出声："八月同现?!"

"这小子竟然是神级灵脉?!"

第5章
九神脉

"八轮紫月……"

牧尘注视着那八轮璀璨紫月，不禁一笑，如此说来的话，他体内隐藏的灵脉，果然是神脉。

对于这一点，他其实并不算特别吃惊，这些年来，他自身所展露的修炼天赋，从某种意义上而言已经有所表明。

当然，拥有神脉代表不了什么，再好的天赋也只是修炼时的辅助之物，最为重要的，还是自身的心性。

没有一颗坚定之心，畏惧任何苦难，那就算是神脉，也终将会碌碌无为。

牧尘这些年的成就，哪一个不是在生死之间相争得来的？旁人只知晓他如此年纪便登上天至尊，但却没有想过，在这之间，他有多少次以命相搏？稍有差池，恐怕便有陨灭之危。

"神脉既现，那就助我灵体圆满吧。"

牧尘心中自语，而后心神沉寂下来，如此约莫过了半晌，这混沌之中忽然温度大增，紧接着，便见到熊熊火焰，朝着那八轮紫月席卷而来。

这些火焰并非灵力所化，而是源自牧尘的内心，因为想要炼化灵脉，寻常灵力火焰触及不得，唯有心火才能做到。

熊熊！

心火源源不断地呼啸而来，最后缠绕在八轮紫月之上，将它们化为八轮火月，看上去倒是极为绚丽。

而面对着心火的灼烧，八轮紫月开始渐渐熔化，紫色的液体从上面滴落下来，不过刚刚离开紫月，水滴便凭空消失。

但牧尘却能够感觉到，那些紫色液体并没有凭空消失，而是直接滴入了他的血肉之中。

随着越来越多的紫色液体融入肉身，他能够隐隐感应到，他的这具肉身变得更为充实起来，那种感觉，就犹如一直缺失的一块，正在被渐渐填补圆满。

"果然如此……"牧尘心中感叹，然后心神一动，心火更为灼热，加快速度，一点点灼烧着紫月。

时间迅速流逝，数个时辰过去后，那混沌中高高悬挂的八轮紫月，已变得仅有巴掌大小。

而此时，在牧尘的皮肤表面，那八道月纹变得愈发清晰，他的身体，更是不由自主地变化成了天尊灵体。

以往，牧尘的天尊灵体乃是纯净如水晶般的色彩。而此时，却因为紫月的存在，变得紫气莹莹，略显神秘。

"八轮紫月，真的是神脉啊……不知道这家伙究竟会衍变出什么灵脉神通？"

玄天老祖眼红地望着牧尘灵体上面的八轮紫月，脸上满是艳羡嫉妒之色，若是牧尘将这神脉炼化，那所衍变出来的灵脉神通，必然不凡。

熊熊心火灼烧，在牧尘心神的注视下，那八轮紫月最终被燃烧殆尽，最后一滴紫色液体滴落下来，融入了肉身之中。

那一瞬间，一种奇异的感觉自牧尘的心中涌起，然后只见这片混沌开始震荡起来，紧接着，在那混沌中央之处，一个紫色的光点出现了。

紫色光点迅速膨胀，数息之后，竟化为一道紫色火苗，紫色火苗迎风暴涨，立即熊熊燃烧起来。

紫色火焰，熊熊燃烧，其内有八轮紫月旋转，散发着神妙之能。

"这就是我的神脉衍变出来的灵脉神通？"牧尘心神锁定着那团紫色火焰，有些好奇地低声自语。

他感应着紫焰，半晌后，忽然惊异出声，因为他发现，这紫色火焰似乎对肉身以及各种物质没有丝毫的杀伤力，但对于各种灵力，却破坏力恐怖。

只要触及灵力，紫焰便能够疯狂燃烧，直到燃烧殆尽。

这也就是说，旁人在与他交手时，被这道紫焰附身，若是胡乱用灵力试图将其扑灭的话，反而会引发火势，让其更为狂暴。

这一点，倒是有点像牧尘在那圣渊大陆中所遇见的化灵风，只不过这紫焰比起那化灵风，还要更为凶悍一些。

而大千世界大多数斗法，都以灵力为基本，这岂非就说明，面对着这紫焰，那些不知底细的天至尊，也将会狼狈不堪，束手无策？

"这道紫焰，论起威能，怕是不逊色于顶尖的绝世神通。"牧尘感叹了一声，不过有些可惜的是，比起那响彻大千世界的三十六道绝世神通，这紫焰还是有些差距。

想到此处，牧尘又暗感好笑，三十六道绝世神通名震大千世界，若是他觉得如此轻易就能够捣鼓出一道不逊色于它们的神通，那也太天真了。

牧尘心神平静后，再度注视着那团紫焰，然后就打算将其收起："灵脉既已炼化，那就先退出吧。"

他心中这般想着，不过，却不知道为何，心中忽然浮现出一种异样的感觉。

细细品味，那仿佛依旧是一种微微的缺陷感。

这种感觉来得奇妙，但牧尘却并没有将其忽视，到了他这等实力，就算只是偶尔的心血来潮，那也必然是事出有因。

"我明明已炼化了灵脉，连灵脉神通都已获得，为何还会有这种不圆满的感觉？"牧尘心中沉吟。

牧尘沉默了许久，他注视着燃烧的紫焰，某一刻，他的心头忽然泛起一丝波澜，然后他心念一动。

熊熊燃烧的紫焰，在牧尘的心神催动下，陡然膨胀开来，竟化为火海，在这片混沌空间席卷开来，疯狂灼烧着。

紫焰疯狂燃烧，而奇特的一幕，就在此时出现了……

随着紫焰的燃烧，这片混沌空间犹如一面镜子一般，竟然出现了一道道裂纹，裂纹飞快蔓延，最后在牧尘心神的震惊注视下，轰然一声，碎裂开来。

"这……"

牧尘震惊地望着这一幕，怎么都没想到竟然会出现这种状况。

混沌碎裂，忽有万丈光芒暴射而出，那种光芒浩瀚神圣，犹如被掩盖了许久，一经现世，便散发着煌煌之威。

牧尘震撼的目光顺着那神圣之光投射过去，然后，他便倒吸一口冷气地见到，随着混沌破碎，在那之后，竟有一颗神圣大日，缓缓升起。

在那大日之后，一颗紧接一颗，足足有九轮大日，当空升起。

九颗神圣大日，悬浮在牧尘体内最深处，犹如大帝，深居不出，一旦出世，便惊天动地。

牧尘的心神震撼地望着那九轮大日，这一刻，即便是以他的定力，都忍不住惊讶道："九轮大日？怎么又会是一道神脉？！"

而且这道神脉，比起先前的八神脉，还要更为高级！

这可是顶尖的九神脉！

最重要的是，他先前不是已经炼化了一道灵脉吗？为什么在那八神脉之后，还隐藏着一道九神脉？！

牧尘心中泛起滔天海浪，许久之后才有所平复，他细细感应，竟发现这九神脉与他的肉身之间，竟然有着极为完美的契合度。

那种感觉，就犹如与生俱来一般。

牧尘心潮翻涌，他此时才发现，与这道九神脉的完美契合相比，先前的那道八神脉，虽然也契合，但却始终差了那么一丝。

那种感觉，就犹如一个先天而成，一个后天而来一般。

牧尘陷入沉思，许久之后，他长吐了一口气，自语道："娘亲，这也是你做的吗？"

经过一阵细思，他隐隐明白了过来，如果他没猜错的话，先前他炼化的那一道八神脉，并不是他的，而是他娘亲的。

而那道八神脉的作用，应该是用来掩盖他体内这道九神脉。

或许，一旦九神脉诞生，而他又拥有着浮屠古族的血脉，那这古族中必然会有人察觉，所以他的娘亲为了保护他，不惜剥离了自身的八神脉，将它种在了儿子的体内，以此掩盖儿子的九神脉。

一般说来，神脉无法转移，所以很有可能在牧尘还未出生，两人同为一体时，清衍静就将她的八神脉种入了儿子的体内。

种种念头在牧尘脑海中闪现，令牧尘心中泛起浓浓的暖意。剥离神脉，就犹如剥离自身血肉，难以想象，当年他的娘亲在怀着他的时候，竟然还忍受着那等无法想象的痛苦，而一切，都只是为了给予儿子最大的保护。

一想到此，即便以牧尘的心性，都忍不住眼眶湿润。

他深吸了一口气，压抑下翻涌的情绪，喃喃低声道："娘，谢谢您为我做的一切，不过，如今孩儿已非当年襁褓婴儿，我已有能力承受一切的风暴。"

"到了如今，若是那浮屠古族要来找我，那就让他们尽管来吧！"

牧尘目光灼灼地望着那九轮神圣大日，心神一动，便蔓延过去，同时，有低沉之声响起来。

"你随我沉寂这么多年，现在，也该现世了。"

"九神脉……觉醒吧！"

嗡嗡！

似是感应到了牧尘的召唤，那九轮神圣大日在此时爆发出嗡鸣之声，接着，亿万道神圣之光暴冲而出。

山巅之上。

正一脸艳羡地望着牧尘灵体上八道月纹的玄天老祖忽然见到，牧尘的灵体上爆发出亿万光芒，接着，牧尘的灵体上，八轮紫月竟渐渐缩小，而九轮神圣大日散发着煌煌之威！

此时突起响起惊雷，风起云涌，犹如在迎接九神脉的现世。

玄天老祖神色呆滞地望着牧尘灵体上的九轮大日，半晌后，才反应过来："九神脉?!"

大千世界，浮屠古族。

宽敞无比的大殿中央，有一座巨大的石碑矗立着。石碑隐隐呈现暗红色，其上布满着古老的纹路，散发着玄奥的波动，并不断闪烁着种种强弱不一的灵光。

这座石碑，名为灵脉碑，乃是浮屠古族中极为重要之物。传闻此碑能够观测所有拥有浮屠古族血脉的族人体内的灵脉。同时，每当有族人出生，灵脉现世时，这座灵脉碑都会生出感应，进而迸发出不同的灵光，给予提示。

在石碑的周围，盘坐着上百个人，他们都一手持玉笔，一手持玉简，目光紧紧地盯着那座灵脉碑。凭借着灵脉碑上闪烁的灵光强弱，他们就能够分辨出灵脉的等级。

浮屠古族从上古繁衍至今，即便血脉掌控严格，但如今也有庞大规模的族民，而每一日出生的族人，他们所拥有的灵脉都会被灵脉碑所察觉。

在灵脉碑之前，一名老者负手而立，正是灵脉殿的殿主。

而此时这位灵脉殿殿主，凝视着灵脉碑，然后挥了挥手，问道："今日有多少灵脉出现？"

在其身后，立即有管事之人恭敬道："殿主，今日共现灵脉一万余道，其中人脉八千，地脉两千左右，天脉三十二道。"

这灵脉殿主闻言，微微点头，道："将这三十二道天脉所属查清，可允许他们进入内族修炼，同时所属宗族，也给予资源赏赐。"

他身后的人一一记下，天级灵脉足以说明其修炼天赋之高，只要好好培养，说不定会成为浮屠古族中的精英，所以要给予足够重视。

从这一点上，也足以看出浮屠古族底蕴之雄厚。要知道，放在其他的地方，若有婴儿一出生就被检测出天级灵脉，必然会被视为天才，给予最大的培养。

"今年吾族神脉总共只出现了五道，而且都是最低的七神脉，比起往年，却是降低了一些。"灵脉殿殿主有些遗憾地说道。

天脉虽然算不错，但对于整个浮屠古族而言，唯有神脉，才是最重要的。虽说拥有神脉，也不一定能够踏入天至尊境，可至少在成功的概率上，要比起常人高上许多。

在这殿主身后，其他人也附和感叹道："的确是有好长时间没有神脉出世了，啧啧，那神脉出世动静可真是不小，上次那七神脉出现，可是将我们灵脉殿都差点给震塌了呢。"

灵脉殿殿主笑了笑，道："这种事情一年就屈指可数的几次，你们能够遇上，那也是有好运气了。"

众人闻言，都笑着点头。的确，神脉对于他们浮屠古族这种底蕴的大族而言，都极为稀罕，若是能够记录在案，他们这些记录人员，也会得到一些赏赐，让旁人羡慕好一阵。

"好了，你等继续好生观测，不得错漏了。"灵脉殿殿主见到灵脉碑稳定显现，点点头，不再多说，然后挥了挥手，就打算先行离开。

嗡！

不过，就在他转身的那一刻，大殿中央静静矗立的灵脉碑忽然一震，下一刻，大殿中的众人便神色惊骇地见到，一道无法形容的灵力光柱，犹如火山一般，陡然自灵脉碑中暴冲而起。

整个大殿中犹如掀起了一场风暴，一些人猝不及防，竟被硬生生掀飞。整个大殿内，一片混乱。

那灵脉殿殿主强行转身，灵力运转，抵御住那种灵光冲击，然后他目瞪口呆地望着那灵脉碑上冲出来的光柱。

"如此之强的灵光？这究竟是什么灵脉现世了？！"灵脉殿殿主震撼不已，浮屠古族最近的一次灵脉碑有如此强大的动静，还是当年清衍静大人出生的时候，那八神脉震动了整个族内。让灵脉殿殿主头皮发麻的是，眼前的动静，好像比当年的八神脉现世还要恐怖。

"难道……是传说中的九神脉？！"

一想到此，灵脉殿殿主便头皮发麻，心脏都要跳了出来，九神脉几乎存在于传闻之中。放眼他们浮屠古族的历史中，九神脉的出现，算得上屈指可数。

轰！

在灵脉殿殿主和众人震骇的目光中，那自灵脉碑上冲出的灵光愈发狂暴，最后竟轰然冲破了大殿的殿穹，直冲天空。

如此这般动静，立即就引来了浮屠古族中无数道惊疑的目光。

唰！

而就在那灵光冲破大殿，冲上云霄时，灵脉殿殿主身旁空间扭曲，一个老人走了出来，目光紧紧地盯着灵脉碑。

"参见大长老！"

那灵脉殿殿主一见到这位发须皆白的老人，就顿时一个哆嗦，连忙行大礼，因为眼前之人，正是他们浮屠古族如今最高权力的掌舵人——大长老浮屠玄。

在浮屠古族中，唯有族长与大长老，方可以浮屠为名。这些年来，浮屠古族族长之位空悬，唯有大长老，能够以浮屠为名。

大长老浮屠玄只是对灵脉殿殿主点了点头，双目便灼灼地盯着那灵脉碑。

唰！唰！

此时大殿内空间不断扭曲，一个个人踏空而出，出现在大殿内。这些人都是浮屠古族中的长老，地位崇高，不过此时的他们，都面露震撼之色地望着那灵脉碑上喷薄而出的滔天灵光。

"大长老，这是？"有长老低声道。

大长老浮屠玄盯着灵脉碑的眼睛眨也不眨，半晌后，才缓缓点头，一字一顿道："这是九神脉！"

哗！

此言一出，在场的浮屠古族的诸多长老都忍不住出声，九神脉啊，他们浮屠古族已经多少年没有出现过了？

想当初清衍静的八神脉一出，就已是无与伦比。而清衍静之后也的确展现出了惊人的天赋，最后更是踏足灵阵大宗师境，引得无数震撼。

八神脉就如此恐怖了，这更为稀罕的九神脉，得强到什么程度？

这若是培养得好，恐怕他们浮屠古族又将会出现一位圣品天至尊，这对于他们浮屠古族而言，无疑是一个天大的好消息。

"只是不知道这九神脉究竟出在哪一脉？"

众多长老目光闪烁，其中玄脉与墨脉这两个浮屠古族中实力最强的派系，已是打算赶紧探测，若是这九神脉之主只是寻常族人，那就立即收入本脉之内，大不了到时候寻一嫡系血脉嫁娶过去，反正不管如何，这九神脉一定要掌握在自己的手中。

灵脉碑上的动静，持续了足足一炷香的时间才渐渐消散。灵脉碑虽然归于平静，但大殿内，依旧处于哗然之中。

最终还是大长老浮屠玄恢复了冷静，他目光扫视一圈，沉声道："立即排查我浮屠古族所有血脉，务必要将这九神脉之主找出来，到时候将其带入内族，视为我浮屠古族麒麟儿，给予最高等级的培养！"

"老夫知晓你们都各有心思，不过此次老夫清楚地告诉你们，谁若是敢在此事上面阻扰，不管你们属于哪一脉，老夫都决不轻饶！"

他沉喝声响起，看似佝偻的身躯，在此时爆发出极端恐怖的威势。在这等威势下，即便是浮屠古族中的长老，都心头一凛，恭敬应是。

将众人震慑一番后，大长老浮屠玄才点了点头，道："都先退下吧，两个月后，便是我浮屠古族的盛事——诸脉会武，到时候大千世界各方超级势力都会前来观礼，尔等好生操办，不得有损我浮屠古族之名。"

"是！"

在浮屠古族众多长老因为九神脉的现世而震惊的同一时间……

一处散发着古老气息的幽闭空间之中，一个温婉的女人静静盘坐着，她周身空间不断扭曲，灵光涌动间，形成了一座又一座的微妙灵阵。

忽然间，她那紧闭的双目陡然睁开，眸子中竟有浓浓的欢喜之色涌现出来。

她玉手捂着心脏，因为在先前的一刹那，她感觉到了一丝源自血脉的悸动之意。

她微微感应，便有所察觉，那是她曾经留在牧尘体内的八神脉被炼化了。

清衍静微微动容，旋即她的脸上有一抹浓浓的欣慰之色浮现出来，这种欢喜，比她当年达到大宗师境时，竟还要来得强烈。

"牧尘，我的孩儿……你终于走到这一步了吗？"

她温婉地笑起来，然后又感到阵阵心疼，因为她很清楚，不管牧尘的天赋再如何惊人，想要达到这一步，都必然要经历无数次生死之间的磨练。

她玉手紧握，低声道："既然我的孩儿已到这一步，那我也应该有所准备了。"

清衍静眸子中有期待之色涌出来，因为她能够感觉到，距离他们母子相见的那一天，已经不远了。

上古天宫内的天地动荡，足足持续了整整一个月的时间才渐渐消散。

而随着动荡的退去，只见在那山巅之上，忽有亿万道神圣之光迸射而出，在灵光中央，一道修长的身影缓缓站起。

当他站起身来的时候，天地间有雷鸣声响起，一股无法形容的压迫感散发出来，令天河周围无数修炼的人都瑟瑟发抖。

似是察觉到压迫感太强，那道修长身影袖袍一挥，光芒便收回去，最后尽数没入了他的身体之中，而那种恐怖的压迫感，也随之消散。

灵光散去，便露出了牧尘那修长的身躯。俊逸的面庞上那一对漆黑的眸子，深邃如星空，深不可测。

在那百丈外，玄天老祖面色复杂地望着现身的牧尘，眼中依旧还残留着一些震骇之色。如此半晌后，才叹了一口气，道："没想到府主竟然拥有传说中的九神脉，难怪能够在如此年纪便踏足天至尊。"

他的言语间，充斥着不加掩饰的羡慕之意，因为他很清楚九神脉代表着什么……

牧尘闻言只是一笑，他深深地看了玄天老祖一眼，道："此事还望玄天长老帮我保密。"

这玄天老祖与浮屠古族中某些人有瓜葛，若是将消息传出去的话，会对牧尘不利。

玄天老祖闻言，肃容道："府主请放心，老夫如今已是牧府长老，自然不会做有损府主之事。"

对于玄天老祖的态度，牧尘略微有点诧异，虽然自己收服了他，胁迫他成为牧府的长老，但他显然是不情愿居多，所以对自己也算不得多恭敬，可此时他表现出来的模样，却真正有点像是牧府长老了。

似是察觉到牧尘的诧异，玄天老祖有点尴尬地一笑。之前他对牧尘虽然有些忌惮，但却远远谈不上敬畏，可这一次在发现了牧尘拥有九神脉后，他却真的被震慑住了。

有了这顶级神脉，未来的牧尘，很有可能会达到那圣品天至尊的巅峰层次，而敬畏一位未来的圣品天至尊，这对于玄天老祖而言，并不算什么丢人的事。

"呵呵，不知道府主此次衍变出了什么灵脉神通？"玄天老祖盯着牧尘，显然是对牧尘的灵脉神通极为好奇。

牧尘见状，微微一笑，伸出手指轻轻一点。

随着其指尖的点下，只见指尖上有一朵紫色火焰涌现，然后对着玄天老祖飘去。

瞧见紫色火苗飞来，玄天老祖不敢怠慢，因为他能够隐隐感觉到那紫色火苗中蕴含着的危险气息，当即身躯一震，便在周身形成了一层雄厚的灵力光罩。

光罩犹如实质，防御力惊人，就算是灵品天至尊的一击，都能够略作阻挡。

熊熊！

紫色火苗轻飘飘落下，然而就在接触那灵力光罩的瞬间，竟犹如遇见了油脂一般猛然膨胀，化为熊熊大火，将那灵力光罩覆盖。

而防御力惊人的灵力光罩，则在紫火的燃烧下迅速消融。紫火愈发狂猛，如附骨之疽一般，对着措手不及的玄天老祖覆盖下去。

这一幕，让玄天老祖大惊失色，显然他没想到自己的防御不仅没能阻挡火苗，反而让它愈发旺盛。

呼。

瞧得紫火呼啸而来，他急忙张嘴，一股巨大无比的灵力潮汐暴射而出，每一滴灵力潮水重如万斤，因为是由无比精纯的灵力所化，这一股潮汐横扫开来，万重山脉都将会被夷为平地。

雄厚无比的灵力潮汐与那紫色火焰撞击在一起，顿时爆发出刺耳的滋滋声，然而让玄天老祖惊骇的一幕出现了，那看似薄弱的紫色火焰，却在灵力潮汐的横扫下愈发旺盛，最后直接从一团火焰变成滔天大火。

"这究竟是什么火焰？竟然如此霸道！"

玄天老祖面色凝重，眼中隐隐浮现一抹骇色，他能够感觉到，他所施展的攻势，其中蕴含的浩瀚灵力不仅没有扑灭那紫焰，反而犹如火上浇油一般，令其愈发旺盛。

显然，这紫焰有着吞噬灵力，壮大自身的可怕能力。

如此一来，此火简直堪称诡异，一旦对战的时候被缠上，不知道要花费多少精力与手脚才能够对付。

在那些紫焰将要笼罩玄天老祖之时，牧尘才嘴巴一动，紫焰倒卷而回，化为一缕缕火苗涌入了他的嘴中，被他吞入肚内。

"嗯？"

紫焰入体，牧尘神色忽然一动，因为他发现，随着紫焰在他的体内消散，竟然还有一股精纯的灵力流淌出来，融入他的身躯。

"没想到这紫焰还能够将吞噬的灵力，反馈回来。"牧尘笑了笑，这紫焰，的确颇为不凡，不愧是由八神脉所衍变而出的灵脉神通。

"府主，此火究竟是什么来路？"玄天老祖回过神来，忍不住惊叹出声。

"此火正是我的灵脉神通，我将其称为吞灵紫焰。"牧尘笑道。

"吞灵紫焰么？倒的确是名副其实。"玄天老祖连连点头，眼中有着浓浓的忌惮之色，先前如果牧尘不将其收回的话，今日的他，恐怕会被这紫焰搞得非常狼狈。

"真不愧是九神脉，衍变而出的灵脉神通，当真不凡。"

牧尘闻言，神色微动，却只是笑笑，并未多说。这吞灵紫焰，其实只是他炼化八神脉后所得到的灵脉神通，而九神脉的灵脉神通，他并未展示。

如今这玄天老祖才刚刚归附，没必要将所有的底牌都告知于他。

唰！

在牧尘与玄天老祖交谈时，远处忽然有一道道流光射来，落在山巅上，现出身来，正是曼荼罗、灵溪等一众牧府高层。

当他们在见到牧尘安然无恙时，皆松了一口气，显然这段时间，他们也时刻关注着上古天宫内因牧尘而引起的天地动荡。

牧尘瞧得他们到来，笑了一笑，然后指着玄天老祖道："从今天开始，这位便是我们牧府第一位长老，若是我不在的时候，牧府就由玄天长老来坐镇保护。以往的恩怨，大家也就一笔勾销了。"

在牧尘修炼的这一个月，曼荼罗、灵溪他们都不是第一次在这里见到护法的玄天老祖，所以也都早有了心理准备，当即皆对着玄天老祖点了点头。

虽说之前双方有一些恩怨，但牧府多一位天至尊坐镇，对于牧府的安全而言，的确是至关重要。

"之前的事，是老夫鲁莽了，还望诸位不要介意。"玄天老祖尴尬一笑，姿态倒是出人意料的低，并没有一丝天至尊的傲气。

而对于玄天老祖的歉意，曼荼罗等人都微怔，感到有点意外，毕竟他们都很清楚他们与天至尊之间的差距，前者之所以会屈尊成为他们牧府的长老，主要原因是因为牧尘的存在，而对于曼荼罗他们，玄天老祖恐怕多半是看不上眼的。

在他们心中惊异的时候，玄天老祖在心中无奈苦笑，如果不是发现牧尘身怀九神脉的话，其实他也不想对牧府的这些人表露友好的一面，但眼下看来，牧尘前途不可限量，说不定能够踏入圣品天至尊，而那个层次的巅峰强者，他可是得罪不起的。

玄天老祖这等谦和的态度，让众多牧府高层都感到受宠若惊，毕竟平日里天至尊高高在上，哪里会这般与他们说话。于是一时间，双方的气氛倒是缓和了下来。

牧尘见状，微微一笑，虽然他知道这是玄天老祖做给他看的，但有这份识趣，也足以让他感到满意了。

在众人气氛缓和间，灵溪走过来，明眸看向牧尘，轻声道："这段时间我已经打听过了，一些超级势力皆收到了浮屠古族的邀请函，如果我没料错的话，应该是浮屠古族诸脉会武要开始了……"

"诸脉会武？"牧尘神色微动，在此次闭关前，他便吩咐了灵溪，让她多多注意浮屠古族的动静。

"那是浮屠古族十年一届的盛事，极为重要，他们会邀请一些超级势力前往观礼。"

牧尘微微点头，他此次前往浮屠古族，主要是为了将娘亲救出，而这种时候，场面越是盛大，对他而言越好。

当然，浮屠古族毕竟是底蕴深厚的古族，即便他如今踏入了天至尊境，却依旧得做一番准备与筹划。

牧尘抬头，望着遥远处的云浪翻涌，最后缓缓闭上了双目。

"浮屠古族，你们找我多年，这一次，我们就好好斗一斗吧。"

第6章

老友相会

半月之后，牧府大殿之外，众多牧府高层云集于此。

牧尘负手而立，半晌后，转过身来，对曼荼罗与玄天老祖说：

"此次我走后，牧府依旧由曼荼罗掌管，若是有外敌来犯，到时候就得麻烦玄天长老出手一下了。"

玄天老祖笑着拱了拱手，道："府主放心，既然如今老夫已是牧府长老，自然会尽应有之责。"

曼荼罗也微微点头，大眼睛明亮地望着牧尘，低声道："你要多小心。"

虽然如今的牧尘，已踏足天至尊，但她却知晓此次他的目的地是大千世界中五大古族之一的浮屠古族。

这等古族，底蕴深厚得无法想象，就算是寻常天至尊面对着这等庞然大物，都会保持浓浓的忌惮。

牧尘点点头，笑道："放心，我自有分寸。"

他如何不知晓浮屠古族的强悍，不过此番行事，他也有他的打算。

"走吧。"

见到诸事交代完毕，牧尘不再拖沓，转过身来，对灵溪与龙象二人说道：

"你们都在浮屠古族中待过一段时间，这次和我一起去吧，到时候可以帮我处理一些麻烦。"

灵溪与龙象二人闻言，都点了点头。

牧尘行至大殿前方的传送灵阵内，灵溪、龙象紧随，三人站于其中，磅礴的灵力光芒逐渐汇聚过来。

灵光充斥眼球，牧尘抬头望着遥远的虚空，喃喃道："浮屠古族……我来了。"

从踏出北灵境的那一天起，他便在朝着这一天努力，为此不知道付出了多少艰辛，受过多少生死磨练。

当年走出北灵境的稚嫩少年，如今已踏足天至尊，踏入了这大千世界中的巅峰层次。

如今，这些年的恩恩怨怨，也该了结了。

璀璨灵光呼啸而来，而牧尘三人的身影便在一刹那消失了。

浮屠大陆，大千世界超级大陆之一。

作为超级大陆，本应该各种势力集团数不胜数，然而在这里，整个浮屠大陆上，唯有一家势力，那就是浮屠古族。

将大陆以浮屠为名，由此可见，浮屠古族是将这座辽阔无尽的大陆视为自家之地。不过，这等霸道行为，并没有引来任何不满。

因为他们是浮屠古族，大千世界中底蕴最为古老的超级势力之一，他们拥有将一方超级势力划为自家所有的资格与实力。

在浮屠大陆中央位置有一座城市，这座城市名为浮屠城，正是这座大陆的中心之点。

作为浮屠大陆的中央城市，浮屠城从来不缺人气，尤其是最近的时日，这座城市的人气达到了十年之中的巅峰。

因为各方超级势力都在这段时间赶来，想要观看浮屠古族的盛事诸脉会武。

在浮屠城中央，一座雄伟山岳挺立。山岳之上，有一座巨大无比的广场。而此时，不断有光影从天而降，落在这座广场上，热闹非凡。

"不愧是浮屠古族，这等号召力，真是无与伦比。"此时，在这座广场的边缘位置，有三个人站立着。领首的俊逸青年望着这一幕，淡淡一笑，说道。

这三人，自然便是花了足足半个月的时间，从天罗大陆赶来的牧尘、灵溪、龙象。

此时的牧尘正有所感叹，因为他发现，几乎每一批从天而降的光影中，都会有一道令天地动荡的强烈波动。

有这等波动的人，无一例外，都是天至尊。

在大千世界其他地方，这些都是足以称霸一方的霸主，而到了这里，却显得极其平常。

"能够受到浮屠古族邀请而来的，几乎都是大千世界中顶尖超级势力。而一些实力稍弱的超级势力，都是自发前来，想要与浮屠古族交好关系。"在一旁，灵溪轻声道。

"恐怕我们牧府，也算是那种实力稍弱的超级势力吧？"牧尘笑了笑，他们牧府因为他的存在，才刚刚能够跻身进入超级势力的行列，若是要算起底蕴的话，怕是比在场的不少超级势力都要弱。

龙象哼了一声，道："若是主母出来，咱们牧府就有了堪比圣品天至尊的存在，放眼大千世界众多超级势力，那也是顶尖层次。"

牧尘笑着摇了摇头，然后抬头望着这座雄伟山岳的上空，那里有一张巨大的空间之门闪烁着光泽，而那张空间大门之内，便是浮屠界，同时也是古族宗族所在。

那才是浮屠古族的核心。

整个浮屠大陆上所有浮屠族族人，都只能够算作分族，不知道有多少分族之人都打破脑袋想要进入浮屠界，获得宗族的身份。

在空间大门之外，能够见到一座座巨大的灵舟不断穿梭于两界之间，而时不时会降落在这座辽阔的广场上，将一些宾客载起，飞往浮屠界。

那空间大门处，有大阵守护，唯有浮屠古族的灵舟才能够进去。否则的话，就算是天至尊，都无法硬闯进去。

"这浮屠古族的大门，门槛倒是不低。"灵溪美目扫视了一番，柳眉微蹙，说道。

因为按照浮屠古族的规矩，这些灵舟只会先载那些拥有邀请帖的超级势力，而类似他们这种并没有邀请帖的势力，显然就只能等到最后了。

这等做法，虽然让一些自行前来的超级势力有些不满，但也只能将这些不爽压在心中。

"那就等吧，我们又不是来给他们送贺礼的，若是让他们知晓了身份，怕是连这界门都进不去。"牧尘淡淡一笑，神色平静，只是黑色眸子盯着那空间大门。

"少主，我们这样前来浮屠古族，真的妥当吗？"一旁的龙象犹豫了一下，有些担忧道。毕竟他可是知道浮屠古族对牧尘的态度，若是在这里发现了他的身份，以浮屠古族的实力，牧尘只怕逃不了。

牧尘闻言，微微一笑，道："放心吧，我不是来自投罗网的。"

瞧得牧尘那从容平静的态度，龙象微微松了一口气，他知道牧尘的性子，若是没有一些准备，那必然不会轻易将自身置入险地之中。

而就在他们说话间，远处的天空有流光闪过，然后，数道光影从天而降，落在了广场之上。

光芒散去，只见一个妖娆女子率先出现了，顿时引得不少惊艳目光投射过来。

那个女子，一身鲜红长裙，将那玲珑有致的娇躯衬托得淋漓尽致，犹如火一般耀人眼球。而那一张妖媚的俏脸，散发着种种魅惑，让人心神摇曳。

只是，虽然容颜妖媚，可她的一对凤目却略显冰冷，那种冷艳与妖媚结合起来，有着别样的风情。

对于这个女子，在场一些见惯了大风大浪的天至尊，都忍不住多瞧了几眼。

不过，当他们看清楚女子衣裙上的火焰图纹时，皆神色一凛，然后不动声色地将目光收回。

因为那火焰图纹，在这大千世界中代表着一方即便是浮屠古族都不敢忽视的顶尖超级势力。

无尽火域。

"没想到连无尽火域都派人来了，他们以往可是从未参加过浮屠古族的诸脉会武，不知为何此次会来？"一些人悄悄低语。

对于广场上那汇聚过来的诸多目光，那个妖娆女子毫不理会，只是带着人直接朝广场中央走去。

而那里，浮屠古族的迎客执事也发现了她，当即微微色变，收敛了先前对待其他人的那种傲然之气，换上笑脸，赶紧来迎。

红裙女子那略显冷意的凤目扫过人群，忽然一顿，再然后，众人便瞧到她那俏脸上有一抹惊讶的笑容浮现出来。

紧接着，众人便见到，那红裙女子抛开了迎面而来的浮屠古族迎客执事，走向了广场边缘，最后在一名俊逸青年面前停了下来。

"牧尘，你果然来了。"

牧尘望着眼前这妖媚而冷艳的女子，脸上有发自内心的笑容浮现出来，道："萧潇，好久不见。"

眼前之人，赫然便是许久不见的萧潇，这一次，她代表无尽火域而来。

瞧见牧尘，萧潇那素来都是冷冰冰的俏脸变得柔和生动了许多，她抿嘴一笑，然后让开一步，露出她身后之人。

那是一位白袍老人，大袖飘飘，面目苍老，显得异常的慈祥，深邃的双目散发着睿智之光，犹如是历经了许多沧桑。

萧潇挽着老人的手臂，冲牧尘嫣然一笑，道："牧尘，这可是我的师公，是我爹的老师呢。"

牧尘闻言，心头顿时一震，震惊地望向眼前这位慈眉善目的老人，那位名震大千世界，引得无数强者敬仰钦佩的炎帝，竟然是这位老人的弟子?!

他神色一片凝重，然后对着老人郑重一礼。

"晚辈牧尘，见过前辈。"

面对着眼前那慈眉善目的老人，牧尘不敢有丝毫怠慢。能够培养出炎帝这等绝世人物，眼前老人肯定相当不凡。

"呵呵，老夫药尘，说来与小友也有缘，姓名中皆有一个尘字。"

面前的白发老人瞧得牧尘这般恭敬态度，温和一笑，然后上下打量牧尘，笑道："你是老夫这些年遇见的最年轻的天至尊了，难怪萧炎常说，你非常人。"

"炎帝前辈谬赞了。"牧尘微微一笑，神色谦逊，并没有年少得志的轻狂傲气。

他看了面前的药尘一眼，虽然这位老人看上去苍老至极，然而他却能够隐隐感觉到一丝若有若无的压迫感。显然，眼前这位老人，是一位货真价实的仙品天至尊。

这比起他这灵品天至尊，还要高上一筹。

不过对此牧尘并不意外，能够成为炎帝的老师，再加上无尽火域那等超级势力的支撑，这位老人能够拥有仙品天至尊的实力，实属正常。

所以，与这位药尘前辈的实力相比，牧尘还是更好奇一旁的萧潇，因为他能够察觉到，萧潇的体内也散发着强横无比的波动，甚至并不弱于他。

"你也踏入天至尊了？"牧尘盯着萧潇，有些惊异道。

在上一次相遇的时候，萧潇虽然比他强上一些，但与天至尊之间显然还有极为遥远的距离，而牧尘能够完成这等跨越，真是不知道经历了多少次磨难，可萧潇也能够随之赶上，这的确让他颇感意外。

"怎么？只许天下就你一个天才？"萧潇闻言，美目微瞪，轻哼道。

牧尘尴尬一笑，没有再说什么，倒是一旁的药尘笑呵呵道："真要论起修炼时间，萧潇可是你的十数倍。她因为体质原因，每隔数年就会陷入沉睡，每次沉睡后实力就会上涨，最近她沉睡了一年，苏醒来时，就已踏入天至尊了。"

牧尘听得惊叹不已，眼神古怪地望着萧潇，没想到这世界上还有这种好事，睡一觉起来就能够突破到天至尊，这可真是听都没听过。

与她这种突破方式相比，他那种历经生死才突破的方式，想想都让人觉得心酸。

"你看什么看！"瞧得牧尘那古怪目光，萧潇俏脸微红，有些羞恼道。

牧尘干笑两声，赶紧收回目光，然后将身后的灵溪与龙象分别介绍了一下。

就在他们双方轻松交谈时，广场上不少强者都眼光奇特地盯着牧尘，显然是在猜测牧尘的身份，毕竟能够让无尽火域如此对待的人，想来应该不算是普通人物吧？

唰！

在众多强者猜测着牧尘的身份时，天空中忽然再度有一道道破空声响起，只见十数道光影从天而降，直接落在了广场中央。

那十数个人一出现，顿时有一股霸气弥漫开来，令原本喧哗的广场都为之寂静了一瞬。

众多的目光在此时投射过去。

只见那为首之人，是一位身材挺拔、气势如虹的男子，他身着黑白相间的长袍，气度不凡。他的一对眼瞳，竟然也是一黑一白，极为神异。

而当广场上众多强者瞧得那独特的黑白长袍时，顿时有惊讶之声悄然响起："原来是摩诃古族的人，难怪气势如此恢弘。"

摩诃古族，同为大千世界五大古族之一。

面对着广场上众多敬畏的目光，那黑白双瞳的男子并未有丝毫理会，那般模样，就犹如出行的帝王一般。

而那些浮屠古族的迎客执事见状，也赶紧迎了上去，挥手之间，天空中便有一座规格最高的豪华灵舟降落下来。

这种等级的灵舟，唯有最为尊贵的客人才能够享受。

"摩诃古族吗？"

此时的牧尘，也眼神惊异地盯着这一行气势滔天的人，目光闪烁，因为他可记得，万古不朽身的完整体，便是被这个摩诃古族所掌管。

如今他的不朽金身已修成，所以未来，他必然会前往摩诃古族，让他的不朽金身完成最后一步的进化，成为真正的万古不朽身。

"嗯？"

就在牧尘心中闪过这些想法时，他心头忽然一动，竟感觉到身体之中隐有紫金光芒涌动，那所修炼的不朽金身，居然有要现出的迹象。

如此变故，让他一惊，赶忙将其压制下来，然后他的神色便渐渐有些凝重地望向了那有着黑白双瞳的男子。

因为他察觉到，不朽金身的异动来自于此人。

在同一时间，那面庞漠然，只是朝着前方走去的黑白双瞳男子，仿佛也有所察觉，脚步忽然一顿，将目光投向了牧尘所在的方向。

两人的目光对碰，彼此体内气血竟都震动了一下。

牧尘双目微眯，神色愈发凝重起来，因为在此时，他感觉到了自那黑白双瞳男子体内散发出来的一丝冷漠敌意。

"这个家伙……竟然也修成了不朽金身！"牧尘有些震惊，因为两人之间那种异动，显然都源自他们修炼的相同的至尊法身。

"不过摩诃古族拥有万古不朽身的完整修炼法，其族内会有人修炼出不朽金身，也不算奇怪。"牧尘目光闪烁，心中自语。

在牧尘心中自语时，那黑白双瞳的男子也反应过来，当即看向牧尘的目光中便充满了讽刺之色："有意思……没想到竟然会在这里遇见一个野路子的不朽金身。"

在上古之时，摩诃古族从那位上古第一强者不朽大帝手中接过了代管万古不朽身的修炼之法。这些年下来，摩诃古族自诩为万古不朽身的正统传承者，视那些其他修炼成不朽金身的人为野路子，种种打压排挤，生怕会从这些野路子中蹿出一个合格者，将万古不朽身修成，从他们摩诃古族中将修炼法夺走。

所以，当这黑白双瞳男子发现牧尘也修有不朽金身时，便有敌意散发出来。

黑白双瞳男子眼中蕴含着冷光，打算待会就吩咐人将牧尘的来历查清，不过当他的目光忽然扫到牧尘身旁的萧潇与药尘时，心头猛地一震。

"竟然是无尽火域的人？"

黑白双瞳男子眼中掠过一抹忌惮之色，旋即目光闪烁，挥袖而去。

"摩诃古族的人，还是这么让人讨厌。"萧潇望着黑白双瞳男子的背影，冷哼一声，说道。

"此人是谁？"牧尘问道。这人修炼了不朽金身，如果有朝一日牧尘前往摩诃古族争夺万古不朽身的话，恐怕他会是牧尘的大敌。

"此人名为摩诃幽，乃是摩诃古族族长摩诃天的兄弟。"一旁的药尘开口说道。

"摩诃天？"听到这个名字，牧尘眼神一凝，因为这摩诃天在大千世界中，同样是威名赫赫。

"这摩诃天可是一个野心极大之人，当年还想吞并创立不久的无尽火域，最终我爹出手，与其大战，将其击败，这才让摩诃古族从此以后不敢招惹我无尽火域了。"萧潇说道。

牧尘微微点头，这事他听说过，而正是自此之后，无尽火域才跻身进入大千世界顶尖的超级势力行列，无人敢招惹。

"天帝曾经与我说，必须等下有了足够的实力与背景，才能去那摩诃古族争夺万古不朽身。如今看来，果然不假，若是没有足够实力，就算我真与万古不朽身有缘，恐怕都不可能从摩诃古族手中将其夺下。"牧尘心中自语，原本他对此

还有一点期望，不过今日一见这摩诃幽便知晓，想要获得万古不朽身，光靠和平手段是不可能的事了。

"我们也准备进那浮屠界吧。"萧潇看了一眼这广场上越来越多的人，那些投射过来的目光，让她有些不喜，当即说道。

牧尘点点头，没有意见。

不过就在他们将要动身时，牧尘忽然瞧得再度有一批光影从天而降，当即忍不住一笑，道："暂且等等，又来了一个熟人。"

就在牧尘声音落下时，只见那一批光影便直接落在了他们的身旁。光芒收敛，一条纤细玉臂就伸了出来，毫不客气地揽住了牧尘的肩膀。女孩灵动悦耳的娇笑声传来："嘻嘻，牧尘，好久不见，想我了没？"

听到这清脆笑声，牧尘莞尔一笑，这道声音，除了林静之外，还能有何人？

清脆灵动的笑声传开，只见牧尘身旁的灵光散去，露出了一个娇俏女孩。女孩只是身着简单的墨黑衣衫长裤，小蛮腰与那修长双腿，被衬托得淋漓尽致。那乌黑的马尾被随意束起，马尾跳动，散发着青春活力。

她的容颜极美，俏脸上总是带着盈盈笑意，美目灵动中泛着一丝狡黠，让人光是看去，便感觉到心旷神怡。

这个女孩，自然便是林静了。

"你这次不会是偷跑出来的吧？"牧尘笑眯眯地望着眼前的女孩，调侃道。

"才不是！"林静皱了皱俏鼻，然后让开一步，只见其后灵光散去，露出一个人来。牧尘望去，眼中不由得浮现一抹惊艳之色，而待到看清后，表情变得有些古怪起来。

因为那个人身着白袍，长发飘散，那张面目，竟是俊美如妖，给人一种美丽的感觉，但若是看得仔细，便发现，这让人感到惊艳之人，其实是个男人。

"这是我貂叔，是我老爹的结拜兄弟。"林静挽着这俊美男子的手臂，嘻嘻一笑，然后冲着牧尘他们眨了眨眼睛，道，"是不是很漂亮？"

牧尘等人一脸尴尬，这话如何敢接？

那俊美男子听了林静的话，嘴角抽了一下，若是旁人说他漂亮，他肯定要狠狠教训一顿，但身旁的女孩，却让他生不出这种心思，只能无奈而宠溺地瞪了她一眼。

"呵呵，想来这位便是武境的二当家，林貂先生了吧？"倒是萧潇身旁的药尘前辈微微一笑，冲那俊美男子说道。

牧尘闻言，心头微动，传闻这武境的二当家也出自下位面，原本是天妖貂之身，到了大千世界后便屡次进化，如今已登入超级神兽之列。论起实力，恐怕同样不逊色于仙品天至尊。

"林貂见过药老爷子。"那名为林貂的俊美男子见到药尘时，不再冷漠，抱了抱拳。

而后，他视线转向了牧尘，目光扫视一番，道："想来你便是牧尘吧？"

"见过林貂前辈。"牧尘点点头。

"果真不是凡人，难怪连林动都如此高看于你。"林貂轻赞了一声，以他的眼光，自然看得出来眼前的牧尘底蕴之雄厚。

"你之前传信而来之事，我们都已知晓，必要时刻，我武境会给予支持。"此时药尘也温和一笑，道："需要的话，无尽火域也会出力相助。"

牧尘闻言，微微点头，此行前往浮屠古族，自然是危险诸多，他虽说已踏入天至尊，但如果到时候浮屠古族真的要撕破脸皮，恐怕他一人之力还是太过单薄。

所以在动身前一个月，他便派人前往了武境与无尽火域，请动了两方超级势力暗中相助。当然，这种相助，只是为了提防浮屠古族不按照规矩办事，正常情况下，牧尘倒是不惧。

"如此的话，晚辈就多谢了，我欠你们一个人情。"牧尘对着林貂、药尘抱拳，感谢道。

之前炎帝与武祖皆给予了他一道护持，那是感谢他曾经救了萧潇与林静，如今两道护持都已用光，再想要请人帮忙，自然就得欠人情了。

"如今的你，已有欠别人人情的资格了。"林貂淡淡一笑，言语直接。放眼这大千世界，也不是随便什么人都能够请动他们武境、无尽火域这等超级势力的，而眼前的牧尘，如此年龄就踏入天至尊，这般资格，倒是足够了。

牧尘闻言，微微点头，道："日后若是你们有需要我的地方，晚辈定会竭力而为。"

在他身后，灵溪与龙象见到这一幕，都不由得暗中松了一口气。此时他们才明白为何牧尘会冒险前来浮屠古族，原来有这等准备。

有了无尽火域与武境的支持，他们就不怕到时候浮屠古族不顾颜面以势压人了。

灵溪欣慰地望着牧尘，心有感触，没想到，当初那北苍灵院中的小小少年，如今却在不知不觉间成了气候，甚至还能够请动两方顶尖超级势力。面对着武境与无尽火域，就算浮屠古族，恐怕也不敢轻易胡来。

"既然人已到齐，我们就准备进入那浮屠界吧。"药老在一旁笑呵呵道。

众人闻言，皆点头，然后便朝着广场中央走去。浮屠古族的迎客执事赶紧迎来，招来最高规格的灵舟。

毕竟在这大千世界中，无尽火域与武境的地位并不比之前的摩诃古族低。

至于跟随在后面的牧尘三人，则沾着无尽火域与武境的光，乘上了那最高规格的灵舟，在那众多艳羡的目光中冲向那远处的空间大门。

灵舟速度极快，不过数分钟便到达那空间大门之前。灵舟散发着灵光，缓缓穿梭而进……

在灵舟通过那空间大门时，有一股强大的力量扫描而过，那种力量，强悍得连药尘与林貂二人眼神都微微一凝。

"这是浮屠古族的护族大阵……"牧尘同样有所察觉，微眯着双目望着虚无之中。他拥有灵阵宗师的造诣，自然能够隐隐感觉到，一座巨大得无法形容的灵阵在保护着这座空间。

这一道护族大阵之强，想来就算是一位圣品天至尊出手，都难以将其击破。

"这护族大阵中有诸多手法，显然是经过了浮屠古族历代先人的不断完善。"牧尘双目微闭，感应着那座护族大阵，片刻后，眼神猛地一凝。

因为他察觉到，这护族大阵中，有一些地方竟让他有熟悉的感觉。

"是娘亲的手法，这座护族大阵，娘亲也参与了完善，而且最为清晰，应当时间不长。"牧尘目光不断闪烁着，半晌后，他嘴角忽然浮现一抹异样笑容，然后散去感知，免得被人察觉。

此时灵舟已进入了空间大门，只见眼前景象大变，犹如进入了另外一方世界，那等浩瀚精纯的灵力充盈在天地间，令种种异象出现。

"不愧是浮屠古族的核心之地。"牧尘见到这一幕，感叹了一声。如果真要论起来的话，恐怕那上古天宫都要比这浮屠界少几分底蕴。

不过这也是没办法的事情，上古天宫是天帝一手打造的，之后天帝陨灭，某间便无人打理，被岁月冲刷；而反观浮屠界，却被浮屠古族经营数万载，那等气象，自然比上古天宫更强。

灵舟快速地在这片空间中掠过，如此约莫一炷香后，速度才变缓。牧尘他们略有所感，都抬头望向前方。

只见在视线之内，万重巍峨山脉相连，重峦叠嶂，而在其中，可见无数黑塔和古老殿宇点缀。

整个天地，都弥漫着一种古老沧桑之气。

而当他们这座灵舟抵达这片区域时，只见远处一座黑塔中有数道流光射出，最后出现在了灵舟之上。

"浮屠古族的孔崆见过药老爷子、林貂先生。"

那当先一人，乃是一位头发黑白相间的老者，气态不凡，周身散发着强大的压迫感，显然是一位踏入灵品的天至尊。

"原来是孔崆长老。"药尘与林貂见状，也点头致意。

牧尘的目光扫过这名为孔崆的长老一眼，便看向其后方，只见在那后面，一个女孩正震惊地盯着他。

"清霜……"

牧尘望着此女，目光闪了一下，显然没想到这才到浮屠古族，就遇见了熟人。

"贵客远来，还请落脚歇息一下吧。"

那孔崆长老面对着药尘与林貂倒是极为客气，温和笑道。然后他视线扫了后方的牧尘一眼，道："这位小友倒是面生得很，可有邀请帖吗？"

"这位小友是我两家之友，此番顺道一起，观摩盛典。"药尘笑道。

那孔崆闻言，点点头，只是笑容淡了一些，连邀请函都拿不出来，想来也只是来自一般的超级势力。

"诸位随我来。"

孔崆转身，将灵舟引向了一座巍峨山岳，那里庭院成群，古色生香，幽静异常，显然是贵客所在之地。

"清霜，你将这三位客人引到地院吧。"

孔崆转身对身后的清霜说道，显然他要亲自招待药尘、林貂等人，而背景不显的牧尘等人，他便懒得屈身招待了。

清霜面色不动地点点头，然后在前引路。

牧尘对着药尘、林貂他们点了点头，便带着灵溪、龙象跟了上去。

一行人拐过庭院，待到没有旁人时，清霜才猛地停下脚步，陡然转身，恼怒异常地盯着牧尘，道："你这家伙，当真是找死，怎么敢跑到我们浮屠古族来？"

"你简直就是自投罗网！"

第7章
诸脉会武

"自投罗网吗？"牧尘望着眼前美目中满是怒色的清霜，淡笑一声，神色平静道，"我娘保护我这么多年，我可不会去做这么蠢的事。"

"你知道吗？这里可是浮屠界，浮屠古族的总部，就凭你这大圆满的实力，这里随便一个长老出手，都能轻易将你擒获！"清霜瞪着美目，怒叱道。

她之前冒着那么大的风险去提醒牧尘，就是要他好好隐藏，不要被浮屠古族所察觉，可眼下倒好，这个家伙，竟然直接大摇大摆跑到他们浮屠古族来，这如何能让她不气？

"随便一个长老出手，恐怕擒不住我。"牧尘闻言，笑了笑。

"你！"清霜柳眉紧蹙，觉得此时的牧尘太过狂妄。

不过，还不待她多说，牧尘已上前半步，刹那之间，一股恐怖气势自其体内爆发而起，周遭空间都为之震动。

清霜美目陡然一缩，震惊地望着牧尘，虽说后者那等恐怖气势仅仅外放了瞬间，但如此距离，她依旧感觉得清清楚楚。

那种程度的气势，即便是族内的一些长老，都比之不上。

"你、你突破到天至尊了？！"清霜一对美目瞬间瞪圆，俏脸上满是难以置信之色，要知道她一年前见到牧尘时，后者才只是大圆满而已，怎么短短一年不见，他就跨过了那道阻碍了无数强者一生的障碍，踏入了天至尊的境界？

这是何等恐怖的修炼速度？这需要何等的天赋以及机缘？

身为浮屠古族之人，清霜对晋升天至尊之难最为清楚，即便有浮屠古族这等底蕴，想要踏足天至尊，也极其之难。

就如那玄罗、墨心二人，他们是如今玄脉、墨脉年轻一辈中的领头者，然而即便如此，借助着浮屠古族无数资源的培养，他们此时也仅仅才刚刚达到触及天至尊的地步，而想要真正跨出那一步，还不知道要到何年何月。

可现在，牧尘却先两人一步踏入天至尊，彻底领先了他们，由此可见，这究竟有多么不可思议。

"借助一些机缘，侥幸突破而已。"牧尘神色恢复平静，道。

清霜震惊了半晌，终于渐渐回过神来，美目复杂无比地看着牧尘。她知道，如果此事在浮屠古族中传开，会引发很大的动荡。

浮屠古族的人都以为牧尘只是一个罪子，在没有浮屠古族资源的支持下，即便其天赋过人，成就也终归有限。但眼下的事实恐怕会狠狠扇那些人嘴巴子，同时也让他们明白，就算是没有浮屠古族，他们嘴中这个所谓的罪子，依旧能够超越他们浮屠古族费尽心思培养的天才。

"可、可就算你晋入了天至尊，也不能来浮屠古族啊！"清霜深吸一口气，旋即沉声道。天至尊的确强横，但这对于浮屠古族而言，却并不能让他们敬畏，毕竟他们浮屠古族底蕴太雄厚了，莫说是一位灵品天至尊，就算是圣品，也不见得就敢在他们浮屠界中乱来。

"我自有分寸。"牧尘点了点头，道。

见到牧尘神色平静，清霜也知道劝说无用，当即只能轻叹一声，然后转身在前引路，最后将三人引入一间幽静庭院。

"我可以将你的事告诉清萱长老吗？"在安排妥当后，清霜看向牧尘，询问道。

牧尘想了想，点点头。

清霜见状，这才微松一口气，然后退去。

牧尘望着她远去的情影，转过身来，对灵溪与龙象道："这几日暂时少外出，一切都等诸脉会武开始。"

此地毕竟是浮屠界，若是真的让别人认出自己身份，怕会引来一些麻烦。虽说有无尽火域、武境的帮衬，但这无法让牧尘达到目的。

灵溪与龙象都点点头，他们曾经在浮屠古族中待过一段时间，自然很清楚这个古族的底蕴，如今深入虎穴，的确必须万分小心。

嘱咐了两人后，牧尘便身形一动，直接出现在庭院的一座石亭之上。他盘坐下来，抬头凝视着天空，漆黑的眼瞳中灵光流动，无数道灵印倒映在他的瞳孔中。

这浮屠界的天空，旁人看去，或许只能够看见浩瀚而精纯的灵力，但在牧尘的眼中，却能够见到那隐匿在虚无中的一座巍峨大阵。

那座大阵，正是浮屠古族的护族大阵，那等玄奥程度，即便以牧尘如今的灵阵宗师造诣，都有些无法理解。

不过他的目的并非要洞穿这座护族大阵的奥秘，而是要感应这座灵阵之中某些熟悉的手法。

他的这般探测，一晃便是一下午的时间，待到日落时，他闪烁的双眼才渐渐闭上，眼中的灵光也随之散去。

"果然如此吗？"

他低低自语，神色怪异，因为随着这番探测，他竟发现，这浮屠古族的护族大阵竟存在一些漏洞。

这些漏洞极为隐秘，但凭借着一脉相通的熟悉手法，牧尘能够清楚感应到，这些是他娘亲所留。

"嗯？"

就在牧尘思虑这一点时，其神色忽然一动，目光望着庭院中，只见那里空间波动，忽有一道身影缓缓地出现。

那是一名青衣美妇，雍容华贵，赫然便是曾经与牧尘见过一面的清萱长老。

"清萱长老来得倒是真快。"牧尘望着现身的清萱长老，笑道。

清萱长老盯着牧尘，忽然身形一动，犹如鬼魅般出现在牧尘前方。她伸出修长玉手，只见其上发出晶莹之光，然后轻飘飘一掌便直接对着牧尘拍下。

这一掌看似无力，然而当其落下时，连这座石亭都塌陷了下去，周围的空间更是震荡不已，犹如将要崩碎。

恐怖的掌风呼啸而来，牧尘神色却是一片淡然，待到那一掌要落下时，才随手拂袖。

砰！

有低沉之声自虚空中传开，牧尘的身形纹丝不动，而那清萱长老则身形一震，倒退数步，脚下的虚空都随之碎裂开来。

她稳住身形，没有再出手，而是用复杂的眼神望着牧尘，道："先前清霜与我说时，我还不信，如今看来，你真的踏入天至尊了。"

话到此处，她的眼眸深处掠过一抹欣慰之色。

不过很快，清萱长老叹息道："你还是不该来这里的。"

"这浮屠古族害我母子分离数十年，为何我不该来？"牧尘淡漠道，漆黑眸子中闪烁着冷冽之光。

清萱长老苦笑道："连你母亲强如圣品天至尊的实力，都无法对抗浮屠古族，你这灵品天至尊，又能怎样呢？"

"浮屠古族的确强，但也不能在大千世界中横行无忌吧？"牧尘语气平静，并未显露出丝毫惧意。

清萱长老一滞，旋即无奈摇头，只将此当作是牧尘的气话。浮屠古族虽然的确无法在大千世界中横行无忌，但对牧尘，却能够如此。

"你想打算怎么做？"清萱长老犹豫了一下，然后一咬牙，道。

牧尘闻言，神色一动，看着清萱长老，淡漠的脸色微微缓和了一些："你愿意帮我？"

清萱长老神色黯然道："你娘毕竟是我的妹妹，只不过我们清脉如今愈发式微，在族内没什么权力，玄脉与墨脉总是在打压我们清脉，所以很多事情，我们也毫无能力。"

"当初我们保不了你娘，如今总不能见你也被擒住，那样的话，我清脉就真对不起我那妹妹与你外公了。"

牧尘沉默了一下，他知晓，这清脉当年便是在他外公的手中发扬光大，最终从浮屠古族诸多分脉中脱颖而出，成为浮屠古族内的大脉的。后来外公身陨，他娘亲不愿做那一脉之首，远离浮屠古族，与他父亲结合，诞下他来，从而惹怒族内，被囚禁至今。

"你可与我说说如今清脉的局势吗？"牧尘缓缓道。

清脉虽然式微，但若是能够争取过来，倒也算是一分助力。牧尘不是狂妄之人，他不打算以一己之力，正面抗衡浮屠古族。

清萱闻言，苦涩一笑，道："局势恐怕比你想的还要更差，如果这一次的诸脉会武，我们清脉再无表现，或许就得从大脉位置跌落，再度沦为分脉了。"

牧尘眉头顿时紧皱，这清脉，竟然凄惨成这般模样了吗？

"这诸脉会武，究竟是怎么回事？"

"在我浮屠古族，权力最高之处便是长老院。任何族内的政令，都必须通过长老院的合议，所以说，掌握了长老院，就等于掌握了整个浮屠古族。"

"如今长老院中，共有十九席，其中玄脉七席，墨脉六席，而我们清脉……只有三席，同时还有其他分脉共三席。"面对着牧尘的询问，清萱长老微微苦笑，轻叹着说道。

"只有三席……"牧尘眉头一皱，这对于十九席的局面来说，显然相当微弱。

"我们清脉巅峰时期也有六席，不过伴随着清脉实力减弱，席位也渐渐不保，所以每一次的诸脉会武，我们清脉的长老院席位都会减少一席。"

"按照规则，每一次的诸脉会武，凡是在长老院中有席位之脉，都要进行守擂，守擂人数和席位之数一样，若是在守擂过程中，败大于胜，那么便是守擂失败，将会自动让出一席。"清萱长老解释道。

"原来如此。"

牧尘闻言，点了点头，怪不得浮屠古族对于这诸脉会武如此重视，原来这关系到浮屠古族的最高权力。

而哪一脉能够在长老院中多一席，那它在浮屠古族中的重量就会多一分。

至于这守擂，牧尘倒是明白，如这清脉，有三席，便能够派三人去守擂，三人三战，若是两败一胜，自然就要交出一个长老院席位。

而若是两胜一败，则能够守住自方席位。

"这些年来，玄脉与墨脉对我清脉屡屡打压，每一次的诸脉会武，都以我们为目标发动攻势，三届下来，已夺走我们清脉三个席位。"说到此处，清萱美目中便掠过一抹愤怒与无奈之色，力不如人，保不住席位，也是可悲。

"如今我清脉仅剩三席，若是再被夺去一席，则唯有两席，按照族内的规矩，清脉将会丧失大脉地位，诸多资源也将会随之减少。如此，弱者越弱，再难与玄脉、墨脉抗衡。"

一想到这，清萱脸色微白，到了那一步，他们清脉想要再度振作起来，就不知道要等到何年何月了。而浮屠古族的话语权，也将会彻底落入玄脉和墨脉的手中。

听到此处，牧尘双目微眯，对于浮屠古族，他没有多大兴趣，不过那玄脉与墨脉都与他有恩怨，而且那黑光竟然还敢请玄天老祖去找他的麻烦，这道仇，他是必须要报的。

以玄脉和墨脉对他的态度，如果让他们彻底掌握了浮屠古族的话语权，那必然会多出许多麻烦。

所以，如果玄脉、墨脉掌握浮屠古族，对于他而言，不是好消息。

"如何才能阻挡？"牧尘缓缓问道。

"只要守擂能够保证两胜，就能够守住席位。"清萱叹了一口气，"不过这两脉底蕴雄厚，天至尊的数量比我们清脉多，又是有备而来，想要阻挡，极为不易。"

听得清萱这悲观的话语，牧尘就知道这清脉究竟有多惨。他摇了摇头，道："为何只守不攻？"

既然有守擂，自然就会有攻擂。

清萱无奈一笑，道："守都守不住了，哪还有实力去攻？"

牧尘没有理会她，继续问道："诸脉大会，会有圣品天至尊出手吗？"

"怎么可能会有，不管哪一脉出现了圣品天至尊，都能够直入长老院，光是一人就顶五席。"清萱连忙说道。

听到此处，牧尘眉头一皱，道："若是如此，为何还要囚禁我娘？"

一个圣品大宗师，足以媲美圣品天至尊，他相信就算是浮屠古族底蕴再深厚，也不敢轻易放弃。

清萱咬牙道："还不是那玄脉和墨脉搞的鬼，当年你娘被囚禁时，并未达到这种层次，所以直接定了罪名。后来她实力变强，玄脉和墨脉更为忌惮，怕她回归清脉，令清脉实力暴涨，所以直接在长老院中全数投票否决了你娘亲应有的位置，而大长老为人迂腐顽固，便以长老院的名义，继续囚禁你娘。”

牧尘闻言，眼中顿时有寒光涌动，一股杀意涌上心头，这些玄脉墨脉的杂碎，真是欺人太甚！

清脉面露羞愧之色，道：“因我清脉式微，即便反对也无济于事。”

虽然清脉之中，也有人对清衍静当初因为私情抛弃清脉远离而心怀怨气，但在这种大事上，他们明白唯有清衍静的回归，才能够令清脉恢复荣光，所以在救清衍静脱罪这上面，还是拼尽了全力。

只是如今清脉已非以往，即便出力，也无法抗衡联手起来的玄脉、墨脉。

牧尘微微点头，他沉默了片刻，忽然道：“我可以帮你们保住席位。”

清萱听到此处，顿时一惊，美目惊疑不定地盯着牧尘，忍不住道：“你有什么办法？”

牧尘却没有直接回答，只是道：“我自有办法，你们若是相信，就交由我去做。”

清萱闻言，犹豫了一下，旋即一咬牙，道：“我会回去与其他人说。”

事到如今，也只能死马当活马医，眼前的牧尘能够在如此年纪踏入天至尊，必然不是凡人，说不定他真有什么能耐。

牧尘点点头，语气平静道：“不过我帮了你们，你们同样也得帮我做一些事。”

“什么事？”

牧尘手掌一握，数枚玉简出现在其手中。他指尖一弹，有精血飞出，落在玉简上面，隐隐形成了一行行血色符文。

他将玉简递向清萱，道：“你们既然身为浮屠古族的长老，自然知晓浮屠古族护族大阵的中枢之点，我要你们在诸脉会武之前，找机会将这些玉简埋入中枢之内。”

清萱脸色顿时一变，那护族大阵可是护卫浮屠界的大阵，关系重大，怎么可以轻易乱来？

“我此次前来，只是想要救出我娘，并不打算与浮屠古族结成死仇，所以你也不用太担心我会对浮屠古族做什么，只是浮屠古族强势，我也需要手握一些与之谈话的本钱。"牧尘瞧得清萱的脸色，淡淡说道。

清萱脸现挣扎之色。

"你即便不相信我，也应该相信我娘的为人吧？她不会坐视我将浮屠古族给毁了的。"

听到这句话，清萱的脸色才渐渐好转，她对牧尘不太了解，但对于自家那个妹妹，还是非常了解的。

虽然浮屠古族的囚禁让她有所怨气，但她却绝不会真的因此对浮屠古族心生仇恨，毕竟这是生她养她之地，同时也有众多血脉亲人在此。

再者，虽然护族大阵重要，但如果说想要仅凭此倾覆浮屠古族也是不可能的事，想来以牧尘的明智，应该知晓这一点。

"好，我答应你。"

心中有了决定，清萱就不再犹豫，重重点头，自牧尘的手中将那些沾染了其精血的玉简小心翼翼地接过。

牧尘见状，心中悄悄松了一口气，这一环对他极为重要，虽说他请来了无尽火域和武境之势，但就怕到时候浮屠古族那些老家伙不讲理，一定要强行出手，而浮屠古族内，可有圣品天至尊，所以他必须准备一些足够抗衡的筹码。

"那就谢过清萱长老了。"

瞧得牧尘那客气的笑容，清萱暗叹了一声，论起血脉关系来，其实牧尘应该叫她一声姨的，但牧尘对他们心存芥蒂，那种客气的疏远，她能够感觉出来。

不过想到眼前的牧尘从记事起便与其娘亲分离，独自奋斗修炼至今，其间不知道历经了多少磨难，清萱就觉得他心中有所怨气，也是理所当然的。

眼下只希望牧尘能够真的将其娘亲救出，那样，以后的关系才能够渐渐缓和。

事已谈妥，清萱也就没有多留，与牧尘告辞一声，便迅速转身而去。

牧尘望去清萱离去的身影，长长吐了一口气，清萱的帮忙，倒的确省去了他很多麻烦。

如今诸事俱备，只需要等待诸脉会武的开始了。

牧尘负手而立，抬头望着天空，漆黑双目，深邃无比。

"浮屠古族，这一次，我们就来好好碰一碰吧。"

为了这一天，他已经准备好多年了。

接下来的数日，牧尘、灵溪、龙象三人皆留在庭院中，没有外出，不过林静与萧潇常常来往，所以倒是热闹，并不寂寞。

即便没有外出，但牧尘他们依旧能够感觉到，这浮屠界内的气氛，变得越来越热闹。

每日那天空中，都不断有灵舟呼啸而来，那些从灵舟中出来的各方超级势力，每一个所具备的底蕴，恐怕都要比牧府深厚。

牧尘感慨不已，五大古族的确非同凡响，光是这种号召力，就足以让一般的超级势力自惭形秽。

而随着越来越多的超级势力汇聚过来，浮屠古族也将那诸脉会武的时间宣布出来，正是在三日之后。

在这般万众瞩目之下，三日时间，眨眼即过。

三日之后，悠扬钟吟之声响彻整个浮屠界，久久不息。

唰！唰！

当钟吟声响起的时候，这天地之间的一道道光影冲天而起，朝这重重山脉深处疾掠而去。

今日，便是浮屠古族盛事诸脉会武开启之时。

牧尘立于庭院中，他望着天地间那热闹的场面，神色倒是平静，在其身后，灵溪与龙象面色则有些凝重，因为按照牧尘的计划，他若要动手的话，也会选在今日。

庭院外，一个女子匆匆赶来，正是清霜，她瞧见牧尘后，从袖中掏出一物递给他，竟是一块青色令牌。令牌之上，铭刻着一个古老的"首"字。

清霜望着这青色令牌，素来冷若冰霜的俏脸上表情复杂，轻声道："这是我们清脉的脉首令，持有此令者，便是一脉之首。"

"虽然不知道你要做什么，但在诸脉会武中，持有此令的你，便是我清脉之首。有了这身份，就算那些长老认为你是罪子，也无法当场反对，唯有召开长老院会议，才能制裁。"

牧尘闻言，眼中掠过一抹异色，他没想到清脉竟然会将这脉首令给他。如此一来，到时候万一出现了什么变故，恐怕清脉也会受到牵连。

"按照萱姨所说，若是此次失败，我们清脉也将会降为分脉，那对我们会是毁灭般的打击，与其坐视被玄脉、墨脉彻底打压，还不如奋起一搏。"清霜似是知晓牧尘的惊讶，轻叹一声，说道。

牧尘神情微微缓和，沉吟了一下，便伸手接过了青色令牌。有了此物，他便能够安心行事了，不至于到时候被浮屠古族阻拦。

"另外，萱姨让我告诉你，你让她做的事，都已准备好了。"清霜说道。

听到此处，牧尘心中大松了一口气，此事若是做成，他便有了足够的本钱，可以与这浮屠古族好生斗上一场了。

"牧尘，你真的能够帮我们清脉守住席位吗？"清霜犹豫了一下，贝齿轻咬着红唇，低声说道。

此事对于她们清脉而言，实在是太过重要了，清霜不知道为何萱姨会如此破釜沉舟地相信牧尘。不管如何，眼前的牧尘，也才只是刚刚踏入灵品天至尊而已。

现在的他，充其量只是灵品天至尊初期，这般实力，放在浮屠古族中，怕是无法做到力挽狂澜的地步。

牧尘笑了笑，道："既然受你们之托，我自然会尽力办事。"

他笑容淡淡，但整个人散发出来的神采，却坚定而自信，令旁人看了，也会对他生出几分信心。

清霜受到一些感染，俏脸上浮现出一抹笑容。她轻轻点头，然后对面前的牧尘郑重而恭敬地行礼："如此，我们清脉就谢过了。"

"各取所需罢了……"牧尘摆了摆手，他抬头望着天空，道，"时候差不多了，我们也动身吧。"

"我来引路。"

清霜微笑着化为一道流光冲天而起，而牧尘三人，立即紧随而上。

一行人从空中掠过，脚下重重山岳不断后退。而在他们身后，则能够见到一批批光影尾随而来。每批光影中，都有一道惊天波动。

这些平日里在大千世界中都算得上是一方霸主的超级势力，在这里，却显得有些平常，由此可见，这浮屠古族是何等之强。

在清霜的带领下，约莫十分钟后，四人的速度便渐渐减缓。此时在他们的前方，一座巍峨主峰冲天而起，直入云霄，犹如擎天巨柱，气势磅礴。

在那主峰之上，错落有致地遍布着一座座白玉巨台，隐隐间，有一股凌厉之气散发出来。

在主峰周围，围绕着众多山峰，而此时这些山峰上都被开辟出了席位。天空上，时不时会有光影落下，落入席中。

短短不过数分钟的时间，这重重山脉之中，便变得喧哗热闹起来。

牧尘三人在清霜的引领下落在了一座山峰之上，这里虽不太起眼，但却能够将主峰之上那一座座玉台尽数收入眼中。

落下后，牧尘抬头目光一扫，只见在那最靠近主峰的一座体形巨大的山峰上，竟有石亭、庭院坐落，那般模样，待遇比起其他地方要好上许多。

牧尘知晓，那些位置，应该都是留给大千世界中一些顶尖超级势力的，因为在那些地方，他瞧见了萧潇、林静的身影。

在浮屠古族的眼中，也只有这种等级的超级势力，才算得上是贵客。

咚！咚！

就在牧尘环视着四方时，忽然间，这重重山脉中，每一座山峰上，都有古老悠扬的钟吟声响起。

钟吟声响起，这天地间所有强者都心有所感，忽地抬头，只见那座巍峨主峰最顶端有亿万道灵光绽放开来。

灵光之中，一道道光影浮现，每一道光影之上，都散发着令人心悸的灵力威压，令在场各方强者心头都一凛。

灵光散去，只见二十个人出现在主峰之巅，其中十九个人恭敬地立于最前方一人之后。

最前方的人，乃是一位白发老者，老者模样苍老，与身后十九个灵力磅礴的人相比，他浑身没有任何灵力散发，看上去犹如寻常老人，毫不起眼。

然而，当在场众多强者见到这位老人时，都忍不住眼神一凝，面露恭敬之色。

"圣品天至尊！"

牧尘的目光，同样是在这位白发老人现身时，就紧紧盯了过去。他望着后者，感觉浑身的皮肤都微微刺痛，一股极端危险的感觉自内心深处涌了起来。

因为这位看上去普通寻常的老人，赫然是一位圣品天至尊！

"恭迎大长老！"

当那白发老人现身时，这天地间无数浮屠古族的族人都恭敬出声，即便是那些长老，也面露敬畏之色。

浮屠古族中最高权力者是族长，只是族长之位空悬多年，始终未曾出现合适者，所以这些年来，一直都是由大长老一人护持浮屠古族，这才没令浮屠古族衰落。大长老在浮屠古族中无人不服。

"这就是我们浮屠古族的大长老，浮屠玄。"

清霜望着那道苍老的身影，俏脸上浮现浓浓的敬畏之色，她轻叹道："玄脉墨脉多年内斗，如果不是大长老压制，还不知道浮屠古族乱成什么样了。"

牧尘的神色平静，这浮屠玄本事的确不小，不过不管其对浮屠古族有多大的贡献，都与他无关，他如今只知道，正是因为这个迂腐而顽固的老人，才导致他母子分离多年。

在那万众瞩目之下，主峰之巅上的浮屠玄苍老而严肃的面庞上，露出一分笑容。他目扫四方，苍老之声，回荡在群山之间："此乃我浮屠古族盛事，有劳各位赏面前来，浮屠玄在此谢过。"

听到浮屠玄此话，众多超级势力之主纷纷还礼。

以这浮屠玄的实力，绝对算得上是真正立于大千世界之巅的人。

一番客气之后，浮屠玄便返身坐于主峰高台之上，看向下方那十九个人，道："诸脉会武，此时开始，尔等若是想要保住席位，就施展出本事吧，否则这位置，就只能让给其他苦修之人。"

"是！"

听到大长老之言，那十九个气度不凡的人皆应道，然后下一瞬间，便化为光影暴射而出，最后落在了主峰上那一座座玉台之上。

同一时间，十九道浩瀚无比的灵力，便在这天地之间肆虐开来。

"诸脉会武，正式开始！"

咚！咚！

天地间浩瀚灵力肆虐，只见那一座座峦峰之上，一面面大鼓升起，重重锤下，顿时有低沉而令人心跳加速的鼓声，轰鸣回荡在这天地之中。

在那漫天鼓声中，各方超级势力的目光，都不由得投向主峰之上那十九座巨大的白玉石台之上。

这十九座白玉石台上，屹立着十九个人，这些人周身皆涌动着璀璨灵光，恐怖的灵力威压冲荡在天地之间。

这些都是货真价实的天至尊。

望着这一幕，在场的众多强者都忍不住感叹出声，眼中透着浓浓的羡慕之色。要知道，在这大千世界，想要估量一座超级势力的底蕴，其实很简单，那就是看其所拥有的天至尊数量。

眼前的浮屠古族，一次性表露在明面上的天至尊数量，便达到了十九之多，而且这还并非全部。

这个古老的种族，隐藏着令人忌惮的底牌。

而这，就是底蕴。

一个古老种族，繁衍万千载才渐渐具备的底蕴。

寻常的超级势力，或许能够耀眼一时，但最终还是烟消云散，唯有这种古老种族，不急不缓地发展繁衍着，却顶住了无数次的灾劫，并且愈发强大。

面对着这种底蕴的浮屠古族，莫说旁人，就算是牧尘，眼中都掠过一抹凝重之色。五大古族，的确名不虚传。

"看来我牧府若是想要长远，就得注重培养。"牧尘若有所思，如今的牧府，虽然也能够称为超级势力，但其实全靠他一人支撑，没什么底蕴，和浮屠古族一比，差距甚大。

不过牧府初建，充满着朝气，能够有这般成就已然不错，日后若有机会，直接称霸天罗大陆，借助这大千世界的十大超级大陆之一的资源，以及上古天宫的资源，牧尘相信，未来的牧府，必然会有无数天才涌现出来。到时候，牧府说不定也能够比肩无尽火域、武境，成为这大千世界的顶尖超级势力，而不弱于这浮屠古族。

心中的念头转动着，牧尘将无边的思念渐渐收敛起来，凝神看向那十九个人，隐隐发现，这十九座白玉石台分为四方。

"想来这便是代表玄脉、墨脉、清脉以及浮屠古族其他的分脉了。"牧尘自言自语，他的目光，最先汇聚在玄脉那边，因为那里的气势最为强盛，浩瀚灵光占据了半壁天空。

在那里，七座白玉石台层次分明、高低有致地坐落着。在那最高处的白玉石台上，一名玄袍男子负手而立，此人面庞极为英俊，双目炯炯有神，身体表面，灵光流溢。

与其他的那些长老相比，他周身的灵光最为微弱。但在场的都是老辣之人，自然明白，这种灵力内敛，自身彻底与天地融合在一起的状态，乃是在攀登那圣品天至尊。

这玄袍男子，赫然已经达到了仙品后期，正在不断寻找那踏入圣品的契机。

望着这英俊的男子，牧尘的瞳孔微微一缩，隐隐从其身上感觉到了危险的气息。

"这就是玄脉的脉首玄光，他是玄罗的父亲，如今的他，号称浮屠古族中最有希望踏足圣品的两人之一，一旦他成功，恐怕浮屠古族的族长之位，就是他的了。"在牧尘身旁，清霜察觉到牧尘脸上的异色，顺着望去，俏脸凝重道。

"玄罗的父亲吗？"牧尘双目微闪，旋即轻轻点头，目光继续顺着下移，最后他发现，在玄脉的七位长老中，竟然有四位仙品天至尊、三位灵品天至尊。

显然，为了守住席位，这玄脉是真正的强者齐出。

而其他白玉石台上，能够与玄脉的阵势相比的，便是墨脉了，他们比起玄脉要少一人，不过六位天至尊也气势磅礴。

在那墨脉最上方的石台上，是一位黑袍中年男子，他双目一片漆黑，脸上有一道道奇异的黑色纹路，一股异样的寒气从其周身散发出来。双目开阖之间，犹如两个黑洞，不断吞噬着天地间的灵力。

"这是墨脉的脉首墨瞳，实力不弱于玄光。"清霜再度低声道。

牧尘微微点头，显然，这黑瞳应该就是浮屠古族中另外一位有机会踏入圣品的人了。这两人，果真都是气吞山河之辈，难怪玄脉、墨脉在他们的手中，愈发强盛。

在墨脉的六人之中，有三位仙品、三位灵品，阵容同样不弱。这若是放在大千世界中，都足以成为顶尖级别的超级势力。

牧尘的视线掠过墨脉，最后停留在了清脉所在的区域。与前面的两方相比，清脉这边，显得弱势了许多。

因为他们仅仅只有三人，除了牧尘熟悉的清萱长老之外，在那为首处，是一位头发花白的老者。他周身绽放着亿万道灵光，震荡着虚空，看那模样，显然也是一位踏入仙品的天至尊。

不过，与玄光、墨瞳二人相比，这位清脉的脉首，显得弱势了许多，前两者气势磅礴，后者则略显暮气。

圣品之关，唯有最为勇猛不惧者，才能够冲刺，而在失去了锐气之后，这位清脉的脉首基本无缘圣品。

"这就是我们清脉的脉首，清天脉首……"清霜说道。

牧尘微微点头，直接说道："气衰势弱，无法与另外两人相比。"

清霜听到牧尘的评价，苦笑了一声，道："若是静姨在我清脉的话，那玄天、墨瞳又能算得了什么？"

的确，此时的玄天、墨瞳依旧还在苦苦寻找踏入圣品之路，但清衍静却在灵阵的道路上，达到了大宗师圣品的境界，从成就上而言，早已远远超越了这两人。

"一脉振兴，并非只能依靠一人。"牧尘淡淡道，旋即也不多说，目光扫过最后一方。那里有三道人影，来自浮屠古族的诸多分脉。据说浮屠古族为了不让这些分脉离心，早就立下过规矩，长老院中，不论如何，都会为这些分脉留下三席，所以说这些分脉的席位，是最不用担心的。

当然，他们唯一需要担心的，是分脉众多，其中自然也会有人觊觎长老之位，想要取代原先的人。

这一番看下来后，牧尘暗自摇头，他感觉这四方中有危险的，只有清脉。

咚咚咚！

天地间，鼓声愈发急促。

"开始吧。"主峰之巅，那大长老浮屠玄雄浑的声音响起。

咻！

声音刚落，在那主峰之外，忽有浩瀚灵力肆虐开来，三道光影在此时齐齐暴射而出，毫不犹豫地落在了清脉所在的那三座白玉石台之上。

一名头发雪白，但皮肤却犹如婴儿般的老者，落在了清脉脉首清天所在的白玉石台上，微微躬身，笑道："墨脉墨古，还请清天脉首赐教。"

这位老者，笑意盈盈，周身灵力强悍异常，不过充其量却只是灵品，但面对着仙品的清天时，却并不露惧意，反而一脸戏谑之色。

清天见状，老脸有些难看，他的目光看向了他们清脉另外两座白玉石台上，只见在清萱以及另外一位清脉长老的面前，都有一道光影出现。

"玄脉玄麟，还请清萱长老赐教。"

"玄脉玄金，还请清云长老赐教。"

两道淡淡的声音在这天地间响起，引来无数目光的注视。

而望着出现在面前的身影，那清萱长老脸色也愈发难看，这墨脉与玄脉同时出手，显然是蓄谋已久。

"该死！"

清霜见到这一幕，忍不住玉足一跺，俏脸铁青，这墨脉与玄脉平日里就对清脉有诸多打压，没想到在这诸脉会武上，竟然还要联手！

牧尘望着场中局面，双目微微一眯。

墨脉墨古，灵品天至尊，对战仙品的清天长老，显然必败。

而那玄脉玄麟，却以灵品后期的实力，对战灵品中期的清萱长老。

玄脉玄金，灵品中期的实力，对战灵品初期的清云长老。

如此一来，一败两胜。

清脉必输无疑。

"倒是好狠的手段啊。"

牧尘冷笑一声，这玄脉与墨脉，显然打算要将清脉从浮屠古族的决策层中剔除出去。若真被他们达成目的，清脉从此沦为分脉，很有可能就会一蹶不振。

这玄脉与墨脉的算盘，倒是打得精明。

不过今日，他牧尘既然在此，这两方恐怕也没那么容易如愿了！

第8章
式微清脉

　　巍峨主峰上，当那三个人齐齐对清脉发动攻势的时候，这天地间有一些低低哗然声响起，这一幕任谁都看得出来，是浮屠古族的两大脉系在联起手来针对清脉。

　　在一座山峰上，众多浮屠古族的族人立于此地，这些都是浮屠古族中的年轻一辈，而那为首两人，正是玄通、墨心。

　　此时的他们，都面带戏谑之色地望着这一幕，今日之事若成，清脉就将会失去主脉的地位，到时候，浮屠古族的权力，基本就要落入他们两脉之手。

　　"要怪就怪你们清脉出了一个清衍静吧。"玄罗眼中流露着寒意，暗自冷笑一声。如果没有清衍静的话，他们两脉还不至于对清脉穷追猛打，因为清衍静成就太过惊人，虽说如今因罪被囚，可一旦日后脱困，以其圣品大宗师的实力，必然会令清脉声势大振，众多分脉都会投靠过去。

　　所以，为了不让这种情况发生，他们两脉必须趁清衍静还未脱困时，彻底将清脉打废，如此就算到时候清衍静出来，恐怕也独木难支，无法抗衡他们两脉的联手。

　　"哼，还有那个罪子！等我两脉掌管族中权力，到时候定要派出执法卫将其擒住，让他如蝼蚁般跪在我面前！乖乖给我将八部浮屠交出来！"玄罗英俊的面庞，掠过一抹凶狠之色。

在那上古圣渊中，玄罗以为自己一定能得到八部浮屠，但最终却被牧尘夺走，这如何能让心高气傲的他接受得了？

他一直都将牧尘视为地位卑贱的罪子，而他则是高高在上的浮屠古族少主，两人的身份可以说是天差地别，但在那一次的争斗中，他却输在了牧尘的手中，这无疑比杀了他还要令他难受。

而在玄罗、墨心他们这两脉的族人兴奋时，在另外一座山峰上，属于清脉的族人则面色苍白，显然都知晓眼前的局面对自家来说极为不利。

一时之间，整个清脉这边都气氛惨淡，莫说是年轻族人，就算是一些年长者，都面露悲色。

在清脉年轻一辈中，清灵位于前方，她望着这一幕，俏脸也有点难看，最终只能暗叹一声。

"清霜姐怎么在那里？"

在她暗叹间，忽然听到身后有人惊讶出声。

清灵一怔，美目望去，然后便见到远处一座不起眼的山峰上，果然有清霜的身影，而且，在她的身前，还有一道年轻修长的身影。

清灵望着那道年轻身影，俏脸顿时一变，差点忍不住惊呼出声。

显然，她认出了牧尘。

"他怎么来浮屠古族了？真是胆大包天！"清灵美目中掠过一抹焦急之色，她很清楚如今族内对牧尘的态度，若是发现他出现在这里，必然会擒拿他的。

"咦，清霜姐身边那男子是谁？"而在她心中焦虑时，其他一些清脉中的年轻俊杰也发现了牧尘，顿时有疑惑的声音响起。

清霜在清脉年轻一辈中，地位极高，虽然冷若冰霜，但却惹一些族人暗中倾心，所以走到哪里，她都是焦点。

此时，这些清脉的年轻俊杰们发现清霜与一名陌生男子如此亲近，甚至还亲自前去陪同，这如何不让他们心中涌起嫉妒之情？

"此人看上去也一般，不知为何会让清霜姐如此重视？"有人酸溜溜地说着，引得不少人附和，一时间看向牧尘的目光都有些敌意。

"一群蠢货，人家的本事，也是你们能够相比的？"那清灵听到这些话，顿时忍不住冷哼一声，毫不留情地驳斥道。

"跟他一比，你们这些天才，就是一群蠢货！"

清灵性子本就刁蛮，此时说话，更是直接，将一旁众多清脉的天才气得脸色通红。

"哼，清灵难道你知晓那人是谁？说出来让我们看看，究竟是谁有这等能耐，能让我们变成蠢货？"有人怒声道。

清灵闻言，却撇撇嘴，根本懒得理会这些家伙，连玄罗、墨心两人都在牧尘手中吃过亏，更何况眼前这批人？

虽然她不知道为何牧尘会出现在这里，但她知道暴露他身份会有些麻烦，所以自然也不会主动将牧尘的身份道出。

而其他人瞧着她不言，更以为她在说大话，一时间七嘴八舌，倒是热闹得很。

在那主峰之巅，大长老浮屠玄正低头注视着三脉的动静，眉头微微皱了皱，但最终还是没有说什么，他自然知晓玄脉、墨脉的企图，但这并不算违规，所以即便身为大长老，他也不好多说。

周围山峰上，众多强者都目光闪烁，然后彼此窃窃私语："这浮屠古族的清脉以往可是风光得很，没想到如今却衰败得如此厉害。"

"是啊，当年的清脉可是力压诸脉，甚至连浮屠古族上一任族长，都是清脉脉首担任，然而如今，却落魄到这般地步。"

"看来今日之后，这清脉就得沦为浮屠古族的分脉了，想要再回到从前，怕是不太可能了。"

……

众多强者暗自感叹，显然清脉如今之弱，令他们皆有些唏嘘不已。

轰！

就在这般感叹中，只见那三座白玉石台上，浩瀚的灵力忽然犹如火山一般爆发开来，肆虐天地。

六道人影几乎在同一时间化为璀璨灵体，举手投足间，都散发着恐怖威能。

激战，瞬间爆发。

清脉脉首清天率先出手，他显然对玄脉、墨脉狙击他们清脉感到极为恼怒，所以出手毫不留情，那等声势，足以让寻常的灵品天至尊胆寒。

那墨古的面色微变了一下，旋即暗自冷笑，根本就没有要与清天硬撼的打算，直接化为无数道残影倒射而退。

他知道以他这灵品天至尊的实力，根本不是清天的对手，但他无所谓，因为他的出现，只是扫一下清脉的颜面而已。

"清天长老真是好大的威风，不过可惜，另外两处，你们可没有什么优势。"墨古不断躲避着清天的攻势，同时冷笑出声。

清天的眼角余光扫过另外两座石台，心头顿时一沉，因为局面果然如他所料，面对着玄脉、墨脉有备而来的狙击，清萱与另外一位长老迅速落入下风，节节败退。

按照这般迹象，恐怕落败也是不远的事情。

"没想到清脉竟然会在我的手中没落至此，真是愧对先人。"清天苍老的面上露出悲凉之色。

清霜贝齿紧咬着红唇，牙齿间有血丝蔓延出来，但她却不加理会，只是眼睛眨也不眨地盯着那三座白玉石台上的惊天战斗。

"牧尘，萱姨她们能赢吗？"清霜还抱着一丝侥幸心理，颤抖着问道。

牧尘闻言，毫不犹豫地摇了摇头，道："玄脉、墨脉有备而来，那出手的两人，实力都强于清脉两位长老，这局面，必定是一胜两败。"

清霜俏脸顿时变得没有一丝血色，玉指将掌心都掐出血滴来，她仿佛已经看到，未来的清脉一片灰暗。

牧尘看了她一眼，也没有多说什么，然后神色平淡地望着那三座白玉石台上的惊天大战。

轰！轰！

浩瀚灵力一波波冲击着，令这座巍峨无比的巨峰都在颤抖，那不断扩散出来的天至尊威压，令周围众多山峰上的人倍感压力。

"要结束了。"

牧尘盯着石台，忽然出声。

咚！

就在他声音落下的那一瞬间，只见清天脉首一掌拍出，轰碎了墨古的万重防御，将其拍得吐血倒飞。

而墨古飞出了石台，却大笑一声，道："清天长老果然厉害，我认输了。"

听到墨古认输，清天脉首却毫无喜色，他目光一扫，只见另外两座石台上，也在此时分出了胜负。

不过，结果却是清萱与清云两位长老棋差一着，皆被震出了石台。

他们立于石台外，身体僵硬，面色颓然。

任谁都看得出来，清脉输了。

"哈哈，多谢清萱、清云长老赐教了。"那玄麟、玄金两人大笑一声，抱拳道。

他们的笑声在山峦间回荡，而那些清脉族人，则在此时个个面无人色，清脉的老人，更是绝望得老泪都流了下来。

从今之后，他们清脉就将会沦为分脉，地位一落千丈！

"清脉完了……"

三座白玉石台上，胜负分出，众多超级强者望着这一幕，都在暗自唏嘘，今日之后，浮屠古族便唯有两支主脉了。

而在玄脉、墨脉所在的席位上，玄光与墨瞳两位脉首都面色平淡，双目中不起丝毫波澜，并没有因为清脉的结局而显得兴奋。

显然，这种局面是在他们的预料之中。

他们只是扫了一眼面容悲切的清天脉首，眼中掠过一抹淡淡的讥讽之色，心想，这些清脉之人，此时恐怕最为后悔的，就是当初没有尽全力保住清衍静，否则，他们清脉又怎会沦落到这种地步。

"老夫无用啊。"

在那天地间无数道或同情或嘲笑的目光注视下，清天脉首苦叹一声，本就苍老的容貌在此时变得更为颓废。

此次守擂失败，那他们清脉就要让出一席，在长老院中仅剩两席。而按照族内的规矩，唯有拥有三席位置的脉系，才能够成为主脉。

所以从此之后，他们清脉将会沦为分脉，那样一来，自然损失难以估量的资源与权力，想要再度重回主脉之位，不知得何年何月。

在那一座石台外，清萱长老玉手紧握，脸色极为难看，不过眼前的局面已成定局，她也改变不了什么，只能苦涩摇头。

"如今只希望牧尘那个孩子能有什么办法力挽狂澜了，否则今日，我清脉必定墙倒众人推。"

在那玄脉、墨脉众多族人所在的山峰上，玄罗、墨心见状，都忍不住笑出声来，他们两脉谋划许久，今日终于达到了目的。

"那牧尘，也蹦跶不了多久了。"

玄罗英俊的面上有一抹冷笑浮现出来，只要将清脉贬为分脉，就扫除了所有阻碍，他们甚至能够派出执法卫，强行抓捕牧尘。

至于此举是否会引得清衍静的反弹，他们并不在乎，他们一直诟病大长老太过忍耐清衍静，如今驱逐出了清脉，在长老院中，两脉联手，就算是大长老也得考虑他们的意见。

此时，清脉所有的人都面容苦涩，那些年轻一辈先前还在争风吃醋，此时却顾不得这些，开始惶恐起来，因为他们明白，一旦失去了主脉地位，对于他们而言将会是沉重的打击。

玄天脉首目光环视群山，片刻后淡淡一笑，抬头看向大长老所在的方向，抱拳恭声道："大长老，胜负已分，还请宣布吧。"

巍峨主峰山巅之上，大长老睁开了微闭的双目，他神色淡然地看向面容悲哀的清天脉首，微微叹了一口气，然后低沉之声，便在这天地间响了起来。

"清脉守擂失败，将损一席。"

大长老的声音回荡在天地间，犹如定锤之音，将清脉仅剩的一丝希望彻底给摧毁了。

清霜那原本冷艳的俏脸早已变得黯淡无光，眸子中也布满着灰暗之色。

"完了……"

她喃喃自语，感到无比的悲哀，今日之后，不知道他们清脉会动荡成什么样子，但想想就知道，清脉的地位将会一落千丈。

在其身前的牧尘，此时深深吸了一口气，然后朝着前方走去。

"牧尘，你要做什么？"清霜望着那踏出山峰，一步步前行的牧尘，顿时一惊，连忙出声。此时牧尘忽然出现，恐怕立刻就会被注意到。

"既然收了你们清脉的好处，我自然会还给你们。"牧尘微微偏头，淡笑道。

清霜怔怔地望着他的身影，不知道他究竟想要做什么。

牧尘没有再理会她，而是转过身，脚踏虚空而行。他抬起头，看向那座巍峨主峰顶处，双目之中，掠过凶狠之色。

浮屠古族，你寻我多年，今日，我已来此，看你能奈我何？

而此时，天地间，大长老雄浑低沉的声音还在不断回荡："因守擂失败，清脉仅剩两席，按照我浮屠古族的规矩，将会罢黜其主……"

"慢着！"

然而，就在大长老的声音还未完全落下的时候，寂静的天地间，忽然有一道清朗之声突兀响起，将之打断。

突兀之声令这天地间无数强者一愣，一道道目光立即朝那声音传来之地望去，再然后便都是一脸惊愕。

只见在那一座山峰之上，有一名面容俊美的青年负手而立，他神色平淡，气度非凡。

"这是何人？胆子倒是不小，竟然敢打断浮屠玄大长老的话。"众多强者都眼神惊疑不定地望着牧尘。

而在最靠近主峰的一座峰顶上，药尘、林貂也抬头望着这一幕，旋即他们对视一眼，皆笑道："好戏终于开场了。"

在他们身旁，萧潇望着牧尘的身影，微微点头，道："这个家伙，还是这么大胆。"

林静则是嘻嘻一笑，道："萧潇姐，现在的牧尘，可是有这个大胆的本钱了。"

如今的牧尘，不仅踏入了天至尊，而且还拉来了无尽火域、武境相助，再加上其大千宫诛魔王的身份，从某种意义而言，已经不需要再惧怕浮屠古族了。

萧潇闻言，轻笑一声，其实对于牧尘，即便心高气傲如她，也有些佩服，毕竟他能够凭借自身之力，在这大千世界中白手起家，走到如今这一步，实属了不起。难怪连她父亲那等骄傲的人，都对其极为看重。

"那今日我们就来看看，这家伙如何将浮屠古族掀得天翻地覆吧。"

在她们说话间，那主峰之巅上的大长老浮屠玄也因为突如其来的声音怔了一下，他的目光便扫视开来，停在了牧尘的身上。

在首次瞧见牧尘的时候，浮屠玄双目微眯了一下，如此年轻的天至尊，可真是罕见，与其相比，他们浮屠古族年轻一辈的玄罗、墨心都差了一些。

而且，不知道为什么，他总是觉得这面目俊美的青年，似乎有些面熟。

"你是何人？为何要插手我浮屠古族之事？"浮屠玄神情淡漠，吼声犹如雷鸣般震得天地动荡，其身上释放出来的圣品威压，令在场无数强者为之震动。

而在不远的一座山峰上，玄罗、墨心二人则是在牧尘现身的那一刻便目瞪口呆起来，他们指着牧尘，半天都没说出话来，怎么都没想到后者竟然会出现在这里。

周围玄脉和墨脉的族人奇怪地看着他们两人，不知道他们为何会这般模样。

而在一座白玉石台上，那黑光长老也震惊至极地望着牧尘，然后压低了声音惊骇道："牧尘？这罪子怎么敢来这里？！"

他之前分明请动了一位天至尊去对付牧尘，怎么眼下，这家伙会出现在这里？

黑光的声音虽然小，但那玄脉脉首玄天以及墨脉脉首墨瞳皆有所察觉，当即身体都一震。

"牧尘？此人就是那个罪子？！"

高空之上，牧尘并没有在意那诸多惊疑不定的目光，他只是抬头，目光毫不畏惧地与大长老浮屠玄对视在一起。

如此半晌后，他才一笑，清朗之声，在这天地间轰然回荡。

"在下牧尘。或许大长老对这个名字很陌生，不过想来对家母应该很熟悉。"

"哦？"浮屠玄目光一闪。

牧尘笑了笑，俊美的面庞上在此时渐渐有冷峻之色涌现出来，他双目紧盯着浮屠玄，抱拳道："家母，清衍静。"

此言一出，无数浮屠古族族人霍然起身，他们望着天空上那傲然而立的俊美青年，满脸震骇。

"家母，清衍静。"

牧尘的声音在这天地之间悠悠传开，瞬间引起轩然大波。

"他的母亲是清衍静?!"

"那、那此人就是那个罪子?"

"他怎么敢……怎么敢主动来我浮屠古族? 当真是自投罗网!"

……

浮屠古族中，爆发出无数哗然声，所有族人都直直地望着牧尘，犹如看见了什么不可思议的怪物一般。

对于牧尘这个名字，或许浮屠古族族人还很陌生，但他这个罪子的身份，却无人不知，因为他的母亲太过出色。

圣品大宗师，此等实力，实属强悍。

能够走到这一步，足以说明清衍静的天赋何等惊人，原本按照正常的情况，清衍静定然能够成为他们浮屠古族的族长。

只是，谁都没想到，清衍静对掌控浮屠古族没有丝毫兴趣，她不仅离开古族，而且还私结姻缘，甚至还生出了一个孩子。

当年之事，可是将浮屠古族给掀翻天，更是引得大长老震怒，强行将清衍静囚禁起来，并且不断搜寻那罪子，只是这搜寻一直没有消息，直到前几年才有所发现。不过，让众多浮屠古族长老惊讶的是，那个时候的牧尘，竟然已踏足了地至尊。

甚至，牧尘还在那上古圣渊中夺得了八部浮屠，让玄罗、墨心这两个浮屠古族中最杰出的骄子都铩羽而归。

只是，众人再如何惊异于牧尘的成长速度，终归没有太过重视，毕竟如果不是忌惮清衍静，以浮屠古族的实力，要抓回牧尘，简直就是翻手间的事情。

所以，当此时众多浮屠古族的人见到牧尘不仅不躲着他们浮屠古族，反而在这种场合露面时，都感到难以置信。

大长老浮屠玄也渐渐回过神来，他盯着远处天空上那个青年，苍老的面庞渐渐变得严肃起来。

"原来你便是那罪子，真是好大的胆子! 你莫非真以为有你母亲庇护你，你就可以肆无忌惮吗?!"浮屠玄低沉的声音响起。

而当大长老说话之时，天地震荡，飞沙走石，一股恐怖伟力自他的身体上散发出来。

在一位圣品天至尊的威压下，这天地间无数强者眼中都流露出一丝敬畏之色。

牧尘立于虚空之上，他也感受到了那犹如能够毁灭世界般的恐怖伟力，在那等伟力之下，即便如今他已晋入天至尊，但依旧感觉到自身渺小。

"这就是圣品的威能吗？果然不愧是大千世界之巅！"

不过牧尘的脸上，却并没有因此出现丝毫惧色，圣品天至尊的确强大，但牧尘又不是没见过，而且与炎帝、武祖这两位相比起来，这浮屠玄还差了几分。

所以，他深吸一口气，身躯上衣袍猎猎作响，漆黑双目中闪烁着凶狠之色。他一步踏出，自身灵品天至尊的灵力威压也陡然爆发而起。

他虽不如浮屠玄强，但如今的他，已是灵品天至尊，所以这浮屠玄想要光凭借着这等压迫就让他屈服，倒真是想得太天真了。

"天至尊?!"

当牧尘身上那强悍的灵力威压横扫开来时，众多强者都神色一变，特别是那些浮屠古族的族人，更是瞳孔紧缩，骇然失声。

"怎么可能?!"玄罗、墨心同样骇然失色，不可思议地望着牧尘的身影。

要知道上一次他们与牧尘交手时，后者才刚刚突破到大圆满而已，才一年多的时间不见，怎么眼下这家伙就直接突破到了天至尊?!

这究竟需要何等的天赋以及机缘?!

他们自诩为浮屠古族年轻一辈中的佼佼者，乃是人中之龙，然而现在，与这个他们嘴中所谓的罪子相比，却彻底黯淡失色。

一想到此，两人的面色便是一片铁青，望向牧尘的目光中，满是嫉妒之色。

而在清脉所在的山峰，那些清脉的族人也目瞪口呆，个个都吞了一口口水。

"哼，现在知道你们与人家的差距了吧？人家这个年龄就踏入天至尊了，连玄罗、墨心都比不上，你们拿什么和他比？"那清灵见到这一幕，顿时嘲讽道。

清脉的年轻一辈面面相觑，旋即尴尬一笑，如此年轻的天至尊，就算在他们浮屠古族中都极为罕见，真不知道这个牧尘究竟是怎么修炼的，要知道，他可没有浮屠古族的资源啊。

与这牧尘相比，他们的确不算什么，先前清灵的话语虽然刻薄，但其实是实话。

"真不愧是静大人的孩子啊，这种天赋……"而一些清脉的老人则为之感叹，旋即暗感可惜，若牧尘是他们清脉的人，哪里还有那玄罗、墨心得意的地方。

"不过他真的不该来啊，这里可是浮屠古族，光凭他那灵品天至尊的实力，依旧没什么作用啊。"

而对于天地间众多的目光，牧尘并未在意，他只是盯着浮屠玄，淡淡一笑，道："我在大千世界闯荡十数年，胆子的确不小，不过却与我娘没什么关系，不像大长老，喜欢以此做威胁，囚禁一个女子。"

他言语间蕴含着嘲讽之意，丝毫不打算给浮屠玄半点颜面，因为这句话，他憋在心中已有许多年了。

"放肆！"

听到牧尘如此毫不客气的话，一些浮屠古族的长老顿时勃然大怒，一道道怒斥之声接连响起，一道道强悍的灵力威压此起彼伏地冲天而起，声势骇人。

"怎么？浮屠古族的众位长老打算一起出手吗？也罢，今日就让我来领教一下！"然而面对着这些大怒的长老，牧尘却是怡然不惧，反而大笑道。

"无知小儿，自寻死路！"有长老怒声道，就要出手。

"住手！"

不过，在他们要出手时，浮屠玄低沉的声音却响起。他扫了一眼那些长老，那些长老顿时垂手后退，今日乃是他们浮屠古族诸脉会武的日子，大千世界中的众多超级势力在此，若是他们众多长老出手去压服一个后辈，无疑会令他们浮屠古族颜面大失。

将众多长老喝退，浮屠玄才将锐利的目光盯在牧尘身上，缓缓道："你今日来我浮屠古族，就是打算逞口舌之快吗？"

牧尘摇了摇头，淡笑道："我可没那么无聊，此番前来，只是受人之托而已。"

"哦？"浮屠玄双目微眯。

"来帮清脉讨一个席位。"牧尘眼目微垂，道。

此言一出，顿时引起一片哗然，那些清脉的族人一脸的惊愕，显然他们并不知道此事。

"呵呵，真是笑话，你有什么能力来讨这个席位？而且，你可并非我浮屠古族之人，又何来的资格？"一道冷笑声传来，只见那玄脉脉首玄光正眼神淡漠地望着牧尘，出声说道。

牧尘笑了笑，然后伸出手掌，露出了掌心中那一块青色令牌："凭这个，可有资格了？"

"脉首令?!"

瞧得牧尘掌心的青色令牌，玄光忍不住瞳孔一缩。

"清脉脉首令？清天，你们清脉究竟在做什么?!为何这脉首令会落在这个罪子的手中?!"那墨脉脉首墨瞳看向清天，厉声道。

在那众多惊异的目光下，清天头皮发麻，他与清萱长老对视一眼，旋即咬牙沉声道："牧尘是不是浮屠古族的人，可不是你们说了算，若他不是的话，那就请大长老将清衍静也驱逐出族。"

"我们清脉长老共同决定，老夫已不适合做这脉首，从今天开始，牧尘就是清脉脉首，若是你们有异议，就等长老院开院。至少现在，你们没资格否决我清脉众长老决定之事。"

这清天想清楚了，如今他们清脉马上就要丢了主脉地位，他也没什么好怕的。而且这玄脉、墨脉这些年屡屡打压清脉，他也受够了。

既然如此，还不如将筹码全部放在牧尘的身上！

"清天，你！"

那玄光、墨瞳闻言，面色一变，怒目看向清天。

清天冷哼一声，拂袖不理。今日最差的结局，就是他们丢了主脉身份，至于牧尘要做什么，那就随他去做吧，就当是补偿这些年这孩子受的委屈。

三脉脉首的争执落在无数人的眼里，引得众人议论纷纷，大家都没想到事情会变成如此模样。

"好了，都住嘴！"

浮屠玄暴喝出声，将三脉脉首都制止了下来。他的面色有些不好看，好好的诸脉会武，如今变成这样，简直是让人看笑话。

他的目光缓缓扫向牧尘，沉声道："清脉选你为脉首，这个决议需要长老院决定，所以现在就算我也否决不了。"

"不过，就算你是清脉脉首，这长老院席位也不是你说讨就能够讨的，想要席位，就看你有没有这本事吧。"

如今清脉守擂已经失败，想要赢回一个席位，唯有去攻擂，从其他脉的手中抢回一个席位来。

牧尘虽然踏入了天至尊，但显然只处于灵品初期，凭此想要抢夺名额，简直就是天方夜谭。

天空上，牧尘闻言，淡笑一声，道："这就不需要大长老操心了。"

他声音落下，身形直接闪掠而出，在那无数道惊愕的目光中，落在了玄脉的白玉石台之上。

与此同时，他的声音也随之响起。

"既然你玄脉夺了清脉一个席位，那我就从你们的手中，夺走一席吧！"

第9章

罪子现身

牧尘的身影从天而降，在那一道道震惊的目光中，落在了玄脉所在的白玉石台上。而他的这般举动，立即引起了哗然声。

"什么？他要挑战玄脉?!"

"这小子真是太狂妄了，玄脉可是有七位长老坐镇，想要从他们手中夺得一席，起码得取得四胜！"

"这可真是初生牛犊不怕虎，简直想要蛇吞象啊。"

"气魄倒是不小，也不怕把自己给撑死了吗？"

……

无数议论声爆发开来，在场的人都感到震惊，因为从眼下的局面来看，显然玄脉是最难啃的一块硬骨头。

牧尘的选择，在很多人看来，都是极为鲁莽以及不明智的。

清天和清萱等清脉的长老此时也目瞪口呆，他们原本还以为牧尘有什么其他的法子，没想到他是用如此直接的方式。

可这怎么能赢?!

玄脉有七位长老，三位灵品天至尊，四位仙品天至尊！

牧尘若是攻擂的话，就得获得四胜，才能从玄脉的手中夺得一个席位。可如今他们清脉能够提供的助力非常有限，难道牧尘打算凭借一己之力，去完成这次攻擂？

这一点，光是想想，就让他们感到不可思议，毕竟此时的牧尘只是灵品初期而已，而玄脉七位长老中，实力最低的也是这个层次，其他的都高于此。

而且最重要的是，就算牧尘真的超常发挥，打败了三位灵品天至尊，但想要获胜的话，还得战胜一位仙品天至尊才行。

以灵品战仙品，这更加匪夷所思。

因此，从这种种分析看下来，牧尘此举，几乎没有丝毫胜算。

"这小子究竟在做什么？"那清云长老忍不住道。

清天无奈地摇了摇头，这个时候，抱怨也无用，而且他们清脉情况都已经差到这种地步了，就算到时候牧尘失败了，也差不到哪里去，不过是多丢点脸罢了。

而在清脉三位长老暗叹时，那玄罗和墨心瞧得这一幕，却忍不住冷笑起来，讥讽道："真是不知死活的家伙，真以为踏入了天至尊就可肆无忌惮吗？在我浮屠古族，一个区区灵品初期的天至尊，真算不得什么！"

一旁，玄脉的众多族人也纷纷点头，在他们看来，牧尘此举，无疑是自取其辱。

清脉所在的山峰上，众多清脉族人面面相觑。这一次，甚至连清灵都面露担忧之色，显然是被牧尘的选择所吓到。

毕竟，那可是七位天至尊啊！

牧尘想要一路打下去，那得多么困难。

"好，不愧是牧尘，这气魄，都快赶上老爹了。萧潇姐，你觉得牧尘会赢吗？"在那主峰旁，林静拍着玉手，笑嘻嘻道。她并没有如同其他人那般觉得牧尘不知天高地厚，反而对其气魄欣赏至极。

萧潇闻言，认真地想了想，俏脸上浮现一抹动人笑容，说道："牧尘是谋定而后动之人，绝不会做鲁莽之事，他既然会这么做，就有十足的把握。"

说到此处，她顿了顿，然后轻笑道："不过我也很好奇，他的把握究竟来自何处。"

在两女身旁，林貂与药尘闻言，也相视一笑，道："你们倒真是看好他。"

不过虽然如此说着，但他们那般神色，显然并不认为牧尘此举是鲁莽行事。他们虽然对牧尘没有太深的认识，但从他能请动林动、萧炎那等人物来看，此子绝非常人。

既然如此，会做出一些让人不可思议的事情，也是理所应当。

而在那漫天的哗然声中，玄脉脉首玄光眼神冰冷地望着牧尘，此刻即便以他的定力，都不由得怒极而笑，道："好，好，好，不愧是清衍静的儿子，这魄力还真是不凡。"

"也罢，既然你想要领教我玄脉的实力，那今日本座就成全你！"

"玄脉众长老听令，不用留手，就让这罪子试试我玄脉之威！"

"是！"

听到脉首下令，其他六位长老顿时沉声应道。牧尘当着这么多人的面直接挑战他们玄脉，无疑是在蔑视他们，这如何能让他们忍受？

主峰之巅，大长老浮屠玄望着这一幕，目光闪烁了一下，但没有出声。在他看来，这个牧尘的确是太狂妄了，先让玄脉将其锐气打压下去，让他明白就算是踏入了天至尊，也不够资格在他们浮屠古族中肆意妄为。

不过倒是真不能让玄脉的众长老将牧尘给杀了，那样的话，以清衍静的性子，必然会对浮屠古族生出仇恨，到时候她彻底暴怒起来，就算浮屠古族能够将其制服，也必然会付出极其惨重的代价。

那一步，是大长老决然不想看见的。

在浮屠玄心中转动着想法的时候，天空上的牧尘却并未在意那些玄脉长老的反应。他不急不缓地落下，停在了玄脉最下方的一座白玉石台之上。

在这座白玉石台上，有一名玄脉的长老，名为玄海，实力也达到了灵品初期，看上去倒与牧尘处于相同的层次。

此时这位玄海长老大袍鼓动，正眼神如刀般盯着牧尘，嘴角露出一抹讥讽笑容，缓缓道："没想到清衍静那等人物，竟生了一个蠢儿子，你这灵品初期的实力，在大千世界其他地方还能作威作福，可到了我浮屠古族，却没你想的那么有作用。"

然而，面对着这玄海长老的讥讽，牧尘却仿佛未曾听见，他的目光跳过了玄海，直接看向了更上方的白玉石台。

"小辈，当真是无礼！看来没娘教，也就是个不知礼仪的野小子！"那玄海瞧得牧尘连看都未曾看他一眼，顿时勃然大怒，喝道。

牧尘的目光终于缓缓收回，然后望向玄海，道："滚下去吧，不要自讨苦吃。"

"小子，你找死！"

玄海气得脸色通红，一声暴喝，只见其身躯瞬间爆发出亿万道灵光，整个人在节节拔高，犹如一个小巨人一般。

而他的身躯也瞬间化为灵体，璀璨至极，同时散发着强悍伟力。

轰！

这玄海一显露出灵体，便不再留手，脚掌一跺，由特殊材质铸造的白玉石台顿时崩出一道裂痕。

而其身影如鬼魅般暴射而出，一个呼吸间便出现在了牧尘前方，而后其灵体上，一道道玄奥光纹蔓延而出。

"灵脉神通，巨灵捶天手！"

玄海眼中凶光一闪，很快施展出了强悍的灵脉神通，他虽然嘴上喝斥牧尘为小辈，但一出手就是全力，因为他知道，不管如何，牧尘都是一个货真价实的灵品天至尊，实力与他一般，若是不全力以赴，怕是会吃亏。

轰！

玄海一拳轰出，其拳头瞬间膨胀起来，犹如巨灵神之手。

瞧得玄海这一拳的威势，在场不少天至尊都微微点头，这玄海能够成为浮屠古族的长老，的确有几分能耐。

不过，当他们看到牧尘时，却忍不住一愣，因为他们发现牧尘竟然纹丝不动，任由那惊天一拳轰来。

"这小子，连避其锋芒都不懂，莫非傻了？"

不少人面面相觑，玄海抢占了先机，攻势惊人，正常人都会先避其锋芒，再找寻机会扳回局面，但怎么牧尘跟木头人一样？

在那无数道惊疑目光的注视下，那恐怖的一拳终于呼啸而来，不过，就在其即将轰中牧尘胸膛的刹那，牧尘终于出手了。

只见其手掌伸出，与那恐怖的一拳接触在了一起。

砰！

接触的瞬间，惊天巨声响起，肉眼可见的冲击波肆虐开来，将整个白玉石台都震出一道道裂纹，石板不断崩碎开来。

烟尘弥漫，然后渐渐消散。

众人望去，只见在那白玉石台上，牧尘依旧保持着单手抵挡玄海凶悍一拳的姿势。

他周围的石板化为粉末，但脚下的一块石板却安然无恙，甚至，他的身体都未移动丝毫！

哗！

天地间顿时爆发出哗然之声，不少超级势力中的天至尊眼神都一凝，显然是没想到牧尘如此轻易就接下玄海这凶悍一拳。

在那漫天的哗然声中，玄海的面色同样一变，因为在他的感觉中，他先前那毫无保留的一拳犹如轰进了一个黑洞之中，牧尘的身躯仿佛无底洞，不论他怎么释放灵力，都毫无作用。

心中升起一股不安感，玄海打算抽身而退，眼下只能催动至尊法身，再来与牧尘硬战了。

不过，就在他要抽身而退时，却发现牧尘的手掌犹如鹰爪一般牢牢抓住他的拳头，令他退不得丝毫。

玄海抬头，便见到牧尘那深邃的双目。

"既然你用了灵脉神通，那也来试试我的吧。"

牧尘漠然道，旋即其双目一眯，不待玄海反应过来，便催动灵力，只见其掌心之中忽有紫色火焰熊熊燃烧起来。火焰顺着玄海的拳头蔓延过去，将玄海笼罩进来。

紫色火焰燃烧，令玄海大惊，当即条件反射般催动浩瀚灵力反扑，打算将那些紫色火焰扑灭。

不过，接下来的一幕却让他骇然失色，只见那些与其灵力接触的紫色火焰，不仅没熄灭，反而将其灵力吞噬。火焰愈发旺盛，令温度陡然升高。在那等温度下，就算是他的灵体，都传来了剧痛感。

啊！

凄厉的惨叫声从玄海嘴中传出，此时的他犹如一个火人般狼狈倒退，然而不管他如何催动灵力，都无法将那紫色火焰扑灭。高温之下，他的肉身都开始被灼烧。

牧尘眼神漠然，上前一步，一脚便踢在了玄海嘴巴上，硬生生将其满嘴牙给踢碎。而玄海的身体更是被牧尘一脚踢飞，重重摔出了白玉石台。

所有人都目瞪口呆地望着这一幕，谁都不敢相信，这玄海长老竟然连牧尘的一招都未接下来，便败了。

做完这些，牧尘也不管玄海的凄厉惨叫声，抬起头来，平静地望着其他变色的玄脉长老，不带波澜的声音，缓缓响起。

"不堪一击，下一个。"

当牧尘那毫无波澜的声音传荡开来时，整个天地，一片死寂。

天地间，无数强者都震撼地望着那座白玉石台上修长的年轻身影。

谁都没想到，牧尘会胜得如此干脆利落，要知道，玄海可是一位天至尊啊，虽然只是灵品初期，但放在大千世界其他任何地方，都足以成为一方霸主，眼下，却连牧尘一招都没接下来便惨败。

"那可是天至尊啊。"无数强者艰难出声。

"怎么可能?!"而玄罗、墨心等人则是一脸惊骇，犹如见鬼一般，他们先前还打算看牧尘的笑话，这才转眼间，他们自己倒成了笑话。

在他们周围，那些玄脉和墨脉的族人也惊骇至极，不断吞着口水，看向牧尘目光中充满着恐惧之色。

清脉山峰上，众多清脉族人也面面相觑，半晌后，都不由得抹了一把冷汗，喃喃道："好恐怖……"

而清灵激动得泪光闪闪，她望着白玉石台上牧尘的勃勃英姿，心潮澎湃。与其相比，那些浮屠古族年轻一辈中所谓的天才，真是黯淡无光。

"那紫焰有些古怪。"

清天长老也因为这干脆利落的一战震惊了一下，不过他好歹也是灵品后期的强者，眼光毒辣，一眼便看了出来，那紫焰极为霸道，几乎是在顷刻间就让那玄海失去了战斗力。

"不愧是静大人的孩子啊。"那清云长老也感叹了一声，先前他还觉得牧尘鲁莽，可如今看来，后者会如此做，的确有一些能耐。

清萱那紧握的玉手在此时缓缓松开，她如释重负地松了一口气，不过旋即，她又紧张起来，因为她知道，这才只是第一局而已，那玄海在玄脉七位长老中，实力居末，接下来牧尘所要面临的，将会是更强的对手。

天地间响起了众多窃窃私语声。无数强者在看向那包裹着玄海不断燃烧的紫色火焰时，眼中多了几分忌惮之色。

连一位灵品初期的天至尊都对其无可奈何，由此可见，这紫焰十分霸道。

主峰之巅，浮屠玄大长老望着这一幕，眉头一皱，旋即他袖袍一挥，一只大手笼罩下来，一把便将玄海身躯之上的紫焰尽数拔除，然后以灵力形成真空，将那紫焰困在其中。

这浮屠玄的灵力，同样具备着强大的封印之力，所以即便是牧尘的吞灵紫焰都无法将其燃烧，两者只能不断侵蚀，最后紫焰则因为后继乏力，渐渐消散。

这一幕，落在其他众多强者的眼中，更引得他们眼神一凝，连浮屠玄出手，都费了点时间才将这些紫焰消灭，由此可见，这紫焰有多棘手。

随着紫焰消散，那玄海的身躯显露了出来，只见他浑身焦黑的模样，狼狈不堪，显然受到了重创。

要知道，踏入天至尊后，肉身转化的灵力便是无比的强横，并且充满着强大的生命力，但即便如此，这玄海依旧被紫焰烧成这副模样，可见那紫焰威力十足。

"小辈真是好狠的手段！"

那玄脉脉首玄光面色铁青，牧尘如此干脆利落地打败玄海，无疑是狠狠一巴掌扇在了他们玄脉所有人的脸上。

"彼此彼此，既然玄海长老动用了灵脉神通，我也回他一手。"牧尘毫不在意玄光那铁青面色，淡淡说道。

"原来是灵脉神通，不过看此威能，这牧尘所拥有的灵脉必然达到了神级，只是不知是七神级，还是八神级。"众多强者目光闪烁，能够衍变出如此厉害的灵脉神通，那灵脉等级必然不低。

玄光眼神有些阴沉地盯着牧尘，旋即一声冷哼，目光转向另外一位玄脉长老，道："玄风长老，接下来你出手，不要与其肉身接触。"

这玄光眼光极其老辣，一眼就看出来，牧尘那紫焰虽然霸道，却速度不快，只要有心躲避，不与其硬碰，它自然也就失去了作用。

那名为玄风的长老面色凝重地点了点头，再不敢对牧尘有所轻视，他眼神锐利地盯着牧尘，缓缓道："那就再让我来领教一下吧。"

牧尘闻言，淡淡一笑，身形一动，便落在了这玄风长老所在的白玉石台上。玄风乃是灵品中期的实力，正是他打算提前解决的人。

轰！

那玄风见到牧尘上台，也没有半句废话，单手结印，顿时肉身转化为灵体，灵光万丈。同时间，在其身后，一尊数万丈庞大的至尊法身，现出身影，吞吐之间，灵力风暴成形。

吸取了之前玄海的教训，这玄风一上来就将至尊法身召唤而出，如此一来，就算是硬碰，他也丝毫不惧。

而这玄风，乃是灵品中期的实力，比起那玄海，的确要强上一等。

巨大的至尊法身倒映在牧尘的眼瞳中，却让他的嘴角掀起一抹讥讽笑容，对这玄脉墨脉，他痛恨至极，所以今日出手，他不打算给对方丝毫颜面。

既然对方想要斗，那他就施展出所有的手段，以雷霆万钧之势，狠狠将这玄脉踩下去。

同时，也出一口他隐忍了二十多年的恶气！

"牧尘，来吧，让我看看，你这次又能有什么手段?!"至尊法身护身，玄风底气大涨，居高临下地俯视牧尘，冷喝道。

牧尘闻言，抬起头来，他望着玄风的身影，冷笑道："以为有这至尊法身，就护得了你吗?"

玄风眼神一寒，回以冷笑："大言不惭，你倒是出手，嗯?!"

说完，他忽有所感，抬头一看，然后面色便猛地一变，因为他见到，一座水晶浮屠塔突然破空而出，直接出现在了其头顶上空。

"那是……圣浮屠塔?!"

这座水晶般的圣浮屠塔一出现，便引得无数浮屠古族的族人惊呼出声，他们都知晓，唯有修炼了最正统大浮屠诀的人才能够修炼出浮屠塔，而其中唯有血脉极为纯净者，才能够修出圣浮屠塔。

想他们浮屠古族中的年轻一辈，唯有玄通修炼成功，但从光华来看，玄通的依旧要远远弱于牧尘这一座圣浮屠塔。

轰！

水晶般的圣浮屠塔轰然降落下来，狠狠对着玄风以及其身下的至尊法身镇压下去。

玄风瞳孔微缩，旋即深吸一口气，一声暴喝，只见其脚下的至尊法身忽然一口喷出十条青色狂风所化的巨龙。这些巨龙咆哮而上，犹如扛鼎一般，将那镇压下来的圣浮屠塔硬生生顶住。

同时，十条狂风巨龙喷着青色罡风，其中蕴含着无比锋锐的风沙，将圣浮屠塔表面刮出无数火花，震得其不断动荡。

"哼，以为凭借一座圣浮屠塔就能够镇压我？天真！"挡住镇压而下的圣浮屠塔，玄风松了一口气，当即冷笑道。

牧尘闻言，淡淡一笑，脸上掠过一抹诡异之色。

与此同时，那玄脉脉首玄光忽然想到了什么，当即面色一变，急喝道："小心，这小子修炼了八部……"

轰！

然而，还不待他声音落下，圣浮屠塔忽然剧烈一震，只见八道黑光自塔内伸了出来，最后竟化为八幅巨大的狰狞魔像。

这八幅魔像一出现，便爆发出恐怖威能，没有半句废话，皆伸出手指，遥遥对着下方的玄风以及其脚下的至尊法身凌空一点。

嗤！

八道幽黑得令人心悸的黑光暴射而出，最后汇聚在一起，穿越虚空，降落下来。

轰轰！

十条狂风巨龙首当其冲，瞬间被幽黑光束绞碎，而那玄风见状，面色大变，身躯一动，便潜入了至尊法身之中。

轰！

但那蕴含着恐怖伟力的幽黑光束，犹如毁灭之神落下的灭世之指，根本不曾停留，下一瞬间，便重重落在了至尊法身上。

砰！砰！砰！

天地间，有恐怖之声响起，再然后，无数强者便骇然见到，幽黑光束落下，竟生生将那至尊法身撕裂开来。

咚！

至尊法身轰然爆炸，可怕的冲击波肆虐数十万里，将附近无数山峰都震得颤抖起来，若非有诸多强者护持，恐怕这片区域早就被夷为平地了。

然而无数强者都没有理会这些，他们死死望着那冲击波的源头，只见那里，随着至尊法身的破碎，一个人也狼狈坠落下来。

天空上，牧尘目光一闪，身形化为一道流光暴射而下，双脚狠狠踩在了那个坠落的人身上。最后，坠落的人重重落在了下方的白玉石台上。

轰！

整座白玉石台，都在此时崩裂开来。

而牧尘立于其中心，在其脚下，玄风长老的胸膛已被其一脚踩得塌陷下去，鲜血狂流，灵力萎靡，显然身受重伤。

天地间，无数强者倒吸一口凉气，又是一招！

又是一招，就击败了灵品中期的玄风长老！

这个牧尘，真是太恐怖了！

"那是……八部浮屠！"

那些浮屠古族的长老面色剧变，显然是认了出来，牧尘所施展的，赫然便是他们浮屠古族中那名列大千世界三十六道绝世神通的八部浮屠！

牧尘神色淡漠，收回脚掌，不再多说，在那无数道惊惧的目光中，身形一动，落在了另外一座白玉石台上。

他抬起头，望着这座石台上的人，那是一张相当熟悉的面庞，赫然便是曾经见过面的黑光长老。

而也正是此人，挑唆了玄天老祖前往天罗大陆对付他。

不过此时，这黑光长老正面色惊骇地望着牧尘。他无法想象，一两年前还只是大圆满的牧尘，为何此时会强到这种恐怖的地步。

牧尘双眸冰冷地望着眼前的黑光长老，当初在圣渊大陆时，便是这个老家伙仗着天至尊的实力，屡屡胁迫于他，而今日，也该算算账了。

"该你了，新账旧账，在这里一起算吧。"

当牧尘的身影落在黑光长老所在的那座白玉石台上时，整个天地间，依旧还处于先前的震撼之中，所有人都一片沉默。

这种沉默持续了许久，终于有人艰难开口道："那是……传闻中大千世界三十六道绝世神通之一的八部浮屠吧？"

在场的这些各方强者，阅历非凡，所以很快有人认出了先前牧尘所施展出来的那惊天动地的神通。

那幽黑光束所具备的毁灭力，看得众多天至尊都头皮发麻，而如此威能的神通之术，除了那名震大千世界的三十六道绝世神通外，还能是什么？

"没想到，他竟然真的将八部浮屠修炼成功了。"那些玄脉与墨脉的长老双目通红，无比嫉妒地望着牧尘，那模样，好像要将这般神通抢夺过来一般。

因为身为天至尊，他们非常清楚那三十六道绝世神通对他们而言究竟代表着什么，若是拥有，他们同样能够无敌于同级之中。

想想看，大千世界有那么多天至尊，然而那最顶尖的神通，却唯有这三十六道，由此可见其价值。

就算是他们浮屠古族这底蕴颇深的古族，所拥有的能够媲美这三十六道绝世神通的神通之术，都屈指可数。

在先前牧尘所在的山峰，清霜玉手紧紧捂住嘴巴，激动不已，娇躯在微微颤抖。

原本以为他们清脉此次会遭受毁灭般的打击，谁料到峰回路转，牧尘的横空出世，居然有要将战局形势扭转过来的迹象。

"牧尘，加油啊！"清霜喃喃道。

在她身旁，灵溪倒是微笑着拍了拍她的香肩，让她有些不好意思地一笑，渐渐冷静下来。

"灵溪姐，牧尘能赢吗？"清霜带着一丝期盼问道，虽然她知道，牧尘接下来要面对的对手会更强。

灵溪浅浅一笑，笑容温婉优雅，道："放心吧，牧尘既然会出手，自然有他的把握，我们只需要等着便行了。"

清霜用力地点了点头，美目凝视着远处那道身影。

而在另外一座山峰上，林静拍着玉手用力鼓掌，笑盈盈道："牧尘赢得太漂亮了。"

这两场战斗，牧尘完全没有丝毫试探的意思，一出手便倾尽全力，甚至不惜暴露底牌，如此一来，战绩也辉煌得很，两招下来，赢得干脆利落，让人看得热血沸腾。

一旁的萧潇也轻轻点头，眸子中满是欣赏之色。

"看来牧尘对这浮屠古族怨气很大啊。"一旁的药尘呵呵一笑，他的眼力何等老辣，一眼就看了出来，这是牧尘故意为之，因为他今日来，本就是为了出心中那口隐忍了二十多年的气。这口气，为了他自己，为了他那夫妻分离、孤寂多年的爹，也为了他那被囚禁多年、不见天日的母亲，所以他要的是赢得干脆利落。

这样一来，那玄脉的脸面，可就丢得有点大了。

"不过这种战斗方式，只能在有绝对把握的情况下，若是两者战斗力相仿，谁先暴露底牌，怕就得失去先机了。"林貂也点评道，不过虽然这样说着，他的脸上同样有欣赏之色，因为牧尘会选择这种战斗方式，也就说明了他对自身的自信。

这种自信，他曾经在林动的身上见到过。

此时，白玉石台上的黑光长老正面色阴沉地望着眼前信步走来的青年，他眼神深处也掠过浓浓的忌惮之色。

先前牧尘展现出来的手段，不管是那诡异的紫色火焰，还是那霸道无比的八部浮屠，都让黑光长老心中泛起一丝惧意。

黑光长老的实力比玄海和玄风都要强，乃是灵品后期，但在面对着此时锐气逼人的牧尘时，他依旧没有多少底气。

"该死，这个家伙怎么现在变得如此之强！"

黑光心中怒骂，旋即生出后悔之意，他后悔的并不是当初去招惹牧尘，而是后悔当初牧尘只是大圆满时，他为何不果决一些，直接出杀手。

即便不必真的将其斩杀，起码也要将其一身修为给废了，让他从此变成一个废物，如此的话，也就没了今日的灾劫。

"你在想为什么当初没杀了我吗？"而在黑光目光闪烁的时候，牧尘盯着他，笑一笑，说道。

黑光闻言，顿时哆嗦了一下，他能够感觉到，牧尘虽然在笑，但那言语间，却充满着无尽的寒气甚至杀意。

不过他毕竟也是浮屠古族的长老，地位显赫，很快平复了心情，阴沉地盯着牧尘，道："牧尘，你做事可不要太过分了，年轻人有锐气是好事，但太过，恐怕就不好了。"

"你玄脉若是有本事，就将我抓起来啊。"牧尘漫不经心道。

"你！"

黑光羞怒至极，但瞧得牧尘那冰冷目光时，心头又一悸。

"还不出手吗？"牧尘盯着他，语气淡漠，然后他伸出手掌，其上灵光跳跃，"若是不出手的话，我就要动手了。"

黑光闻言，恼怒得咬牙切齿，而就当他准备运转灵力时，忽有一道传音落入耳中："黑光，催动秘法，全力出手，即便不胜，也要将其锐气尽挫，接下来，自会有人收拾他。"

听到这道传音，黑光顿时目光一闪，眼睛不着痕迹地扫了玄脉脉首玄光一眼。这道传音，显然来自于他。

"要催动秘法吗？"黑光踌躇了一下，一旦如此做的话，就算是以他天至尊的恢复力，也起码得虚弱大半年的时间。

不过他也明白玄光的意图，现在的牧尘锐气太甚了，他一场场打下来，就算到时候无法取胜四场，也足以将他们玄脉搞得灰头土脸。

眼下众多超级势力在观礼，若是传出去的话，无疑会让他们玄脉的颜面丢光。

所以，不管如何，黑光都不能再让牧尘如先前那般取得辉煌战绩。

必须将其阻拦下来，破其锐气，而接下来的第四场，他们玄脉将要派出仙品天至尊，到时候，要收拾这牧尘自然易如反掌。

"好！"

心中踌躇了一下，黑光终于狠狠一咬牙决定了。在见识了牧尘的手段后，即便是他，也没把握能够接下牧尘的攻势，既然如此，还不如拼命一搏。

"小辈，今日就让你知晓，什么叫作过刚易折！"

黑光在心中说道，旋即他身形陡然暴射而退，讥讽冷笑道："牧尘，休要得意，今日你也接我一招试试！"

轰！

随着音落，只见黑光身后亿万道灵光交织，一座巨大的至尊法身现出身来，浩瀚的灵力风暴肆虐在天地间。

这至尊法身一出现，黑光便深深吸了一口气，双手陡然结出一道古怪印法。

同时，其身后的至尊法身，也双手结印。

在那远处，清天和清萱长老见到这一幕，瞳孔顿时一缩，骇然道："无耻！竟然是化灵秘法！"

在他们骇然失声时，那黑光则对着牧尘露出狠辣笑容，道："既然你咄咄逼人，那也怪不得老夫心狠手辣了。"

话音落下，他的肚子陡然鼓胀起来，同时他身后的至尊法身，也鼓起巨大的肚子。下一刻，他张开嘴巴，猛然一吐。

黑光与身后的至尊法身嘴中，竟有洪流源源不断地奔腾而出，那等声势，十分浩大。

而随着那洪流不断呼啸而出，只见黑光的身躯迅速干枯，他的至尊法身也变得黯淡无光，仿佛两者之中的所有力量都化为那无尽洪流了。

天地间，众多天至尊见到这一幕，都忍不住面色一变，失声道："这黑光疯了，竟然将至尊法身都分解了?！"

至尊法身乃是天至尊最强的战力之一，若是自我分解，就得重新修炼，所需要消耗的时间与精力可不少，而且说不定还会对自身有损伤。

所以一般这种手段，极少人会动用，那是真正的损人不利己的做法。

呼呼！

天地间，洪流朝着牧尘笼罩过去，那等威势，令人惊骇至极。

众多强者神色凝重，认为先前牧尘的锐气太甚，所以这黑光才会以这种极端的方式，试图将其阻扰，坏其锐气，保住玄脉的颜面。

"黑光可真是狠辣，这下子，那牧尘可是遇见麻烦了。"

第10章
激战仙品

轰隆隆！

洪流自四面八方呼啸而来，封锁了牧尘的所有退路。在洪流之中，无比狂暴的灵力在互相冲击着，那所爆发出来的破坏力，莫说是灵品天至尊，就算是仙品天至尊遇见了，都得避其锋芒。

这黑光催动秘法，以自身大损的搏命之法所换取而来的攻势，的确非同凡响。

而天地间，各方强者都面色凝重地望着这一幕，虽说先前牧尘的手段惊人，但眼下这黑光的反击，同样凌厉而狠辣。

若牧尘稍有疏忽，恐怕之前的胜势就会彻底烟消云散。

清脉众人望着那滚滚洪流，皆面露担忧之色，清天、清萱等长老更是眉头紧皱。

"好，好，还是黑光长老果断，这牧尘毕竟只身一人，就算为了阻拦他付出了代价，但却能让他今日的目的彻底无法达成！"玄通则在此时忍不住鼓掌，冷笑道。

那些玄脉的族人也纷纷应和，眼前这黑光长老发动的攻势太过惊人，想来就算是那牧尘，也不可能轻易接下。

呼呼！

在众多目光注视下，滚滚洪流终于将牧尘的身影笼罩进去。

那一片虚空，都在洪流之下崩塌。

黑光见到这一幕，顿时如释重负地松了一口气，他身后的至尊法身已经在此时崩碎，而其身形也萎靡下来，显然是遭受到了重创。

不过，这些代价都是值得的，眼下这牧尘避无可避，就算他手段再多，也必然会在他这搏命一击下受到重伤。

一旦重伤，凭他的实力，那第四场战斗必然无法再胜，如此一来，帮清脉讨回席位的事也就要以失败而告终。

"哼，小子，让你得意，如今就让你尝尝从天堂落入地狱的滋味。"黑光暗自冷笑道。

天地间无数道目光都注视着那洪流冲刷的地方，那里空间塌陷，仿佛那片范围之中的任何存在，都被毁灭了。

洪流在肆虐了好半响后，终于开始渐渐消散。

"这一次，那牧尘必定重伤！"那些玄脉的长老暗暗点头，脸上已有笑容浮现出来，先前牧尘的大胜，令他们玄脉颜面大失，而这一局，总算让他们找回了一些颜面。

而有些强者则暗暗惋惜，牧尘的气魄让他们佩服，不管出于什么心态，他们希望牧尘能够再现奇迹。

天空上，洪流终于彻底消散，就在此时，无数强者瞳孔猛地一缩，紧接着，此起彼伏的惊呼声响起。

"那是什么?!"

那些玄脉的长老面色大变地抬头，只见在那洪流退散处，竟有一朵巨大的紫金莲花静静矗立，莲花花苞紧紧合拢，其上流溢着紫金光芒。

此时，在那莲花花瓣上布满着无数道深深的痕迹，看这模样，应该是刚刚经历了毁灭风暴的洗礼。

不过，虽然摇摇欲坠，但这紫金莲花却依旧坚持到了最后。

在天地间众多震惊的目光中，那紧紧合拢的紫金花瓣缓缓绽放开来。而随着莲花的绽放，一尊巨大的紫金光影出现在了众人视线之中。

那道紫金巨影脚踏莲花，亿万道紫金光芒绽放开来，散发着一股不朽气息。

"这是，牧尘的至尊法身?!"瞧得那紫金巨影，天地间顿时响起一道道惊呼声，那种不朽的神秘古老气息让人感觉这尊至尊法身必然不凡。

而在靠近主峰的一座山峰上，一个拥有黑白双瞳的男子负手而立，此人正是那摩诃古族的摩诃幽。

当他瞧见神秘不凡的紫金巨影时，双目微微一眯，冷冷道："这小子果然是修出了不朽金身。"

在其身后，一名摩诃古族的强者目露异色，道："先前他应该是施展了不朽金莲，这才挡住了黑光的搏命攻势。"

在这大千世界中，要说对不朽金身最了解的，莫过于摩诃古族，因为摩诃古族中，每一个杰出的天才人物，都必须修炼不朽金身，然后尝试能否将其修炼到极致，也就是那传说之中的万古不朽身!

只是可惜，摩诃古族万千载下来，不朽金身修成者倒是不少，但却从未有一人，能够修成万古不朽身。

所以，对于不朽金身的最强守御神通，摩诃古族的人也知根知底，他们一眼就看出了端倪。

"这小子能够施展出不朽金莲，看来在不朽金身上的造诣倒是不低。"

那摩诃幽闻言，道："只是一个野路子而已，他将不朽金身修炼到这一步，也就到头了。他若还想再进一步，修成万古不朽身，却是异想天开了。"

在其身后，那些摩诃古族的强者都深有同感地点点头，万古不朽身由他们摩诃古族保管，虽说名为守护，但这些年下来，摩诃古族早已将其视为自家之物，怎么可能会轻易让旁人修成，将其夺走。

"族中大长老之前曾与我说过，万古不朽身这一两年有所异动，应该是时机已到，有了择主的意思。若不出我所料，这一届的万古会，万古不朽身就会找到真正的主人。"

说到此处，摩诃幽眼中有垂涎之光涌动，他手掌握拢，道："若是我能修成万古不朽身，说不定便能够借此突破，迈出那一步，也踏入圣品之境!"

"族内能够在不朽金身的造诣上与幽大人媲美者，屈指可数，看来幽大人获得万古不朽身认可的概率很高。"那些摩诃古族的强者纷纷恭维道。

"倒是每次的万古会，会有一些外来者掺和，真是令人扫兴，也不知道当年不朽大帝在想什么，明明将万古不朽身交给我们摩诃古族保管了，却还要在外面留下一些传承之法。"有人略微不满道。

摩诃幽淡淡一笑，道："万古会是不朽大帝亲自所设，只要修炼了不朽金身者皆可以参与，不过这倒无碍，流传在大千世界中的修炼之法并不完整，所以那些野路子不足为惧。此次万古会后，万古不朽身就将会是我们摩诃古族之物，到时候就算是不朽大帝重生，都无法取走。"

众人闻言，纷纷点头。

而在那天地间众多强者都因为那座巨大的不朽金身而震惊时，在不朽金身肩膀处，牧尘的身影突然闪现而出。

那些玄脉的强者望着牧尘的身影，都面色铁青，因为此时的后者，浑身上下没有一点伤势，周身灵力依旧浩瀚。

显然，先前黑光那拼命的攻势，被牧尘毫发无损地抵挡了下来。

"怎么可能?!"

那黑光见状，面色煞白，怒吼道。

不朽金身肩膀之上，牧尘低头，眼神漠然地望着黑光，旋即身形一动，便化为一道流光从天而降，朝黑光射击。

瞧得牧尘那杀气腾腾的模样，黑光面色大变，此时的他已被重创，战斗力大失，怎么可能还是牧尘的对手。

"住手！"

而此时，那玄脉脉首玄光也察觉到牧尘的意图，当即暴喝道。

唰！

然而，对于他的暴喝，牧尘却理都未理，鬼魅般的身影出现在了黑光身前，面色漠然地一拳轰出。那一拳，令空间都崩碎开来。

轰！

牧尘那蕴含着浩瀚灵力的拳头，狠狠轰在了黑光胸膛之上，一拳便将其胸膛打得塌陷下来。黑光鲜血狂喷，身形倒飞出去。

唰！

不过他的身形刚刚倒飞出去，牧尘的身影就出现在其后方，然后甩出一记充满着力度的鞭腿，那黑光便犹如炮弹般射到白玉石台上。

砰！砰！砰！

接下来牧尘又是几腿踢在了那黑光身躯之上。面对着如此狂暴的攻势，那黑光惨叫连连，到了最后，几乎犹如烂泥一般。

无数强者看向牧尘的目光中多了一分敬畏，毕竟凭借着灵品初期的实力，将一个灵品后期的天至尊当沙包一样暴打，这可真的不多见。

呼。

牧尘最终收了手，此时在其脚下，黑光这具肉身已被打碎，若非天至尊生命力强悍，他早已陨灭。

饶是如此，此时的他也被重创，想要恢复过来，没个数年的苦修，恐怕是不可能的了。

天地间无数强者瞧得牧尘这凶悍一幕，都暗暗吸气，这牧尘还真是个不吃亏的主，完全不顾那玄脉的脸面，强行将黑光打废。

一些目光看向玄脉，果然见到那些玄脉长老面如黑锅。

牧尘一脚将那重伤昏迷的黑光踢飞了出去，然后面无表情地抬起头来，直视那玄脉脉首玄光，说道："还是不堪一击。"

"真是好狠辣的小辈。"玄光神色阴沉，道。

然而，牧尘不再理会他，只是伸出一根手指，轻轻摇了摇。

"还有一场。"

牧尘那平静的没有丝毫波澜的声音传开，使得无数强者脸上满是凝重与忌惮之色。

能够凭借着灵品初期的实力连战三场，将三个灵品天至尊摧枯拉朽般地击败，此等战斗力，足以让所有人震撼。

"这牧尘真是个怪胎，明明只是灵品初期，战斗力却如此恐怖，说不定，这家伙还真有越阶挑战的能力。"

"的确厉害，难怪会如此狂妄，要以一己之力挑战玄脉，原来是有备而来。"

"如今他已胜三场，只要再获胜一次，这玄脉就真的得吐出那刚刚到嘴的长老院席位了。”

“嘿，你们倒也是太高看他了，经过三场激战，这牧尘底牌尽数暴露，想要真正抗衡仙品天至尊，恐怕没那么容易。”

“先前你可也是这么说的……”

……

在天地间无数道窃窃私语声中，那玄脉的众多长老，个个面色铁青，狠狠盯着牧尘，犹如要将其活活吞了一般。

谁都没想到，他们玄脉，竟然会被一个小辈逼到这种狼狈地步。

那玄罗等人，更是个个面黑如锅，先前他们认为牧尘必败无疑，结果才短短一会，就被打脸了。

玄脉脉首玄光此时神色阴沉，不过他毕竟不是常人，很快就压制了心中的震怒，冷漠地盯着牧尘，缓缓道：“没想到这次倒是本座眼拙了，清衍静的儿子，的确不凡。”

“过奖了。”牧尘神色平淡。

玄光眼眸微垂，淡淡道：“你能闯到这一步，已经说明了你的本事，不过这第四场恐怕没你想的那么容易，还望你慎重一些。”

牧尘一笑，道：“倒是谢过玄光脉首关心了，不过我想我应该还撑得住。”

与玄脉已经彻底撕破了脸皮，所以今日想要他收手留面子，也是不可能的。

玄光深深地看了牧尘一眼，眼眸深处掠过一抹森寒之意，他摇了摇头，道：“冥顽不灵，既然如此，那我玄脉就等着你一人来挑战。”

“如今台上还有我等四人，随你挑选，当然，你若有这般胆子，找本座也行，毕竟你母亲被囚多年，也有我的功劳。”

话到此处，玄光的嘴角浮现出一抹嘲讽笑容。

牧尘瞳孔猛地一缩，目光陡然变得锐利起来，他盯着玄光，半晌后才微微点头，道：“玄光脉首所赐，我与家母都铭记在心，不过今日我只想从你们玄脉手中取一道席位，日后若是有机会，我必然会向玄光脉首讨教。”

玄光的眉头微微皱了皱，他如此言语，就是想要激出牧尘的怒意，让他失去分寸，如果牧尘真的过来直接挑战他，那玄光就会让他知道，在一位仙品后期的天至尊手中，不论他有什么手段，都将会是毫无作用。

但他显然还是低估了牧尘的心性，虽然他的话激起了牧尘的杀意，但后者并没有愤怒得失去理智，而是依旧采取最稳妥的办法。

"那本座就看你还有什么手段吧。"玄光冷冷看了牧尘一眼，道。

"想来不会让玄光脉首失望。"

牧尘轻笑一声，不再理会玄光，身形一动，便出现在了另一座白玉石台之上，他的目光看向前方，只见那里，一名身形枯瘦的灰袍老者，静静垂手而立。

这名灰袍老者，在牧尘出现时，目光便紧紧盯在他身上，那看似浑浊的双目，却如鹰般锐利，令人心悸。

牧尘望着这位枯瘦的灰袍老者，面色倒变得凝重了一些。眼前这位灰袍老者，名为玄尊，仙品初期的实力，在整个浮屠古族中，拥有着极高的地位。

莫看这玄尊只是仙品初期，但牧尘却清楚，灵品与仙品之间的差距有多大，那些踏入灵品天至尊的强者，不知道要花多少岁月的积累，才能够有机会触及仙品。

之前的三场，他赢得干脆利落，但他知晓，这一场，才是最为重要的。

只有赢了这一场，他才算是真正获胜，否则，先前的三场胜势，将会化为乌有。

"玄尊长老，既然有人想要侮辱我玄脉，那我玄脉也只能还以颜色了，所以不用留手，任何后果，皆由本座承担。"玄光的声音传来，其中充满着冰冷之意。

那玄尊长老闻言，微微躬身，道："尊脉首之命。"

话音落下，他的目光便凝聚在了牧尘的身上，一言不发，但谁都能够感觉到，一股极其强悍的灵力威压缓缓从其体内散发出来。

轰隆。

这座白玉石台的上空，都因为那强悍的灵力威压震动起来，犹如要天塌一般。

感受着从玄尊长老体内散发出来的灵力威压，在场众多强者都神色凝重。有对比才分得出高低，与玄光等三位灵品天至尊相比，玄尊长老无疑强横了不止一个档次。

"这场交手，才能算作是好戏。"

药尘和林貂望着这一幕，都微微一笑，牧尘的战斗力太强，所以先前那三位玄脉长老，即便是灵品后期的黑光，也无法对牧尘造成多少威胁，唯有真正的仙品天至尊出手时，才能够逼迫牧尘使出真正的手段。

他们很想看一看，在面对着仙品天至尊时，牧尘是否能够创造一次奇迹？

"牧尘肯定不会输的啦。"一旁的林静毫不犹豫道，言语间的信心，怕是比牧尘自身都还要来得强烈。

萧潇闻言，莞尔一笑，而药尘和林貂都无奈摇头，不知道林静对牧尘这么强的信心究竟从哪来的。

而其他的人，诸如清天和清霜长老等人，则没有这么看好牧尘，脸上浮现出一抹忧虑之色。毕竟他们都很清楚灵品与仙品之间的差距，他们认为即便牧尘有那些惊天手段，也不见得就能够取胜。

"我清脉结局如何，就看这场战斗了。"清天感叹一声，说道。

那些清脉的族人，满脸担忧之色，若非场面不合适，恐怕他们此时都要忍不住为牧尘吆喝助威了。

"这小子，总算惹出真正厉害的角色了，这次看他如何得意。"那摩诃幽双臂抱胸，望着远处的白玉石台，喃喃道。

"仙品天至尊，果然不凡……"

那从四面八方射来的种种目光，牧尘都自动屏蔽，他的视线凝聚在前方那个枯瘦的老人身上，神色凝重。

那从玄尊身上散发出来的灵力威压，远远超过了黑光等人，看来，这一次的战斗，得真正倾尽全力了。

一念到此，牧尘的目光愈发锐利，如今的他，灵品天至尊中，几乎已无敌，唯有面对着更强的仙品天至尊，才能够激发他的战意，让他经历战斗的磨练，不断成长。

玄尊长老双手缓缓合拢，那一瞬间，原本佝偻的身躯竟陡然间变得挺拔起来，灰白的头发以肉眼可见的速度变成黑色长发，那苍老的面容更在此时化为一张散发着凶悍之气的中年面庞。

嗡！

与此同时，浩瀚的灵光猛然自其体内铺天盖地地爆发出来，而其肉身，瞬间化为璀璨灵体。

与灵品天至尊的灵体相比，这玄尊长老的灵体无疑更为强悍，远远看去，犹如宝石所铸，坚硬至极，不可摧毁。

在灵体表面，铭刻着无数道蓝色的符文，符文犹如水滴，看似微小，却给人一种沉重的感觉。

宝石般的灵体璀璨夺目，成为天地间最瞩目之点，而在战斗力全开之下，那玄尊长老眼神凶狠地盯着牧尘，低沉的声音，随之响起。

"想要从老夫的手中夺走席位，就得看你有没有这种本事了！"

牧尘望着那声势骇人的玄尊长老，深吸一口气，肉身之上灵光万丈，同样化为璀璨灵体，战意冲天而起。

他那冰冷之声，随之响起。

"这席位，我志在必得，今日你玄脉，给也得给，不给，也得给！"

"好大的口气，不知死活！"

玄尊怒目圆睁，杀意喷薄，一步踏出，空间崩碎。

此时此刻，玄脉仙品天至尊，终于出手。

万丈光芒自玄尊体内绽放出来，无穷的威压一波波肆虐开来，引得空间震荡，风起云涌，整个天地都因这般威压而颤抖。

仙品天至尊，在这大千世界中仅次于圣品，可以说这个等级的强者，已经位于大千世界的最高层次。

就算是浮屠古族内，一位仙品天至尊都拥有着极高的地位。而如今，一位仙品天至尊发威，的确令人畏惧。

天地间，各方超级势力中的领袖都是面色凝重，暗暗感叹仙品之威，同时又饶有兴致地望向牧尘所在的方向，不知道面对着这等强者，这个年轻人将会如何去抵抗？

而此时，牧尘的神色同样有些凝重，虽说他战力强横，但面对着一位货真价实的仙品天至尊时，他显然也不敢小觑。

呼。

一条如长蛇般的白气自牧尘的嘴中喷吐而出，下一瞬间，他体内同样有无数灵光爆发，血肉之躯瞬间化为璀璨灵体，浩瀚灵力震荡虚空。

事到如今，任何话都是多余，他力战三场，唯有赢了这一场，才能够算作真正的获胜，否则之前作为将会化为无用之功。

而且既然玄光承认了清衍静被囚有他的功劳，那么牧尘自然不会再对他们有半点的客气，今日这一个长老院席位，他要硬生生从玄脉嘴里给挖出来。

就权当作收一些利息。

轰！

率先出手的是玄尊，他神色冷漠，并没有施展任何的神通，只是脚掌一踏，身形便直接撕裂了虚空，然后一拳对着牧尘轰了过去。

这一拳，一点也不花哨，但在仙品灵体的催动下，却犹如是毁灭之拳。若是寻常的灵品天至尊被轰中，恐怕就算是灵体强悍，都会被一拳轰出裂痕，受到重创。

牧尘望着那洞穿空间而来的一拳，眼神微凝，但他却并没有退避，反而双目中有着灼热战意涌现，他倒是要来正面试一试，这仙品天至尊究竟有多强悍！

一念到此，牧尘大笑一声，不退不避，五指紧握成拳，拳头之上绽放着亿万道灵光，无穷无尽的灵力灌注进去。然后，他也一拳轰出，在那众多惊愕的目光中，与玄尊硬撼在了一起。

轰！

刺耳的爆炸声在天地间响起，只见恐怖的冲击波疯狂地肆虐开来，他们脚下的白玉石台并未爆碎，而附近一座座的山峰爆碎开来，被夷为平地。

咚！

在冲击波肆虐间，牧尘的身影倒射而出，脚掌在那白玉石台上擦出长长的痕迹，高温甚至令其脚掌都燃烧了起来。

"狂妄。"

玄尊的身形犹如磐石般纹丝不动，他目光锐利地盯着牧尘，冷冷道。

牧尘竟敢以灵品天至尊的实力，与他仙品正面硬撼，简直就是不知天高地厚。

牧尘低头望着拳头，只见那犹如水晶般的拳头表面，有着一道细微的裂纹，这是先前硬碰所造成的。

"仙品灵体，竟然强悍到了这种程度。"他的目光闪烁，这次硬碰让他清楚了仙品的强悍，光是这仙品灵体，就比他这具灵品灵体强悍了数倍。

难怪不管是那玄光，还是其他人，都对他挑战仙品天至尊不看好，原来仙品天至尊光是凭借着一具仙品灵体，就足以碾压灵品。

"小辈猖狂，今日老夫便让你知晓，天外有天，人外有人，年轻人天赋高是好事，但若是自视甚高，那便是自取灭亡！"玄尊目露凶悍之色，他冷笑一声，身形再度暴射而出，宝石般的灵体对着牧尘碾压过去。

这玄尊也是老辣得很，知晓他占据着仙品灵体的优势，便连神通都懒得动用，就这般凭借灵体之强，逼得牧尘硬撼。

牧尘瞧得那玄尊气势汹汹而来，眼中掠过一抹寒光，道："老东西也不要倚老卖老，否则也是自取其辱！"

他双手陡然结印，身形依旧是不闪不避地暴射而出，而就在即将与玄尊的灵体碰触时，只见牧尘的身旁空间动荡，一黑一白两个人，仿佛是踏空而来。

这两个人同样化为璀璨灵体，犹如光影一般暴射而出，与牧尘的本体同时出手，把握着完美的契合度。三拳狠狠轰出，与那玄尊硬碰在一起。

轰轰轰！

这一次的硬撼，声势更为惊人，连虚空都崩塌。不过让无数人大跌眼镜的是，这一次，玄尊却再没赢得如先前那般干脆利落，反而是身躯一震，倒射出去，脚掌落处，连空间都碎裂开来。

而另外一方，牧尘三个人只是倒退了数十步。

玄尊稳住身形，抬头一看，瞳孔便微微一缩，因为他见到了牧尘身旁那两个与其本尊一模一样的人。

"这是……一气化三清?!"玄尊何等老辣的目光，一眼便认出了来历，当即面色一变，显然也是知晓那一气化三清的厉害。

有了这般神通，牧尘简直就是一化为三，而且配合无比的默契，联起手来，威力暴涨，远非三个灵品天至尊联手那么简单。

一个牧尘凭借着灵品灵体自然是打不过他，但如果是三个牧尘联手，那就算是玄尊，也占不到什么上风了。

而此时，周围天地间爆发出哗然声，不少超级势力的强者都双眼发红地盯着牧尘。要知道，大千世界中，最顶尖的绝世神通，就那么三十六道，可见其稀罕程度，然而牧尘却有两道……

这个家伙，究竟是拥有着何等逆天的机缘啊……

在那高台上，玄脉脉首玄光眼神有些阴沉，他原本以为玄尊出手，应该能够取胜，但没想到，这牧尘依旧有着抗衡的手段。

"玄尊，全力出手，不要再与他纠缠。"玄光低沉的声音传进玄尊的耳中。

玄尊闻言，微微点头，旋即深吸一口气，身后亿万道灵光涌动，只见一道黑色巨影，便凝现而出。

那道巨影的周身盘旋着黑色巨龙，黑色巨龙吞吐之间，天地间水气大盛，顷刻间便形成暴雨，降落下来。

"这是……大玄冥法身？"

牧尘望着那道至尊法身，心念一动，将其认了出来。这道至尊法身，在那九十九等至尊法身榜上，高居二十三位，相当的厉害。

"终于动真格了吗？"

牧尘双手结印，眼瞳之中一道光芒暴射而出，直接化为一座水晶浮屠塔悬浮高空，然后对着那大玄冥法身镇压而下。

对付至尊法身，浮屠塔最为有用，直接将它收入塔中，借助八部浮屠之力镇压便是。

"哼，想要用浮屠塔对付老夫，你太天真了。"在瞧得水晶浮屠塔时，那玄尊却没有丝毫的惧色，反而一声冷笑，脑袋一摇，只见其天灵盖中射出一道光芒，光芒中也有一座黑色浮屠塔出现。黑色浮屠塔摇曳着黑光，与牧尘那座水晶浮屠塔撞在一起，引得彼此震荡。

牧尘见状，眉头微挑，这老家伙果然不好对付，而且显然对于八部浮屠也极为的了解。虽然如今的牧尘已经能够让八部浮屠出现在浮屠塔外，但那种威力毕竟不如在塔内强横。

而对方也有浮屠塔，想要将其收入塔内，就没那么容易了，如此一来，倒是将他八部浮屠的威力给限制住了。

"小辈，莫要以为有了八部浮屠就可肆无忌惮！"

玄尊冷笑道，旋即他脚掌一跺，只见脚下那大玄冥法身之上，忽然暴射出磅礴黑色水流。水流撕裂天空，铺天盖地对着牧尘轰击过去。

牧尘身后同样紫金光芒大放，不朽金身现出身来，不朽神纹凝聚而出，化为一道紫金光幕，将那些黑色水流尽数抵御住。

天空之上，双方斗得不可开交，浩瀚灵力充斥天地，一波波的攻势接连呼啸而出，你来我往，丝毫没有留手。

瞧得双方这般斗法，天地间无数人都是屏息静气，不敢移开目光。

"这牧尘，还真是不简单，竟然能够与玄尊拼得不分上下。"在双方激斗时，天地间哗然声再起，诸多强者感叹不已。因为从眼下的战斗局面来看，牧尘显然在渐渐稳住阵脚，而玄尊的优势，已没有刚开始那般明显了。

那些清脉的长老以及族人们，则开始暗松一口气，面露喜色。

反观玄脉，则气氛有些压抑，不少人咬牙切齿，仿佛恨不得下一刻，牧尘便被玄尊撕碎开来。

轰！

又是一次对轰，虽然占据了一点上风，但玄尊的面色却有些难看，因为这点上风，想要转化为胜势，显然还是不可能的事。

"倒是低估了这个小子。"

玄尊眼神阴沉，下一刻，他眼中掠过一抹凶光，身躯渐渐漂浮而起，只见其身体表面，开始有一道道古老的黑色光纹浮现，隐隐间，形成了七道黑色纹路。

"七神脉……这玄尊原来也拥有着神脉，看来他要动用灵脉神通了。"见到这一幕，天地间有强者说道。

"今日能够让老夫动用灵脉神通镇压你，你就算输了，那也不冤了！"

玄尊低沉之声响起，他双手猛然上扬，与此同时，他那冰冷的声音响彻在天地间。

"七神脉，玄冥寂灭河！"

哗啦啦！

当玄尊的声音响起时，天地间有水流之声忽然响起，再然后，无数强者便见到，一条漆黑而黏稠的大河自玄尊的嘴中喷薄而出，转眼间，便遮蔽了大半个天空。

黑水翻腾，明明是轻灵之水，却给人一种沉重如山岳之感，同时还散发着无比阴寒的气息，令天地间的水汽都开始冻结，进而化为漫天雪花飘落。

玄尊立于大玄冥法身之上，目光冰寒地注视着牧尘，而那黑色大河则犹如一条黑色巨龙般蜿蜒盘旋，释放着恐怖威能。

玄尊这一道灵脉神通，显然将自身战力发挥到了极致。面对着这一道攻势，就算同为仙品的强者，都将会忌惮无比，不敢硬撼。

战局到了这一步，任谁都看得出来，玄尊已打出了怒火，开始施展杀招了。

"这个老家伙，竟然也是神脉吗？"黑色大河倒映在牧尘的眼瞳中，他的神色显得有些凝重，显然是察觉到了那黑色大河蕴含的威能。

"去！"

在牧尘凝神等待时，玄尊则没有半句的废话，伸出手指，遥遥对着牧尘凌空点下。

哗啦啦！

黑色大河翻腾而起，从天而降，对着牧尘轰隆隆降落下来。亿万吨的河水落下，空间瞬间崩塌，那等冲击之势，足以将一位灵品天至尊的灵体都生生碾压成一摊肉泥。

面对着玄尊这等攻势，不少人都为牧尘捏了一把冷汗，莫看牧尘手段不少，但若是挡不住这黑色大河，就算他拥有一气化三清，恐怕都得一起被碾压。

而在各种目光注视下，牧尘抬头凝视着那降落下来的黑色大河，旋即他深吸一口气，只见其身躯表面一道道古老的紫色光纹变得明亮起来。

一道，两道，三道……八道！

当那八道紫色光纹明亮起来时，牧尘的嘴中竟有紫色的火焰燃烧起来，下一刻，他嘴巴一张，便对着那黑色大河一喷。

呼呼！

一条紫色火流在此时自牧尘的嘴中喷出，宛如一条张牙舞爪的紫色巨龙，发出咆哮之声，迎头而上，便与那黑色大河硬撼在了一起。

嗤嗤！

紫焰与黑河碰触，顿时爆发出漫天的嗤嗤声，阵阵烟雾升腾，遮天蔽日。

紫焰的霸道，显然让人震惊，只见紫焰燃烧处，不论那黑色洪流如何倾泻，都无法熄灭它。

"难怪这紫焰如此霸道，原来是这牧尘的八神脉衍变出来的灵脉神通！"

众人见到这一幕时，终于明白了霸道的紫焰的来历。先前牧尘只是小小施展了一次，所以他们并未发现牧尘的八神脉，但此时在牧尘全力催动下，八神脉自然也就在身体上显露了出来。

玄脉中的人瞧得牧尘那八神脉时，面色有些阴沉，特别是那玄脉脉首玄光。要知道，他们浮屠古族这些年来，唯有清衍静一人是八神脉，然而如今，这第二道八神脉，竟然会出现在牧尘的身上。

这岂不是说明清衍静与牧尘的血脉，才是他们浮屠古族中最强的？

而与玄脉的嫉妒相比，清脉这边则爆发出了欢呼声，特别是清天和清萱等人，都如释重负地松了一口气，牧尘有如此天赋，真不愧是清衍静的孩子。

在浮屠古族各脉族人抱着不同的态度时，那主峰上的大长老浮屠玄，正眼神锐利如鹰隼般地盯着牧尘，他望着牧尘身躯上的紫色光纹，片刻后，一声冷哼，愤怒的声音响起："哼，什么八神脉，这一道神脉，明明就属于清衍静所有，看来当年她在怀着他的时候，便将自身神脉剥离，种了儿子的身上。"

浮屠玄毕竟是圣品天至尊，而且也对清衍静当年的八神脉颇为了解，所以如今牧尘一施展出来，他便有所察觉，看出了端倪。

而那些浮屠古族的族人听到大长老此话，则是一愣，旋即不少人都酸酸道："这可真是有一个好娘！"

那玄罗闻言，同样是嫉妒不已，但嘴上却冷笑道："难怪这牧尘天赋惊人，原来是因为清衍静将自身的八神脉给了他。"

"若不是有这道八神脉，这牧尘一个罪子，也敢与我等相比？"

周围那些玄脉的族人都纷纷点头，他们还当牧尘毫无资源，白手起家，但眼下看来，显然清衍静留给了他一个无与伦比的宝藏。

虽然并非拥有八神脉就能够成就惊人，但至少能够提高成功率，并且在诸多修炼上，也将会领先于常人。

在抱着对牧尘有偏见的情况下，这些人显然是将牧尘的成功全部都归结于清衍静留给他的那道八神脉之上。

浮屠玄的声音同样被牧尘收入了耳中，但他却并未在意，只是抬头注视着紫焰与黑色大河碰撞之处。

双方处于僵持之中，牧尘隐隐感觉到，那黑色大河似乎内蕴着一股力量，尚未爆发。

他的视线，扫向不远处的玄尊，果然瞧得后者脸上有一丝得意之色。

玄尊察觉到牧尘的目光，也将视线投射过来，旋即他淡淡一笑，略带嘲讽道："清衍静这八神脉，的确厉害。"

牧尘面无表情，仿佛没有听出他的讥讽之意。

玄尊负手而立，道："能够将我这玄冥寂灭河阻挡，你这紫焰的确不简单，若是你我处于相同的层次，我想我这玄冥寂灭河应该挡不住你。"

虽说他的玄冥寂灭河只是由七神脉衍变而来的灵脉神通，但不管如何，玄尊是仙品天至尊，而牧尘只是灵品，两者之间的差距摆在那里。

"只是可惜，这世间，可没有什么绝对的公平，既然你想要挑衅我玄脉，自然也得有失败的觉悟。"

玄尊说到此处，便摇了摇头，旋即他深吸一口气，张嘴喷出一口精血，精血落入了那翻腾的黑河之中。

轰轰轰！

这一口精血落下，只见那原本还算平静的黑色大河顿时疯狂翻滚起来，同时其体积开始迅速缩小，其颜色，则在漆黑之中，多了一丝暗红色彩。

嗤嗤！

随着这般转变，原本还能够抵挡的紫焰忽然升起浓郁白雾，然后开始以肉眼可见的速度消散而去。

见到这一幕，天地间无数强者为之哗然，那些清脉的族人则面色大变。

谁都看得出来，玄尊的攻势开始变得强横，而牧尘终归吃亏在实力偏低，即便拥有八神脉，也无法硬撼。

"牧尘已输。"

见到这一幕，众多强者惋惜摇头，局面到了这一步，优势彻底被玄尊掌控，只要趁势碾压下来，牧尘必败无疑。

清天和清萱等人面色苍白，没想到牧尘高歌猛进，却会在这最后一步栽了跟头。

不过他们也知晓，牧尘应当尽力了，能够以灵品初期的实力斗到这般程度，足以显露他的不凡。

"今日之后，不管如何，我清脉都要全力保下牧尘。"清天面色阴沉道，他知道事后玄脉等人必然不会善罢甘休，所以他们清脉也不能坐视不管。

清萱和清云皆点头。

"大局已定。"那玄脉脉首玄光悄悄松了一口气，旋即眼露寒光，既然这牧尘未能得逞，那么之后他们玄脉与墨脉就能掌控长老院，到时候，定要这个小子付出代价！

轰轰！

黑色大河呼啸而过，紫焰即将消散，玄尊望着这一幕，冷目看向牧尘，语气淡漠道："你输了。"

"仙品果然还是有优势。"

牧尘有些感叹道，如果双方处于同等层次，他有信心，直接用紫焰将这玄冥寂灭河烧得干干净净。

玄尊瞧着牧尘并没有显露出什么惧色，这令他略微有些不满，认为牧尘在逞强，于是他一声冷笑，袖袍一挥。

轰！

黑色大河碾压而下，紫焰彻底被熄灭。然后黑色大河翻滚而下，当头就对着牧尘笼罩下去。

"等老夫将你擒下，你再好好感叹你的愚蠢吧。"

哗啦啦。

在无数目光注视下，黑色大河翻滚而下，以铺天盖地之势，对着牧尘笼罩下来。

众多强者暗暗摇头，感到可惜，这牧尘距离成功可就只有一步了，没想到还是被阻拦了下来，这玄脉，不愧是浮屠古族第一大脉。

黑色大河倒映在牧尘眼瞳中，然而面对着这般绝境，牧尘的神色却很平静，他喃喃自语道："既然八神脉无法填补这之间的差距，那么，就换一个吧。"

他的双手缓缓合拢，身体之上，开始有璀璨的光芒爆发出来。

与此同时，其身体表面上的八道古老紫色光纹，在以肉眼可见的速度变换色彩，并且，在那第八道光纹之后，出现了第九道光纹……

　　当第九道光纹在牧尘身体上成形时，那主峰之上，一直淡然的浮屠玄大长老猛然色变，霍然起身，惊讶地望向了牧尘。

第11章
以一敌族

九道古老的光纹出现在牧尘的身体表面，玄奥的纹路，仿佛在牧尘出生的那一刻就铭刻在了他肉身的最深处，充满着天地韵味。

主峰之上，浮屠玄霍然起身，再也保持不了往日的淡然，惊讶地望着牧尘身体表面的九道古老光纹。

这代表着什么，他再清楚不过。

那就是传说中的九神脉！

"怎么可能，这个罪子怎么可能拥有九神脉?!"浮屠玄失声道，九神脉就算在他们浮屠古族中都犹如传说一般，从古至今，他们浮屠古族中出现的九神脉只有三例，而这三位，都是浮屠古族最为古老的先祖。

浮屠古族正是这三位先祖所创立，只是，从那之后，浮屠古族就再未出现过九神脉，虽说九神脉不代表一切，但从某种意义上而言，却代表着血脉的纯净。

而血脉对于一个古族，则是最为重要的东西。

这也正是当初清衍静私结姻缘引得浮屠古族震怒的主要原因，浮屠古族对清衍静给予了太高的期望，而清衍静的这种作为，无疑会玷污血脉。

可今日出现在眼前的事，却让浮屠玄胸口发闷，几乎有一种吐血的冲动，牧尘的血脉，不仅没有被玷污，反而拥有九神脉。这足以说明，牧尘的血脉纯净度，比他们浮屠古族所有人都要高。

浮屠玄脸上的震惊持续了好半晌，才渐渐收起，他眉头紧皱地盯着牧尘的身影，面色极为复杂。

在浮屠玄发现之后不久，其他的浮屠古族族人以及众多超级势力的强者都发现了牧尘身躯上明亮的九道古老光纹，当即所有人都变得目瞪口呆起来。

一道道倒吸冷气的声音，此起彼伏地响起。

"我的天，我看见了什么？那是什么东西？！"

"我竟然见到了传说中的九神脉？！"

"这个牧尘怎么会拥有两道神脉？！而且还有一道九神脉？这还是人吗？！"

"九神脉啊，难怪这小子如此变态，原来拥有九神脉！"

整个天地间，都处于震惊的声音之中。那些原本面带讥讽之色的玄脉族人，都在此时张大了嘴巴，傻傻地望着天空上那道耀眼的身影。

玄尊更是险些一口血给喷了出来，面色铁青，身体不知道是因为震惊还是恐惧而颤抖起来。如果说面对八神脉，他还能够勉强保持心境，那面对传说中的九神脉，他就再也平静不下来了。

玄脉脉首玄光也呆呆地望着牧尘的身影，此时此刻，他的冷静再也维持不住，咬牙切齿的模样显得有些狰狞。

此时的他有一种冲动，想要立即出手，将牧尘斩杀。

不然的话，此子日后必然可晋入圣品，到时候他们一脉中有两圣品，就算浮屠古族倾尽族力，都不见得能够再将他们压制住。

到时候若是报复起来，他们玄脉必然首当其冲。

不过，玄光最终还是按捺下心中的杀意，因为他知道，他强行出手的话，大长老必然会阻拦，这个老家伙就是这般迂腐顽固，将族内的规矩视为不可撼动。

而在整个天地间震撼时，在那摩诃古族所在的山峰，一直冷眼旁观的摩诃幽终于变色了，他阴沉沉地望着牧尘的身影，眼中掠过了一抹忌惮之色。

"九神脉……"身为摩诃古族之人，摩诃幽也很清楚九神脉的意义，他认为以牧尘的天赋，未来很有可能会晋入圣品。

若是那样的话，浮屠古族明面上的圣品，将会达到三位，实力大涨。

"这个小子，还真是一个祸害！"

摩诃看向牧尘的眼神中，掠过一抹阴冷杀意。

此时，玄尊紧盯着牧尘身体表面的九道古老光纹，旋即他便厉声道："装神弄鬼，想要凭借此举打破我的信心，让你有可趁之机吗?!"

玄尊根本就不相信牧尘拥有九神脉，而且这般时刻，他也绝对不能让自己相信，否则自身锐气一失，必然会被牧尘寻到破绽。

所以不管牧尘是否真的拥有九神脉，玄尊现在所需要做的，便是势如破竹地攻下去，将牧尘彻底打败。

"给我死来！"

玄尊厉喝出声，袖袍一挥，只见那灌注而下的黑色大河此时声势更为恐怖，铺天盖地地笼罩向牧尘。

天地间无数道目光都汇聚过来，大家都想知道，牧尘这九神脉，是否属实。

而真假无疑能从灵脉神通之间的对拼中辨出来。

牧尘微闭的双目在此时缓缓睁开，他抬头望着那遮天蔽日的黑色大河，双手缓缓结印，低沉之声，随之响起。

"九神脉，浮屠混沌光。"

就在牧尘声音落下的那一瞬间，忽有一片光芒自他身后升腾而起。那片光芒，光是看去，便让人目眩神迷。

混沌之光升起后，牧尘袖袍一挥，只见光芒直接对着那降临而下的黑色大河刷了过去。

唰！

混沌之光刷过，让人震惊的一幕出现了，只见那遮天蔽日的黑色大河瞬间消失。整个天空，顷刻间恢复明亮。

无数人目瞪口呆地望着这一幕。

那足以让一般仙品天至尊都退避三舍的黑色大河，就这样轻而易举被破解了?!

众多强者骇然地望着牧尘身后升腾起的那片混沌之光，而当他们仔细看去时，才发现，在那片光芒中似乎多了一条黑色细线，而那条细线，便是玄尊那一条黑色大河。

"这是什么灵脉神通？怎么如此霸道？!"有人震惊道，如此让人摸不着头脑的灵脉神通，委实太可怕了。

天空上，玄尊也目瞪口呆地望着这一幕，下一刻，他抽身暴退，眼中掠过惊恐之色，显然是被牧尘这一招吓到了。

"哪里走？"

牧尘瞧得他暴退，却是一声冷笑，手指凌空一点，只见其背后那片摇曳的混沌之光再度遥遥对着玄尊一刷。

玄尊面露骇色，浩瀚灵力爆发开来，璀璨灵体宛如宝石，将他肉身死死护住。

然而，这一切都没有作用，当那道混沌之光刷下来的时候，玄尊便感觉犹如被困入了另一个世界之中，这里没有空间、时间的概念，一旦进入其中，便被凝固住。

所以，当混沌之光刷过时，玄尊的身影便消失不见了，而牧尘身后那片混沌之光中，则多出了一张惊恐的脸庞，赫然便是那玄尊。

他被收入到那片诡秘的混沌之光中。

此时，天地间一片寂静，无数强者骇然地望着这一幕，心中疑惑不已：连一位仙品天至尊都挡不住那混沌之光？仅仅只是一刷便被收走？

这是何等可怕的神通！

无数强者目瞪口呆，看这般威能，牧尘这一道灵脉神通，足以媲美大千世界中那三十六道最顶尖的绝世神通了！

"这就是九神脉的灵脉神通吗？果然诡异强横，让人防不胜防！"半晌后，终于有人感叹道。有了这道灵脉神通，牧尘虽然只是灵品天至尊，但在面对着仙品天至尊时，都能够怡然不惧。

而浮屠古族的其他族人，则怔怔地望着空荡荡的天空，如此一来，玄尊岂不就是败了？

清脉的清天、清萱、清霜等人也有点措手不及，他们面面相觑，显然没想到胜利来得如此突然，毕竟在片刻之前，牧尘还处于危机之中，然而这才多久时间，局面便被彻底逆转，那占据绝对上风的玄尊，直接就被收走。

"太强了。"

清灵睁大美目望着天空上那道修长的年轻身影，俏脸一片潮红，此时此刻的牧尘，威盖整个浮屠古族，让人心动。

其他的那些清脉族人与有荣焉，不管牧尘身份如何，至少现在，他是清脉的脉首，所以他们清脉也能够享受这种胜利的喜悦。

而在玄脉那边，则是一片死寂。墨脉众人神色凝重，目光中充满着忌惮之色。

玄脉脉首玄光死死盯着牧尘，犹如要将其给吞了一般。

牧尘凌空负手而立，背后混沌之光升腾，令此时的他拥有着可吞天地般的伟岸气势。而他低头，望向那一片死寂的玄脉，淡淡的声音响起。

"你们输了，席位归还吧。"

当牧尘的声音在这群山之间响起时，整个天地一片安静，所有人都愣愣地望着他。直到此时，他们才反应过来，牧尘已经赢了。

他凭借着一人之力，竟硬生生将玄脉打穿，从这浮屠古族中最强的一脉之中，将那原本属于清脉的长老院席位给夺了回来。

"这究竟是何等的凶悍啊……"

安静持续了许久，终于被众多的感叹声所打破。众多超级势力的领袖望向牧尘的眼神中，都充满了凝重与忌惮之色。

牧尘展露出来的战斗力，实在让人心惊。

要知道，现在的他只是灵品初期而已啊，连仙品初期都栽在了他的手中，万一日后他踏入仙品，岂非圣品之下无敌？

"这浮屠古族也真是可笑，如此天骄，竟然定为罪子，这可是注定要晋入圣品之人，若在其他地方，恐怕早就被当作顶梁柱来培养了。"

"嘿，这些古老种族自诩血脉纯正，在这上面可迂腐得很。"众多超级势力的强者窃窃私语，略微有些幸灾乐祸。

而浮屠古族的那些族人听到这些声音，则个个面色难看，但也无法说什么，因为牧尘在浮屠古族的确是罪子的身份。

玄脉脉首玄光面色阴沉，袖中的拳头捏得嘎吱作响，今日他们玄脉的颜面，算是被牧尘真正损光了。

"该死的小子，竟然坏我玄脉好事！"

玄光恼怒至极，原本他们玄脉谋划多年的计划就要成了，但却被这个忽然杀出来的牧尘搞得七零八落。

不过再恼怒，他也无可奈何，诸脉会武的规矩如此，如今他们玄脉七场输了四场，自然就得将席位交出去。

玄光目光闪烁，片刻后，忽然抬头对大长老浮屠玄道："我玄脉认输，交出一席，不过这牧尘乃是罪子，却成为清脉脉首，完全不符合规矩，我申请在此召开长老院会议，剥夺其清脉脉首的身份。"

此时牧尘顶着一个清脉脉首的身份，他们若是要对付他，会束手束脚，可一旦将其脉首身份剥夺，他那罪子的身份就会成为浮屠古族光明正大缉拿他的理由。

"我清脉反对！"清天闻言，立即色变喝道，显然他知晓玄光的企图。

"墨脉赞成。"墨脉脉首墨心想了想，开口说道，他们墨脉与玄脉曾经联手打压清脉，如今自然也不愿意见到牧尘破坏了规矩。而且牧尘展现出来的实力，也让他们有所忌惮，所以觉得最好还是先将此子解决掉。

玄光与墨心的目光看向其他的分脉，那三位分脉的长老面面相觑，最后迫于压力，只能点了点头。

主峰之上，浮屠玄见到这一幕，眉头微皱了一下，但最终还是点了点头，道："既然长老院中超过七成的长老如此表态，那按照规矩，可以随时开院。"

玄光闻言，嘴角顿时浮现出一抹阴寒笑容。

天空上，牧尘冷眼望着这一幕，却是笑了笑，道："不用麻烦你们开院丢人了，我对这清脉脉首的位置一点兴趣都没有，之所以会出手，只是想从你玄脉身上讨一点利息罢了。"

话音落下，他袖袍一挥，只见那清脉脉首令便对着清天射去。

清天接过，他望着脉首令，面色复杂。显然，牧尘对这个位置的确没有一点点兴趣，这说明他对于清脉虽然没有多少恨意，但也没有感情。

牧尘的举动倒是让玄光一怔，旋即他暗自冷笑，也好，如此也省了一番功夫。

"大长老，这牧尘乃是罪子，按照规矩，应该先将其擒下，然后再……"

"不用了，我今日来浮屠古族，只要做一件事，那就是带我母亲一起走，从

此以后，我们与你浮屠古族，再无半点关系。"然而，玄光的声音还未落下，牧尘那略显懒洋洋的声音便再度响起，将其打断。

此言一出，天地间又是一静，众多强者面色微变，如果说先前牧尘只是挑战玄脉的话，那么这一次他说的话，可就是在挑战整个浮屠古族了。

"这小子太胆大包天了，他怎么敢说这种话？"

众多超级势力的强者都面面相觑，感到不可思议的同时又感到震惊。他们隐隐觉得，今日的好戏，恐怕才刚刚开始。

这个牧尘，今日是不将这浮屠古族掀个天翻地覆不会罢休了。

只是，让他们无法理解的是，牧尘怎么会有这种底气，他这灵品初期的实力，若去挑战浮屠古族的话，真是犹如螳臂挡车，自寻死路。

那玄光同样被牧尘这出乎意料的一句话搞得目瞪口呆，不过旋即他便回过神来，心头暗喜，这个牧尘，果然是年轻气盛，竟敢说出这种狂妄话语，如此一来，大长老必然不会再冷眼旁观。

他抬头一看，果然瞧得浮屠玄的面色微微沉了下来。

"放肆！"

浮屠玄冷喝声响起，那之中蕴含的怒意，令天地都寂静下来。圣品之威，显露无疑。

然而，牧尘却毫不在意那浮屠玄的怒喝，他抬起头来，眼神毫无波动地望向后者，无所畏惧的样子。

"你这罪子，还真以为有点能耐就能肆无忌惮，当我浮屠古族是什么地方？！"浮屠玄怒喝道，"清衍静犯了族规，如今是罪人身份，岂容你说带走就带走？"

牧尘冷冷道："老东西，我可没承认我是你浮屠古族的人，那罪子身份，你自己留着吧。"

对这迂腐顽固的老家伙，牧尘厌恶到了极致，若非他，他们一家人也不会分离这么多年，所以如今说话，牧尘不给其留丝毫颜面。

天地间，那些浮屠古族的人面色震骇，大长老在浮屠古族地位崇高，有绝对的权威，诸位脉首都不敢触怒于他，然而眼下的牧尘直接称他老东西，这简直是胆大包天。

"狂妄，真是一个不知尊卑的野小子！"浮屠玄气得脸色发青，怒道，"来人，给我将他擒下！我倒是要看看，他究竟有什么资格，能将清衍静从我浮屠古族中带走！"

"遵命！"

那玄脉脉首玄光、墨脉脉首墨心闻言，顿时大喜，霍然起身，就要率领两脉的强者将牧尘擒获下来。

"这牧尘真是太狂了，如今惹怒浮屠玄，浮屠古族倾尽而出，哪里是他能够抗衡的啊。"众多强者见到这一幕，都暗暗摇头。

不过，就在那玄脉、墨脉众多强者呼啸而出时，天地间，忽有笑声响起："牧尘乃是我无尽火域、武境之友，你浮屠古族若是要以大欺小，我们可不答应。"

此言一出，无数强者都震惊地看向那声音传来的地方，只见那里有两人负手而立，一人是白发老者，一人是俊美如妖的男子。

而在瞧到他们两人时，就连浮屠古族的诸位长老都忍不住色变，那原本冲向牧尘的身影都停了下来。

整个天地间，一片哗然声。

"那是无尽火域的药尘老爷子，他可是炎帝的师父。"

"还有那林貂，他可是武境的二当家，武祖的结拜兄弟。"

"嘶，难怪这牧尘毫不畏惧浮屠古族，原来是借了这等大势，厉害，当真厉害啊，无尽火域与武境，可不是随便什么人都能够请动的！"

"是啊，这得多大的面子啊，这牧尘，真的了不得。"

无尽火域与武境在大千世界中名声太过响亮，是顶尖级别的超级势力，即便比起五大古族，都丝毫不让。

玄光、墨心两位脉首也有些震惊地望着这一幕，他们怎么都想不到，无尽火域与武境竟然会帮助牧尘，甚至不惜得罪他们浮屠古族。

"该死，这个罪子，竟然气候到了这一步，连无尽火域与武境都会支持他！"两人的心中充满着悔恨之意，早知如此，就该尽早对付他，如今这小子气候大成，连他们都得忌惮了。

他们对视一眼，如今这无尽火域与武境插手，就得看大长老是否要忍下这口气了。

于是，他们都抬头看向浮屠玄，后者的面色有些阴沉，他的目光，犹如刀锋般锐利，遥遥看向药尘与林貌。

然而，面对着这位圣品天至尊的注视，药尘与林貌皆是神色平淡。

"无尽火域与武境，真的是要为了这个罪子，为难我浮屠古族吗？"浮屠玄低沉的声音缓缓响起，让人听不出喜怒。

药尘微微一笑，道："牧尘与我那弟子乃是好友，今日之事，还望浮屠古族成全，莫要以势压人。"

林貌负手而立，神色平淡，虽未说话，但态度已是很明确。

天地间一片寂静，众多强者大气都不敢出一声。眼下这局面，若搞不好的话，可就真成了三大顶尖超级势力之间的战争了，一旦如此，必然震动整个大千世界。

而在这般压抑的寂静下，浮屠玄眼神幽深，他盯着药尘与林貌，半晌后，淡漠的声音才响起。

"若是老夫今日执意要擒下此子，你等，又将如何？"

众多强者噤若寒蝉，头皮微微发麻，他们显然没料到，自己只是来浮屠古族观礼而已，却会遇见这种恐怖的对碰。

这浮屠古族如果与无尽火域和武境真正碰撞起来，恐怕整个大千世界都会为之震动。

在浮屠玄那幽深目光的注视下，药尘与林貌的神色却没有多少变化，他们对视一眼，旋即道："若是大长老执意如此的话，那我等就只能说声得罪，出手护持牧尘周全了。"

此言一出，众人皆震惊，无尽火域与武境，这是打算保定牧尘了吗？不惜与浮屠古族交恶？

那玄光、墨心两人的面色难看至极，因为眼前的事在他们看来委实有些不可思议，要知道，他们浮屠古族可是这大千世界五大古族之一，底蕴雄厚恐怖，但眼下，这无尽火域与武境，竟然会因为一个区区牧尘，来得罪他们浮屠古族？

这个罪子，有这种魅力？

事情到了这种地步，他们两人都不敢再多说什么，只是看向浮屠玄，等待着他的决议。

在那万众瞩目之下，浮屠玄面无表情，他手掌轻轻拍了拍石椅，却并未对着药尘、林貂说话，而是转眼看向牧尘，淡淡道："老夫倒真是小瞧了你的能耐，区区二十载的时间，你便达到了这一步，而且还与无尽火域、武境有了这种交情。"

话到此处，他顿了顿，眼中冷意浮现，继续道："不过我浮屠古族屹立大千世界数万载，正是因为一切依照规矩行事，所以今日，你若是以为请了无尽火域和武境来帮你镇场，老夫便会解除你罪子身份的话，恐怕是你太天真了。"

说完，他也不理会牧尘，看向了药尘与林貂，缓缓道："至于你二人说要保住他，我看这句话，还是让炎帝与武祖来说吧！你二人，还不够这等资格！"

浮屠玄毕竟是圣品天至尊，虽说药尘与林貂皆是仙品后期，但与圣品之间，依旧有巨大的差距，所以并未将他们放在眼中。

然后，他伸出手指，遥遥指向牧尘，冷冷道："玄光、墨瞳，马上出手，率人将这罪子拿下！"

"是！"

玄光与墨瞳闻言，皆应道，然后手掌一挥，便带着众多长老从四面八方围拢过去，要将牧尘擒住。

药尘见到这一幕，不由得摇了摇头，林貂则上前一步，语气冷漠道："既然如此，那我等就要领教一下大长老的手段了。"

声音落下，他手掌一握，只见一个琉璃钵出现在了其手中。那琉璃钵上铭刻着八道古老符文，这八道符文，时而化为雷霆，时而化为火焰，时而化为寒冰，在那琉璃钵上蜿蜒流淌。

这琉璃钵一出，便引得天地震荡，一股无法形容的波动席卷而出。

察觉到这般波动，浮屠玄眼神一凝，他盯着林貂手中的琉璃钵，沉声道："听闻武祖以八大祖符炼成一道圣品绝世圣物，名为八祖琉璃钵，威能盖世，若是料得不差的话，应该就是你手中此物了吧？"

浮屠玄的声音一出，顿时引得各方强者倒吸一口凉气，眼神惊惧地望着林貂手中那古朴的琉璃钵。绝世圣物也以天至尊的等级，分为灵、仙、圣三等。

而圣品绝世圣物，放眼整个大千世界，都十分罕见，莫说是寻常天至尊，就

算是圣品天至尊，都不见得能够炼制出来。

这种等级的绝世圣物一旦现世，说其拥有灭世威能都不过。

"正是此物……"

林貂淡淡应了一声，也没有多说，与药尘对视一眼，然后两人手指皆点上那琉璃钵。浩瀚无尽的灵力犹如滔滔洪流疯狂涌进钵内。

想要催动一道圣品绝世圣物，即便是一位仙品后期的天至尊都有些勉强，所以唯有药尘与林貂联手，才能够将其催动。

嗡嗡！

随着林貂、药尘两人全力催动，只见那琉璃钵忽然发出嗡鸣之声，紧接着八色光华绽放而出，琉璃钵咻的一声，便消失在了林貂的手中。

然后，所有人都见到，那座主峰上空，一个透明的琉璃钵从天而降，其速度快得无法形容，仿佛超越了时间与空间。

轰隆！

琉璃钵降下来，直接将浮屠玄罩入其内。整个巍峨主峰，都在为之颤抖。

而这一幕，顿时让所有人大吃一惊，他们原本还以为林貂、药尘出手，是要帮牧尘解围，但哪料到他们直接动手将浮屠玄给困了起来。

可这有什么用？毕竟以浮屠玄的身份地位，根本不可能亲自对牧尘出手，要擒住牧尘，以玄光、墨瞳他们的实力，已经足够了。

浮屠玄微微怔了怔，旋即冷哂一声，端坐在石椅上，双目似闭非闭，淡淡的声音从那琉璃钵中传出。

"继续动手。"

玄光与墨瞳闻言，不再犹豫，暴射而出，浩瀚灵力冲天而起，铺天盖地地对着牧尘笼罩过去。

"喂，貂叔，你搞错对象了吧?!"

在那山峰上，林静瞧得这一幕，瞠目结舌，然后赶紧摇着林貂的袖子，道："浮屠玄自恃大长老身份，怎么可能会出手，但以牧尘的实力，却挡不住这些浮屠古族的长老啊。"

一旁的萧潇也有些不明所以，美目望着药尘与林貂。

林貂被林静一通狂摇，只得无奈苦笑道："小姑奶奶，别摇了，我们这么做全是牧尘的主意，他告诉我们只要帮他拦住浮屠玄即可，其他的事，他自己能够搞定。"

药尘点了点头，笑道："的确如此，老夫也很疑惑，牧尘究竟何来的信心，能够以一己之力，抗衡整个浮屠古族的诸多天至尊长老。"

林静闻言，不由得与萧潇面面相觑，虽然她们知晓牧尘战力非凡，但眼下的局面，恐怕不是凭他一人的战力就能够搞定得了的。

但牧尘又并非信口开河之人，既然他会如此做，那应该有一些手段。

"那、那就看看吧，如果牧尘不行了，你们还是得出手的。"林静犹豫了一下，说道。

林貂点了点头，道："放心吧，你爹既然交待了，那我们自然会护持他的周全。"

而在林静他们说话的时候，这片天地间其他的强者也纳闷不已，他们望着那朝着牧尘包围而去的天罗地网，都暗暗摇头，这种局面，莫说牧尘只是灵品初期，就算他此时晋入了仙品，恐怕都无法抗衡如此数量的浮屠古族长老。

"如此看来，多半是无尽火域与武境也不想因为牧尘和浮屠古族开战，所以才只是出手困住浮屠玄，而放任其他长老不管。"

在疑惑时，也有人找到了一些理由，在说出来后，倒让人感觉在理，毕竟一个牧尘与浮屠古族相比，孰轻孰重，谁都看得出来。

那清天、清萱长老等人，则是面色苍白，事情闹到这一步，大长老已然动怒，就算他们清脉想要保全牧尘，都相当困难了。

"清萱，待会我们也找机会出手，搅乱局面，最好给牧尘能够逃跑的机会吧。"清天一咬牙，对清萱沉声道。

若是让牧尘在这里被擒住，恐怕清衍静以后真的会与他们清脉划清关系。

清萱闻言，面色凝重地点了点头。

"牧尘，还不束手就擒，以你这般实力，真以为抗衡得了我浮屠古族吗？"

在众多势力感叹间，那天罗地网已经成形，玄脉和墨脉十数位天至尊将整个天地封锁。而玄光、墨瞳则嘀着冷笑望着牧尘，犹如看待落入陷阱的猎物一般。

"牧尘，你最好乖乖就擒，我等万一控制不住力道，将你打废，倒是白可惜了这九神脉。"墨瞳语气冷漠道。

然而，听到他们的话语，那处于天罗地网之中的牧尘却神色平静，他的双目甚至微微闭上，负手而立，狂风吹得衣袍猎猎作响。

"冥顽不灵，动手！"

等了十数息，见牧尘没有作答，玄光森冷一笑，袖袍一挥。

唰！

在他们身后，十数道身影同时间暴射而出，一道道浩瀚灵力匹练犹如银河倒挂，铺天盖地对着牧尘轰击而去，那等阵仗，十分庞大。

如此攻势，以牧尘之力，必然会被瞬间重创。

天地间，众多强者皆惋惜摇头，这罕见的九神脉，莫非便要在今日消失不成？

然而，也就在此时，牧尘那紧闭的双目陡然睁开，他望着那些暴射而来的浮屠古族长老，嘴角掀起了一抹讥讽笑容。

"你们害我母子分离数十载，今日，这笔债，我牧尘便来和你们好好清算！"

当那最后一字落下时，牧尘的眼瞳中忽有无数道光线汇聚，凝聚成犹如繁星一般多的玄奥灵印。

轰隆。

在同一时间，这浮屠界的高空上，有日月星辰出现，最后迅速化为一座笼罩整个空间的大阵。

当高空上日月星辰出现时，整个浮屠界内的强者都有所察觉，特别是玄光等人，都猛地抬头，而当他们见到那座大阵时，就算以他们的定力，都瞬间骇得头皮发麻，魂飞魄散。

因为那座忽然出现的大阵，赫然便是他们浮屠古族的护族大阵！

第12章
母子相见

轰隆！

高空之上，一座庞大得无法想象的灵阵从天而降，令无数强者骇然失色。

而玄光、墨瞳两人，更是齐齐色变，惊恐的声音尖锐地响起："护族大阵?!"

他们面露骇色，因为对于眼前这座大阵他们再熟悉不过，这是他们浮屠古族的护族大阵，乃是无数先人的心血积累至今而成，其威能足以庇护整个浮屠古族。就算是一位圣品天至尊来此，都无法将其打破。

然而，作为他们浮屠古族屏障之一的护族大阵，却在此时，未经过他们的催动，便自动笼罩了下来，这如何能不让他们骇然失色？

"是谁催动了护族大阵?!"

玄光、墨瞳他们的目光，很快就停留在了牧尘的身上，因为此时的牧尘，与高空上的那座护族大阵之间，已经有了一种玄奥的链接。

"怎么可能?!"面对着这一幕，玄光、墨瞳呆若木鸡，他们无法明白，为什么牧尘能够控制他们浮屠古族的护族大阵。

"这、这……"

清天等清脉众人也是神色震惊，即便是清萱，都有些变色，虽说之前正是她将牧尘的精血玉牌放入了护族大阵中，但她从未想过，牧尘借此就能够操控护族大阵。

"原来如此……"

而药尘则在此时抚掌轻笑一声，总算明白了牧尘的底气来源，原来他已经在神不知鬼不觉间，将这浮屠古族的护族大阵给掌控了下来。

借此大阵，只要不是圣品天至尊出手，牧尘应该都应付得了。

"不错，小小年纪，却谋而后动，不知不觉，手中留了如此厉害的一张牌。"林貂难得地赞叹了一声，道。

林静睁大着明媚双眸，娇笑道："用浮屠古族的护族大阵来收拾浮屠古族的人，牧尘这一手，可真是漂亮。"

萧潇也轻轻点头，牧尘此番前来浮屠古族，本就是为他母亲出气，这番手段，倒的确解气。

轰隆！

而在众人惊叹时，那立于高空上的牧尘突然单手结印，顿时无尽高空上那座巍峨大阵运转起来，十数道万丈长的灵光轰然降落下来。

轰轰！

这些灵光落下，直接将先前那些玄脉、墨脉的长老发出的强悍攻势轰碎开来。护族大阵之威，名不虚传。

见到攻势轻易被破，那些出手的两脉长老忍不住色变，心中已有了退意，面对着掌控了护族大阵的牧尘，他们根本就讨不到丝毫好处。

"想走？"

而他们的想法一眼就被牧尘洞穿。他发出一声冷笑，先前这些老家伙趾高气扬，以为吃定了他牧尘，如今出手后还想走，哪有这般容易。

心念至此，牧尘双手再度结印，沟通那座浩瀚大阵，顿时无尽灵光在大阵中凝聚，最后只听轰隆巨响，大阵之内竟凝聚出了十数座灵力山峰。这些山峰，璀璨夺目，当其出现时，连空间都不堪其重，呈现扭曲塌陷的状态。

轰！

牧尘袖袍一挥，十数座山峰从天而降，一路轰碎空间，然后对着玄脉和墨脉的长老落下去。

这些长老见状，则是骇然失色，显然是从那些山峰上察觉到了恐怖的威能。

借助着护族大阵之威，此时的牧尘简直让人感到恐怖，发动的攻势令仙品天至尊都头皮发麻。

"快退！"

这些长老心惊肉跳，不敢硬抗，皆将速度施展到极致暴射而退，短短数息，便出现在了数百里之外。

轰隆！

然而，不管他们如何退避，那些山峰都如影随形，最后在那一道道轰然巨声中，将那一个个长老轰落。紧接着，山峰狠狠坠落下去，将那些长老尽数镇压在了大地之下。

无数强者目瞪口呆地望着大地上那一座座矗立的山峰，每一座山峰之下，都镇压着一名浮屠古族的长老。

"嘶！"

天地间，各方强者都在此时忍不住倒吸一口凉气，谁能想到，在那十数息前还耀武扬威，将牧尘视为猎物的诸多长老们，此时毫无反抗之力地被镇压了下去。

整个浮屠古族的族人都鸦雀无声，玄罗和墨心等人目瞪口呆，原本他们以为此番牧尘在劫难逃，但没想到，他早已掌控护族大阵，将这些高高在上的浮屠古族长老如同死狗一般镇压得动弹不得。

玄光和墨瞳二人更是面色铁青，今日他们玄脉与墨脉可算是将脸都丢光了，两脉强者齐出，不仅未能抓住一个牧尘，反而被其将众多长老尽数镇压下去。

"牧尘，到了这般时候，你还敢负隅顽抗？真当我浮屠古族收拾不了你吗？！"玄光厉声喝道。

然而，牧尘只是冷漠地扫了他一眼，便双手再度结印。顿时，那座巍峨大阵运转起来，竟化为一只庞大的宝石巨手。巨手从天而降，毫不留情地对着玄光狠狠拍下去。

那一掌拍下，顿时空间崩塌，下方的一片片山脉都被夷为平地。

"竖子狂妄！"

玄光见状，顿时怒喝出声。他身躯一震，身后爆发出亿万道灵光，一座巨影凝现而出，灵力席卷，令空间震荡。

这玄光直接现出了至尊法身。

只见得那道巨影法身伸出巨手，与那宝石巨手硬撼在一起。

轰隆隆！

天地间，仿佛有雷声响起，震耳欲聋，然后众多强者便震惊地见到，那巨大的至尊法身，竟被硬生生拍落云霄，将下方的大地踏裂开来。

而玄光立于至尊法身肩膀上，面色铁青。面对着掌控着护族大阵的牧尘，他也无能为力，彻底落入下风。

"墨瞳，一起出手操控护族大阵！凭这小子根本无法支撑多久！"这般时候，玄光也顾不得颜面了，要与墨瞳联手对付牧尘。

"好！"

墨瞳也是果断之人，立即点头。此时的牧尘，借助着护族大阵之力，必然会将他们各个击破。

轰轰！

天地间，两座巨大的至尊法身现出来。两位仙品后期的巅峰强者，肆无忌惮地爆发着恐怖威能，顿时，一波波毁灭攻势铺天盖地地对着牧尘席卷而去。

然而，面对着两人的联手，牧尘怡然不惧，只是冷笑出声，印法变幻间，只见护族大阵再次运转，一只只宝石巨手不断从大阵中伸出，犹如天神之掌，铺天盖地对着两人狠狠拍下。任何攻势，都被这些宝石巨手挡下。

轰轰！

天空上，惊天动地的大战持续着，每一次的对碰都让人心惊肉跳，不过随着时间的推移，谁都看得出来，玄光与墨瞳在逐渐落入下风。

浮屠古族的护族大阵实在是太厉害了，毕竟这是浮屠古族用来防范大劫难的灵阵，即便遇见圣品天至尊，都能够抵御。虽说如今的牧尘无法全力催动其威力，但用来抗衡两个仙品后期，却并没有多少困难。

"看来这玄光、墨瞳也要被镇压了。"林静望着这一幕，顿时笑道。

"如此奇才，却拒之门外，这浮屠古族，的确已经迂腐到了极致，怪不得如今渐渐沦为五大古族之末。"萧潇摇头说道。

林貔与药尘微微点头，有些感叹，他们也没想到，牧尘竟然能够凭借这出人意料的一手，将这浮屠古族掀翻了天。

而也就在这时，高空上，牧尘终于察觉到玄光、墨瞳二人力竭，当即阴冷一笑，印法一变，只见两座擎天巨峰从天而降。

这两座巨峰遮天蔽日，那所散发出来的威能，比起之前镇压其他长老的山峰，更为可怖。

而玄光、墨瞳此时已面色剧变，急忙全力催动至尊法身，巨手迎上，打算硬抗那擎天巨峰。

轰！

然而他们都小瞧了护族大阵的力量，那擎天巨峰呼啸而下，刚刚与那至尊法身接触，后者便轰然爆碎开来。

噗嗤。

玄光、墨瞳面色一白，鲜血便狂喷而出，眼中有惊骇之色浮现。

轰！

但他们还来不及逃跑，那擎天巨峰便碾碎空间，呼啸而下，重重镇压在了他们的身体之上，将他们轰入了大地之下。

肆虐的灵力波动渐渐平静，然而天地间却是一片死寂，所有人都目瞪口呆地望着这一幕，神色骇然地盯着天空上那负手而立的年轻人。

那道身影，如枪般笔直，散发着冲天锐气。

所有浮屠古族的强者都咽了一口口水，神色惊骇，就连清天和清萱等人都一脸惊恐，显然是被牧尘这般战绩吓得不轻。

"我的天，这个变态……"

有人喃喃道，谁能想到，眼前的青年，竟然硬生生将玄脉、墨脉的所有长老，都强行给镇压了。

这可真正的是以一敌族啊！

然而牧尘并未理会那无数道震惊的目光，只是将锐利的目光投向琉璃钵之中的浮屠玄，低沉而冰冷的声音陡然响起。

"浮屠玄，今日，你究竟放不放人?!"

辽阔天地间，唯有牧尘那愤怒的声音回荡着，其余所有人都是一片死寂，显然都被牧尘一人镇压浮屠古族玄脉、墨脉所有长老的显赫战绩所震撼。

他们从未想过，一位灵品天至尊竟然能够将堂堂浮屠古族逼到这般地步。所有人都知道，从今之后，牧尘这个名字将会真正响彻整个大千世界。

接着，一道道目光也开始投向浮屠玄所在的方向，只见那里，琉璃钵闪烁着光芒，其上雷霆、火焰光纹等不断闪烁，散发着无穷威能。

而浮屠玄坐于其间，他那苍老的面庞犹如铁一般漆黑冰冷，他的双目盯着牧尘，散发着一种令人心悸的压迫感。

一位圣品天至尊，即便坐在那里不动，所散发出来的威压都足以让寻常天至尊感觉到压力。

"老夫真是没想到，你区区一个灵品天至尊竟然能够做到这一步，真不愧是清衍静的儿子。"浮屠玄低沉道。

"不过，老夫也早已告诉了你，规矩便是规矩，不可动摇，只要老夫一日是浮屠古族大长老，便断然不会放你母亲！"

"而你，在我浮屠古族，也始终会是罪子身份！"

浮屠玄的眼睛中有精光凝聚起来，他缓缓站起身来，顿时，整个天地间都弥漫着可怕气势。

"原本看在清衍静的面上，老夫不想与你为难，但既然你这罪子敢来我浮屠古族撒野，那老夫今日就真是容不得你了！"

轰隆！

当浮屠玄那低沉之声落下时，这天地间顿时风起云涌，雷霆怒吼，一副天灾来临般的气势。

圣品之怒，足以灭天。

这天地间众多天至尊感受着那扑面而来的压力，都面色凝重，连药尘与林貂也一样。这浮屠玄的实力虽然不如萧炎与林动，但好歹也是货真价实的圣品天至尊，不容小觑。

嗡！

忽然间，那琉璃钵开始微微震动起来，其上缠绕的雷霆、火焰、寒冰光纹也在此时呼啸而起，最后化为八条巨龙，盘踞在琉璃钵上，对其中的浮屠玄发出怒吼之声。

"他要动手了！"药尘、林貂眼神一凝，旋即立即催动浩瀚灵力源源不断地灌注进入那琉璃钵中。

"哼，若是武祖在此，恐怕老夫还真脱困不得，不过你二人只是仙品后期而已，如何能够将这圣品绝世圣物的威能发挥出来？"

琉璃钵中，浮屠玄的冷笑声传出，只见他衣袍鼓动，猎猎作响，旋即双手轻旋，无尽的灵光自其掌下爆发出来。

轰！

下一瞬间，浮屠玄掌心之间，无尽灵光喷发而起，竟在其上方化为一个巨大的黑白光轮，黑白两色互相缠绕间，散发着毁灭之力。

浮屠玄暴喝一声，黑白光轮冲天而起，直接对着那琉璃钵撞击过去。

"吼！"

而此时，那琉璃钵上，八条巨龙也察觉到威胁，齐齐张嘴，八根属性不同的灵力光柱喷射而出，扭曲空间，重重与那黑白光轮撞在一起。

轰轰轰！

双方接触，顿时地动山摇，一片片空间不断崩塌。那座巍峨主峰也在这般冲击下不断震动，巨石滚落。

不过，不管那八条巨龙如何催动攻势，只要一接触到那黑白光轮时，便被硬生生抵挡了下来。

"给老夫起！"

浮屠玄冷喝之声再度响起，只见黑白光轮化为一道黑白光束冲天而起，重重撞击在了琉璃钵上。

铛！

惊天的声音传开，附近山峰上一些实力不济者，当场便一口血喷出来，瘫软在地。而那些实力强横者身躯一震，才将那音波化解掉。

所有的目光都紧紧地盯着那琉璃钵，，而那座琉璃钵在此时剧烈震动起来，然后犹如受到了一股无穷之力的冲击，轰的一声，便被震飞而起。

琉璃钵飞出，浮屠玄也化为一道流光暴射而出。

林貂与药尘见到这一幕，眉头都一皱，然后便又催动那琉璃钵。

"两位前辈，不用出手了，接下来的事，便让晚辈自己来吧。"不过牧尘的声音忽然传来，将他们阻止了下来。

从眼下的局面来看，即便林貂与药尘借助琉璃钵的力量，也无法与浮屠玄抗衡，若是强行而为的话，怕是两人都会出现伤势，这一点，是牧尘不愿意见到的。

药尘与林貂闻言，对视一眼，都明白了牧尘的想法，沉吟了一下，最后点了点头。

"牧尘小友，若是情况不对，尽管罢手，若是有人打算以老欺少、借势压人，我那弟子，今日说不定也要来见识一下。"药尘缓缓道。

"我武境，也是如此。"林貂冷冷说道。

他们两人的话一出，顿时引得在场众多超级强者纷纷色变，就连那些浮屠古族的强者都瞳孔微缩。如果今日真的惹来了炎帝和武祖这两位，那他们浮屠古族都会感觉到极大的压力。

天空上，浮屠玄表情波动了一下，但旋即便恢复平静。他如何听不出药尘、林貂言语间的警告之意，但他的性子素来顽固强硬，所以不仅没有退缩，反而冷笑道："早就听闻了炎帝、武祖威名，不过今日我浮屠古族要处置这个罪子，谁都插不了手！"

语罢，他目光锐利地盯着牧尘，道："你若是以为掌控了护族大阵，就有资格与老夫交手，恐怕你是太天真了一些！"

然而，牧尘面色冷淡，也不搭理他，直接双手结印，顿时高空之上巍峨大阵运转起来，上千道浩瀚灵光匹练暴射而下，对着那浮屠玄轰击而去。

"不见棺材不掉泪，老夫今日成全你！"

浮屠玄须发怒张，双手一搅，又是一个黑白相间的巨大光轮凝现而出。光轮冲天而起，任由那一道道灵光匹练轰击而来，尽数将它们绞碎。

牧尘见状，眼瞳微缩，这圣品强者果然强悍得可怕。他如此攻势，令玄光、墨瞳二人皆狼狈异常，但如今却奈何不了这浮屠玄丝毫。

咻！

黑白光轮一路绞碎无数道灵力匹练，然后以一种惊人的速度直接对着牧尘暴射而去，黑白之色旋转间，仿佛能够绞碎世间一切。

牧尘目光闪烁，并没有鲁莽地与那黑白光轮硬碰，而是身形一动，冲天而起，竟躲避进了那巍峨大阵之中，然后催动大阵，只见铺天盖地的灵力匹练呼啸而下，与那黑白光轮轰击在一起。

轰隆隆！

一时间，天地间雷鸣声不断，恐怖的冲击波将下方的一座座山峰夷为平地。

这般局势任谁都看得出来，那来自护族大阵的攻势渐渐在减弱，因为黑白光轮越来越接近大阵。

"这牧尘终归只是灵品天至尊，即便借助着这护族大阵的力量，也无法与浮屠玄抗衡。"见到这一幕，一些强者惋惜说道。

"这护族大阵的力量的确不凡，不过牧尘无法将其完全催动，否则浮屠玄也奈何不了他。"

"但现在来看，怕是坚持不了多久了……"

……

众多强者窃窃私语，都看出了牧尘的败势。

而此时，牧尘却神色平静，他躲避在大阵内，目光闪烁，旋即双目竟微微闭上。

从一开始，他就知道即便借助着护族大阵的力量，他也不是浮屠玄的对手，毕竟圣品之威，超乎想象。

所以，他掌控护族大阵，并不只是用来抗衡浮屠玄，而是还有其他目的。

呼。

他吐出一口白气，感知顺着护族大阵蔓延开来。这座大阵笼罩着整个浮屠界，足以延伸到浮屠古族的任何地方。

这座大阵中的一些地方给他极为熟悉亲切的感觉，他知道，这些地方，应该就是他娘亲所布置的，沿着这些路线而去，他便能够找到他想要去的地方。

轰隆隆！

外界疯狂的冲击已被牧尘尽数屏蔽，他的感知蔓延过浮屠古族每一寸角落，最后，终于在某一刻感应到了一些熟悉的波动。

于是，他的感知蔓延到某处空间中，在那里，他看见一座古老到了极致的巨塔。那座巨塔，他曾经见过，当年他修成圣品浮屠塔时，便到过此处。

感知靠近古塔，因为沿着护族大阵而来，所以并未受到任何排斥，轻易地钻了进去……

钻入古塔，他的感知就停留在了一处。牧尘的身躯在此时微微颤抖了起来，因为在这里面，他感觉到了那股亲切的气息。

于是，他发出了颤抖的声音。

"娘……孩儿来接您回家了。"

一处空间中，温婉的白裙女子盘坐着，而此时，她抬起脸颊，望着那虚空，泪水止不住地流淌了下来。

旋即，她轻轻抹去脸上的泪水，冲着那片虚无处展颜一笑。而后，她身上的那股温婉气息开始一点点消退，取而代之的，是一股护犊般的凶煞之气。

她的娇躯微微一颤，然后便渐渐消散。同时，一道低低的声音，在这虚无中传开。

"我的孩儿，从今天开始，再没人能欺负你了……"

轰轰！

天地之间，爆炸声不断响起。浮屠玄脚踏虚空，负手而立。在其上方，巨大的黑白光轮不断旋转着，将那铺天盖地轰击而来的灵力匹练尽数绞碎。

此时他距离那座护族大阵的距离越来越近，不论牧尘如何催动大阵之力，都无法将其撼动丝毫。

众多强者见到这一幕后，都不免有些感叹，圣品之威，的确非常强大，先前牧尘借助这护族大阵的力量，横压浮屠古族诸多长老，然而眼下，却又被浮屠玄一人，逼得只能固守大阵之内，不敢硬撼锋芒。

在那不远处的一座山峰上，灵溪、龙象、清霜三人瞧得这般局面，都面色微变，眼中掠过一抹焦急之色。

不过他们也知晓，面对着这种局势，他们再焦急也于事无补，只能在心中不断祈祷着牧尘能够坚持下来。

"怎么办？"另外一边，清萱则是焦急地看向清天脉首，按照这种情况下去，恐怕要不了多久，牧尘就将会彻底露出败像。

清天脉首闻言，面露苦笑，摇了摇头："大长老已是动了真怒，我们根本插不了手，不过你也不用太担心，就算擒住了牧尘，大长老也不会下狠手的。"

清萱银牙一咬，道："就算不下狠手，他们若是将牧尘也囚禁起来，岂非耽误了他？"

牧尘天赋卓越，拥有九神脉，如今正是勇猛精进、冲刺巅峰之时，若是被囚禁，则耽搁了他最好的时候，未来即便有所机缘，想要到达巅峰，那也得付出更多的时间与代价。

清天低叹道："若真是到了那步，我们就想办法将其偷偷放出吧，即便如此会被大长老责罚。"

清萱也无力地叹息了一声，想想也只好如此了。

在那摩诃古族所在的山峰，摩诃幽面带笑容，道："这次浮屠古族可真是没白来，欣赏了一出好精彩的大戏。"

其他摩诃古族的强者也纷纷点头，一副看热闹的模样。作为摩诃古族的人，他们自然巴不得浮屠古族大乱，如今牧尘将这浮屠古族搞得天翻地覆，正符合他们的心意。

"不过这牧尘倒的确太过天真，虽然不知道他如何掌控了浮屠古族的护族大阵，但他所能够动用的大阵力量，怕是只有十之三四，凭此就想和浮屠玄叫板，真是异想天开。"

摩诃幽嘲讽地一笑，然后懒洋洋道："让这牧尘被浮屠古族擒住也好，免得到时候我摩诃古族开万古会时，又来一个闹事的家伙。"

显然，在他们的眼中，今日这牧尘必输无疑。

浮屠玄一步步对着护族大阵走去，他双目望着躲避于大阵之中的牧尘，喝声如雷："竖子，这般时候，还敢顽抗?!"

大阵中，牧尘的双目在此时缓缓睁开，他扫了一眼浮屠玄，没有回答，双手结印。顿时，护族大阵运转起来，在那轰隆隆的巨响声中，一座遮天蔽日的山岳出现，带着巨大的阴影，朝浮屠玄镇压下去。

浮屠玄见状，顿时眉头倒竖，眼中怒意勃发，只见其双手相合，猛然结印，顿时，其上方那黑白光轮迎风暴涨，眨眼间便化为数万丈大小。

其上黑白两色旋转，散发着巨大的力量，甚至连虚空，都在不断崩塌。

轰！

黑白光轮直接与那山岳撞击在一起，只见黑白之光绽放出来，之前能够轻易镇压玄光、墨瞳等人的山岳，竟在此时以肉眼可见的速度崩裂开来。

短短不过十数息的时间，黑白光轮冲天而起，而那山岳则化为漫天宝石粉末，飘散而下。

牧尘见到这一幕，瞳孔微微一缩，圣品强者当真可怕，如今的他已是将护族大阵的力量催动到了他所能够催动的极致，但依旧无法抵御浮屠玄。

轰隆隆。

黑白光轮对着护族大阵暴射而来，在即将接近时，黑白光轮忽然爆发出光芒，然后化为一只黑白巨手，强行对着护族大阵抓来。

咔嚓！

黑白大手与护族大阵碰撞，顿时两者间爆发出了恐怖的灵力冲击，但黑白大手极为恐怖，竟硬生生一点点穿透进入大阵，然后便在那无数道惊呼声中，对着牧尘重重抓去。

显然，这浮屠玄打算将牧尘从大阵中抓出，进而剥夺其对护族大阵的操控权。

"竖子无知狂妄，不敬长辈，清衍静教不得你，今日老夫便来亲自教你，让你知晓，何为尊卑！"浮屠玄冷喝声响彻在天地间，那黑白大手笼罩了牧尘四周所有的空间，令他无可逃避。

众多强者望着这一幕，都暗暗摇头，这般局面，牧尘可就真是无路可逃了。

"貂叔，快叫老参来！"林静见到这一幕，顿时俏脸微变，抓住林貂的手臂，急急说道。

一旁的萧潇也看向药尘，眸子中有一丝焦急之色。

林貂与药尘眉头微皱，对视一眼，点了点头，便打算召来武祖与炎帝。

不过，就在他们将要动手的那一瞬间，他们忽有所感，手中的动作也不约而同地停了下来，然后略有些疑惑地盯着牧尘的身后，只见那里的空间忽然撕裂开来，一道纤细的身影自其中迈步而出。

与此同时，一道冰冷的女子声音，在这天地间突兀响起："浮屠玄，我清衍静的孩儿，还轮不到你来教训！"

当那道女子声音响起的瞬间，牧尘的上空，忽有一座灵阵蔓延开来，那座灵阵宛如一片星河，另成了一个世界，玄妙到了极致。

黑白大手拍下来，却直接被那星河大阵收入其中，然后两者震荡，最后同时湮灭。

突如其来的恐怖对碰，令所有在场者骇然失色，他们怎么都没想到，那出手者如此恐怖，竟然连浮屠玄的攻击，都轻易阻挡了下来。

于是，众多强者面带震惊之色地望向了牧尘的后方，只见那里，一名白裙女子踏空而出，温婉的脸上带着一抹冷意。在其周身，闪烁着亿万道灵印，每一道灵印，都形成了一座灵阵。

"我的天，那是一位灵阵大宗师！"

"而且其周身灵印，竟都自成世界，这是圣品大宗师的境界！"

"圣品大宗师……这也太恐怖了！"

"她先前说什么？牧尘是其孩儿？难道她就是牧尘的母亲？！"

在那些各方强者目瞪口呆时，那些浮屠古族的强者，则不知所措地望着那名女子，别人不认识她，他们当然认识。

因为这现身之人，赫然便是牧尘的母亲，清衍静！

在那山峰上，林貂、药尘也有些吃惊地望着那名白裙女子，旋即惊叹一声，道："没想到牧尘的母亲竟然是一位圣品大宗师……"

不怪他们如此感叹，大千世界中，圣品天至尊少，但能够在灵阵的造诣上达到圣品大宗师层次的，则更少！

"呵呵，既然牧尘的母亲出来了，想来今日也就不用我等再插手了。"林貂、药尘对视一眼，皆是一笑。

在其他强者都震惊的时候，牧尘自然也听见了那从后方传来的声音，他的身体颤抖了一下，然后有些艰难地缓缓转身，看向了那立于后方的温婉女子。

此时，那温婉女子也双眸犹如凝固一般停在他的身上。其周身不断震荡的灵印，显露着她内心的波动究竟是何等剧烈。

"娘……"

牧尘望着她，喃喃道。

虽然早在北苍大陆时，他便见过清衍静一面，但那时见到的毕竟只是一具灵体，如今眼前的，却是活生生的人。

这一幕，从他走出北灵境的那一天起，便日夜期盼着。为此，他不知道历经了多少磨难，如今的他，再非当年的稚嫩少年，所期盼的这一天，终于被他等到。

眼前的白裙女子虽然有点陌生感，但在见到她的那一刻起，牧尘便感觉到体内的血脉都在颤抖着。

清衍静离开时，他只是襁褓之中的婴孩，但这些年一路走来，他却清楚地感觉到了清衍静对他所做的一切。

为了保护他，她宁愿回到浮屠古族，接受孤寂囚禁，忍受深切思念，只为他能够安然成长。

为了保护他，她忍着剥离血肉的痛苦，将自身的八神脉种在他的身上。

一念至此，饶是以牧尘的心性，都感觉到巨大的酸楚与感动，眼眶通红。

而望着牧尘那通红的眼眶，清衍静也犹如被巨锤狠狠锤中心脏，先前面对着浮屠玄的那种冷漠之情顷刻间荡然无存，她快步上前，颤抖着手掌，摸着牧尘的脸庞。

"尘儿，你长大了……"

清衍静温柔道，当年那个襁褓中的婴孩，在不知不觉间，竟已变得如此挺拔俊朗。

他的模样，有一点他爹的影子，但眼眉显然还是与她最相似。

那种血浓于水的感觉，几乎让清衍静移不开眼睛。

感受着脸上那只冰凉颤抖的手掌，这一刻，牧尘忍不住心中的情感，眼睛瞬间就湿润了，他轻声道："娘，我终于找到您了。"

为了这一天，他努力太久了。

听到他的这句话，清衍静泪水也忍不住流了出来，那是心疼，因为她很清楚，牧尘为了来到这浮屠古族，究竟付出了多少艰苦，或许在那之中，只要有一步走岔，他们母子，便会永远无法相见。

她似乎能够看见，那个薄弱的少年离开北灵境后，独自在大千世界中闯荡，在那一次次的生死历练中，变得强大……

而一想到这些，清衍静就有一种刀割般的心疼。

"都怪娘。"

清衍静有些失措，连忙帮他擦了擦眼睛，那慌乱的模样，哪还有半点圣品大宗师的风采，俨然只是一个心疼孩子的母亲。

牧尘轻轻握住清衍静的手掌，俊美的脸上露出一抹灿烂的笑容，道："不，我答应过老爹，一定会将您带回去一家团聚。"

清衍静用力地点了点头，旋即她平复了一下情绪，揉了揉牧尘的头发，道："不过，在这之前，娘亲要将你这些年受的委屈，尽数讨回来！"

第 **13** 章
新长老

当清衍静此话落下时，她那冰冷的目光便望向了前方，停在了面色一片阴冷的浮屠玄身上。

"大长老真是威风得很，竟然不顾身份对一个晚辈出手。"清衍静讥讽的声音带着刺骨的寒意，在这天地间传荡开来。

浮屠玄不以为然，哼道："晚辈？我浮屠古族可没有这么嚣张的晚辈，今日老夫若不出手，恐怕这浮屠古族都要被你这好儿子给掀翻了！"

清衍静脸色冷淡，道："你们是些什么人我还不清楚吗？尘儿会如此做，还不是你们逼的。"

浮屠玄闻言，顿时面现怒意，喝道："清衍静，你太胆大了，给老夫让开，今日这罪子扰乱我浮屠古族，老夫定要将其擒下定罪！"

"以往我对你们诸多忍让，不过只是为了保护尘儿，如今你们屡次挑战我的底线，那我今日倒是要来看看，在我面前，谁敢动我儿子?！"清衍静柳眉倒竖，厉声道。

此时的她，再没了那股温婉之气，取而代之的是一股凶煞之气。这样子的清衍静，让不少浮屠古族的强者都心头一惧，因为他们从未见过清衍静真正动怒，而且还是直面大长老。

显然，面对着自家孩子安危时，再温柔的女子，都会化为护犊的老虎，充满危险。

"清衍静！"

浮屠玄暴怒，喝声如雷，他没想到以往总是退让的清衍静，竟然在今日会如此强硬，甚至面对着他这大长老都丝毫不让。

"既然你冥顽不灵，那今日老夫就将你们母子一同擒下！"

浮屠玄怒声喝道，身为浮屠古族的掌权者，他视规矩如天，而清衍静此举，无疑是将族内规矩视为无物，这如何能让他忍？

轰！

随着他喝声落下，亿万道灵光自其体内爆发开来，然后在其脚下化为一个巨大无比的黑白光轮，黑白两色旋转间，散发着毁灭般的力量。

此时此刻，这位浮屠古族的圣品天至尊，终将力量毫无保留地爆发了出来。

一股恐怖的威压肆虐在天地间，在这等威压下，就算是一些天至尊，都感到头皮发麻，犹如身扛大山，沉重无比。

"哼，我也忍了你许多年了，今日，就让我来领教一下大长老的本事！"

面对着大怒的浮屠玄，清衍静丝毫不惧，反而踏出一步，直接迈出了护族大阵的范围，显然，她根本就不屑依靠护族大阵之力。

随着她步伐的踏出，这方天地瞬间变得黯淡下来。在其周身，亿万道灵印闪烁着光芒，犹如漫天星辰，无穷无尽。

轰隆！

浮屠玄脚掌一跺，天地颤抖，其脚下那巨大无比的黑白光轮开始迅速缩小，最后在其面前化为丈许大小。不过虽然缩小了，但那黑白光轮上的黑白两色，却到了一种恐怖的程度，其上仅仅只是一丝细微的光芒，都蕴含着让一般天至尊恐惧的波动。

唰！

浮屠玄袖袍一挥，那黑白光轮便暴射而出，旋转之间，连空间都被撕裂。那种锋锐度，就算是真龙之躯，都不敢抵挡在前。

清衍静纤细双手迅速结印，无尽灵印倾泻而出，短短不过数息的时间，便在那前方的天地间形成了上千座灵阵。

轰轰！

黑白光轮冲进灵阵群中，将灵阵一座座撕裂。不过当其洞穿上千座灵印后，其上的力量也消散殆尽，最后，黑白光轮化为光点消散而去。

两人的交手，虽然看着绚丽，但那隐隐间散发出来的波动，却令在场不少天至尊都微微颤抖。那种交锋，若是不顾一切爆发开来，恐怕这浮屠界都将会被毁灭。

"我能晋入圣品大宗师，也多亏了大长老这些年的幽禁，所以今日，就请大长老试试我这圣品大宗师之阵！"

清衍静冷冷说道，下一瞬间，亿万道灵印融入虚空，一座巨大的灵阵蔓延开来，短短数息，便笼罩了这方天地。

那灵阵虽然范围极为广阔，但却仅仅只是将浮屠玄笼罩，其余人等则处在另外一个不同的世界。

那巨大的灵阵，仿佛自成一方世界，一旦陷入其中，除非灵阵破碎，否则便无法逃出。

无数人睁大眼睛望着那巨大的灵阵，这年头，圣品天至尊出手已是十分罕见，而圣品大宗师之阵，更是罕见。

今日这两大圣品之战，足以让他们不虚此行。

浮屠玄立于那大阵之中，神色渐渐变得凝重起来，面对圣品大宗师之阵，即便是他，都不敢小觑。

嗡嗡。

就在浮屠玄凝神等待时，这灵阵世界中忽有光芒绽放，只见九轮大日缓缓从这片世界中现出来。

大日之内，盘旋着九只远古金乌，它们嘴中喷吐着火焰，令这世界的温度陡然升高。

唳！

突然间，九轮大日发出尖鸣声，九束火焰从天而降，对着浮屠玄燃烧过去。

浮屠玄神色凝重，双手相合，黑白之气自其袖中席卷而出，竟化为一黑一白两条大龙。大龙咆哮之间，喷出黑白二气，将那恐怖火焰抵御下来。

轰轰!

随着他们的交手，那灵阵世界中顿时震动起来，毁灭波动冲击而开，甚至连处于灵阵世界之外的其他众人，都感觉到可怕的高温扑来，令肉身刺痛，有融化之感。

难以想象，若是身处其中，又该是何等恐怖。

清衍静凌空而立，白裙飘飘，她望着那被浮屠玄手中黑白二龙不断震碎的火焰，双手结印，冷喝道："九阳炼世!"

唳!

随着其音落，只见那九轮大日再次爆发出尖鸣声，然后直飞而下，环绕在浮屠玄的周身，火焰燃烧间，大日消散，取而代之的，是一座巨大的金色鼎炉。

鼎炉内，燃烧着熊熊火焰，而浮屠玄，则被困在鼎炉之内。

熊熊!

鼎炉内，金色火焰疯狂燃烧着，而原本充斥世界的高温却在迅速地消退。

面对着这一幕，浮屠玄的面色愈发凝重。

金色火焰最终尽数消失，取而代之的是九滴金色的岩浆，这九滴岩浆静静漂浮着，看似无害，但浮屠玄却知晓，这九滴岩浆若是落在一方下位面中，足以将整个位面烧成虚无。

"去。"

清衍静玉指一点，九滴金色岩浆笔直对着浮屠玄暴射而去。

浮屠玄身形暴退，同时袖袍之间，黑白二气所化的大龙猛然纠缠在一起，疯狂旋转。下一刻，有低沉喝声响起："浮屠洞!"

只见那黑白大龙疯狂旋转，竟在浮屠玄面前化为一个黑白二色之洞。

噗噗!

九滴金色岩浆暴射而至，直接射入了那黑白洞内，而随着九滴尽数入内，浮屠玄的神色猛地一变，那黑白洞剧烈颤抖起来，最后轰然爆炸。

一朵巨大的金色蘑菇云升腾而起，金色冲击波肆虐开来。

轰轰!

整座大阵都在疯狂颤抖着。外界的众多强者面色煞白地望着大阵内的金色冲击波，都骇得头皮发麻。此时若是那大阵破碎，金色冲击波蔓延出来，恐怕在场的人，十之七八都会当场化为虚无。

好在，金色冲击波在抵达灵阵世界边缘时，便消散开来。无数道视线急忙投射过去，只见在那其中，浮屠玄胡须都被烧焦，脸上被烧得一片漆黑。

这看得无数强者暗暗咂舌，要知道圣品强者的肉身强悍得恐怖，即便如此，这浮屠玄依旧被烧得狼狈不堪。

"圣品灵阵，果然恐怖……"众多强者暗暗感叹，若是落入此等灵阵之内，圣品之下，几乎只能等死。

在那无数道目光的注视中，浮屠玄的脸色十分难看，他恼怒至极地盯着清衍静，厉声道："清衍静，你当真是要冥顽不灵吗？！"

清衍静冷冷道："你们欺我孩儿，还想让我善罢甘休吗？"

浮屠玄面色铁青，低沉道："好，好，既然你执迷不悟，那今日就休要怪老夫了！"

他深吸一口气，厉声陡然响彻整个浮屠界。

"请祖塔！"

当浮屠玄低沉的喝声响起来时，各方超级势力的强者倒还好，但浮屠古族的族人，则忍不住面色一变。

"糟了，大长老要请祖塔了！"清萱焦急道。

一旁的清天也面色难看，祖塔是浮屠古族最强的底牌之一，正是因为祖塔的存在，浮屠古族才能够成为五大古族之一。

当祖塔出现时，就算是圣品天至尊，都将会忌惮无比。上一次清衍静与大长老产生争执时，大长老便请出了祖塔，将清衍静镇压了进去。

而眼下，大长老显然也明白，只有依靠着祖塔的力量，才能够将清衍静镇服。

"嘿，竟然被逼得动用祖塔了。"那摩诃古族的摩诃幽见到这一幕，笑了一笑，对于浮屠古族这两大圣品之战，他希望斗得越狠越好，最好双方都直接陨灭了，那样浮屠古族恐怕也将会因此掉出五大古族的行列。

对于清衍静，他同样是没有好感，当年浮屠古族本是有意清衍静与他大哥摩诃天联姻，但清衍静却不同意，导致最终并未成事。这在摩诃幽看来，终归损了他们摩诃古族的颜面。

"接下来我倒是要看看这清衍静如何抵挡，古族的底蕴可不是一位圣品就能够轻易撼动的。"摩诃幽双臂抱胸，冷笑道。

若是这清衍静又被镇压下去，那牧尘想来也难逃被囚禁的下场。

对于天地间诸多的目光，牧尘自然有所察觉，当即眉头微微皱了皱，若是这浮屠玄真的要靠祖塔来取胜的话，那到时候他也就只能将炎帝与武祖请来了。

反正不管如何，不管使用什么手段，他今日都必须将他母亲带走。

"浮屠玄，你就只有这般手段吗？"大阵之内，清衍静美目盯着浮屠玄，冷冷道。

浮屠玄面色如铁，道："若非你们母子屡次挑战我浮屠古族底线，老夫也不想如此，所以这一切，都是你们自找的！"

清衍静眼神冰冷，旋即道："好，既然你执意如此，那今日你就来试试！"

"哼，还嘴硬！"

浮屠玄冷哼一声，旋即他双手结印，顿时所有人都感觉到这浮屠界开始颤抖起来，只见那无尽高空上，一座巍峨得看不见尽头，同时散发着古老气息的石塔，缓缓从天而降。

当那座无比古老的石塔缓缓降落下来时，所有人都感觉到了一股恐怖的压迫。那种压迫，甚至令天至尊都身体震颤，体内灵力不由自主地绽放出来，将身躯保护在其中。

所有天至尊都面色惊骇，他们有感觉，若是那座古老石塔对着他们而来，他们必然连逃都逃不掉。

"不愧是浮屠古族，竟然还拥有如此恐怖的底牌。"这些超级势力的强者感叹道。面对着这座古老石塔，恐怕就算是圣品天至尊，都要避其锋芒。

看来，今日这浮屠玄真动怒了。

轰隆隆！

古老石塔缓缓降下，最后落入了清衍静所布置的那个灵阵世界中。而这座灵阵，竟然也无法抵御石塔，任由它穿入进来，悬浮在了灵阵世界内。

"清衍静，这么多年来，原本以为你会想通自身罪责，结果你却毫无变化，既然如此，那就再幽禁你数十年，直到你认错为止！"浮屠玄沉声道。

"迂腐顽固。"清衍静冷冰冰道，"浮屠玄，你根本就不适合做大长老，看看你在位的这些年，族长之位空悬，无人继承，族内资源被玄脉、墨脉占据，大部分天资卓绝的族人上升通道被堵，导致我浮屠古族滑落五大古族之末，这一切，都是因为你这迂腐之气所导致的！"

听到此话，浮屠玄顿时勃然大怒，喝道："信口雌黄！"

"给我好好进祖塔冷静去！"

他面色铁青，印法一变，只见那古老石塔便出现在清衍静的上方，然后当头而下，直接对着清衍静笼罩下去。

然而，面对着那降落下来的古老石塔，清衍静的脸上却不见丝毫慌乱之色，她只是注视着浮屠玄，眸子中掠过一抹失望之色。

"看来应该冷静的是你。"

清衍静缓缓伸出手指，然后对着从上方降落下来的古老石塔轻轻一指。紧接着，无数人便目瞪口呆地见到，那原本还在降落的祖塔，竟然在此时停止了下来，最后悬浮在清衍静上方数十米处，动也不动。

"什么？！"

浮屠古族的族人全部都震惊了，犹如见鬼一般目瞪口呆，就连清萱、清天这些清脉长老，都一脸惊恐。

他们见到了什么？清衍静竟然将祖塔给控制了下来？！

要知道，祖塔的控制权，唯有族长与大长老才拥有，但如今，清衍静怎么也能控制祖塔？

"你……你！"

这一幕，震惊了浮屠玄，他瞪大着眼睛，手指颤抖地指着清衍静，半天都说不出一句话来。

"你怎么能够指挥祖塔？！"

许久后，浮屠玄终于清醒过来，难以置信道。

清衍静眸子淡淡扫了他一眼，道："这是你最后一次指挥祖塔了。"

浮屠玄闻言，面色顿时一变，急忙变幻印法，要催动祖塔，不过这一次，他却发现他的催动已不起作用，祖塔静静地悬浮在清衍静的头顶上方，纹丝不动，对于他的指挥，丝毫不加理会。

浮屠玄面色剧变地倒退一步："怎么会这样？！"

清衍静的神色还是没有多少波澜，道："我们浮屠古族每一任大长老感觉大限来临时，都会进入祖塔坐化，将自身的力量留在祖塔内，这也是祖塔强大的原因。"

"如此一来，这些先祖的意识，也会在塔中有所残留，久而久之，就令祖塔有了一些意识……"

"而我所做的，只是在被幽禁的这些时间中，将如今浮屠古族的状况以及你的一切所作所为传递给了祖塔而已。"

"祖塔是为了守护浮屠古族而存在的，其中的意识也希望浮屠古族变强，而他们对我的话有了反应……"

清衍静冷冷看了浮屠玄一眼，道："这些先祖，对大长老你并不满意。"

浮屠玄如遭雷击，他怎么都没想到，他的执政竟然会让先祖们觉得不好，那岂不是说这些年他所坚持的都是错的？

清衍静平静道："按照族内的规矩，谁能掌控祖塔，谁就是新一任的大长老，所以从现在开始，我就是浮屠古族的新任大长老。"

此言一出，全族哗然，所有族人都一脸震惊，显然都搞不清楚为何这短短几分钟时间，连大长老都要换人了？

玄脉、墨脉的那些人，则是面色苍白，因为一旦清衍静成为大长老，那他们可就没什么好日子了。

而清脉这边，则忍不住爆发出欢呼声，甚至连清天、清萱都面露大喜之色。以往清衍静最讨厌的就是做这种事，但让他们没想到的是，清衍静竟然愿意接过这大长老的位置。

浮屠玄神色有些茫然，似乎还没从这上面缓过神来。许久后，他的神色才渐渐萎靡下来，看上去一下子衰老了许多。

他望着清衍静，复杂道："这大长老的位置，本就应该是你的，只是没想到你会主动要过去。"

清衍静冷哼道："这一切都是为了我的孩子，否则谁愿意当这什么大长老。"

"那么现在，你决定退下大长老位置吗？"

所有人都紧张地望着浮屠玄，如果浮屠玄不愿意，那么今日他们浮屠古族就真的会爆发一场大战，而那样的结果，说不定两大圣品中会有人陨灭，甚至族内分裂，这对于浮屠古族而言，将会是沉重的代价。

在那众多目光的注视下，浮屠玄沉默了半晌，最终长长吐了一口气，苍老的面容上露出一抹苦涩笑容，道："你不是说我最为迂腐吗？我将规矩视为天，既然这是族规，那我怎么可能会违背？"

"从今天开始，我会选择潜修，如果浮屠古族在你的手中变得更好，那或许……就是我错了吧。而你……也将会是浮屠古族新任的大长老。"

然后，他袖袍一挥，便化为一道流光对着浮屠界深处掠去，眨眼就消失不见。

随着浮屠玄的离去，这天地间紧绷的气氛也渐渐缓和下来。

"拜见大长老！"

只见那清脉众多族人率先恭敬说道，紧接着其他分脉的族人也纷纷恭迎，而玄脉、墨脉的族人，也随即跟上。

清衍静见状，则摆了摆玉手。

"大长老……不知道可否先将我们两脉的脉首以及诸位长老放出来？"玄脉、墨脉的族人，在犹豫了一下后，小心翼翼问道。

清衍静低头望着大地上那一座座矗立的山峰，不由得微微有点头疼起来，当这大长老果然不易。

不过这两脉的长老，倒的确不能这么一直被镇压着，免得让人说了闲话。于是，她袖袍一挥，只见那一座座山峰便震动着缓缓升起，最后化为一道道流光，射入天空中。

而随着山峰的升起，顿时一道道光影暴射而出。

"牧尘小儿，本座今日定饶不了你！"随着脱困而出，只见那玄脉脉首玄光披头散发地凌空而立，目光直射牧尘，恼羞成怒地暴喝道。

突然，玄光察觉到其他的玄脉长老正拼命对他使眼色。

玄光怔了怔，然后他便听到一道冰冷的声音从远处传来："哦？你要对我儿子怎么样？"

玄光猛地抬头，清衍静的身影落入他的眼中，他顿时心头一震，骇然道："清衍静？你怎么出来了？！"

那墨脉脉首墨瞳也是一脸的惊疑不定，同时目光不断搜寻着大长老的身影，想要搞明白为何清衍静会出现在这里。

清衍静冰冷地看了他们一眼，道："从今日起，我便是浮屠古族的大长老，浮屠玄已经选择静修一段时间。"

玄光，墨瞳顿时目瞪口呆，眼中满是不可思议之色，半晌后，才有些结结巴巴道："怎么、怎么可能?!你胡说八道些什么?!"

他们这才被镇压了不到一炷香的时间，怎么出来之后，这天就换了？

他们看向玄脉、墨脉的一些长老，那些长老都是一脸苦笑，但却没人反驳。

回过神来的玄光、墨瞳顿时一个激灵，头皮微微发麻，他们做梦都没想过，局面会变成这个样子。如今清衍静成了大长老，掌管了浮屠古族最大的权力，那他们从今往后再也不能嚣张了，除非他们能够踏出那一步，也晋入圣品，或许还能够竞争一下族长的位置，与清衍静抗衡。

虽然他们两人都是灵品后期，距那圣品只一步之遥，但他们却很清楚地知道，这一步，或许终生都踏不出去。

再想到他们以往对清脉的打压，对清衍静以及牧尘的态度，这般时候，就算是以玄光、墨瞳这两位脉首的定力，都感到嘴巴苦涩，头晕目眩。

他们知道，以后他们玄脉、墨脉恐怕不会有好果子吃了。

心中一团乱麻，不过两人好歹也是脉首，深吸一口气，压制下情绪，抬头对着清衍静强笑道："如此的话，那我等就见过大长老了。"

清衍静脸色冷漠，只是随意地点了点头。她虽然对玄光、墨瞳二人颇为厌恶，但她知晓，这两人毕竟是两脉脉首，轻易处置，会令浮屠古族人心不稳。此事不急，只要她坐上了大长老的位置，自然有的是机会压制他们，令玄脉、墨脉曾经的优势淡化下去。

"都先退下吧。"

听到清衍静的声音，玄光、墨瞳他们都唯唯诺诺地点头，然后率领着两脉的长老老老实实地退回到各脉山头。

清衍静此时的目光看向了那些前来观礼的各方超级势力，脸上的冷意渐渐散去，恢复了以往的温婉之色。

"今日之事，让各位看笑话了，诸脉会武便到此结束，诸位接下来可以在族

内待上数日，让我浮屠古族尽地主之谊。"

清衍静的声音温柔和善，在场的各方超级势力纷纷表示感谢。

她的目光又看向了药尘、林貔所在的山头，神色变得更为缓和，微笑道："多谢两位对尘儿的照拂，日后若是有机会，清衍静定当前往无尽火域、武境拜访炎帝与武祖。"

对于一位圣品大宗师，药尘与林貔当然要给予足够的尊重，当即笑着点头。

各方超级势力望着这一幕，都暗暗感叹，原本只是想要来观看一场诸脉会武而已，但没想到，竟然会看见如此一场大戏……

而从今日开始，这浮屠古族真是要变天了。

至于那牧尘，恐怕今日之后，也将会名震大千世界，再加上有一个身为浮屠古族大长老的母亲，这大千世界，敢惹他的人怕是不多了。

随着诸脉会武的结束，浮屠古族内的纷争也渐渐平息下来。清衍静当上大长老，以她的实力以及声望也是实至名归，所以整个浮屠古族都渐渐接受了这个事实。

那些前来观礼的各方超级势力，在浮屠古族中停留了数日后，陆续离去。可以想象，当他们离去后，浮屠古族中所发生的事情必然会传遍整个大千世界，而牧尘也会成为名人。

因为在此过程中，牧尘的表现，令人相当惊艳。

以仅仅灵品初期的实力，一人打败了玄脉诸多长老，甚至还借助着护族大阵的力量，将浮屠古族中七八成数量的长老镇压，逼得浮屠玄这位圣品强者不得不出手。

如此战绩，真正让人震撼。

浮屠界，一座山峰上，有一处幽静的庄园，其内石亭、假山、溪流点缀，鸟语花香，显出此地的不同。

这里算是浮屠古族中最好的招待地之一，而如今，已经成了牧尘的暂时居所。

在当日诸脉会武结束后，便有族内的长老上门，不厌其烦地劝说牧尘从之前的普通院落搬到这里来，那一脸的讨好笑容，让牧尘觉得很无奈。

显然，这种变化，正是因为清衍静大长老的身份。

换作以往，牧尘即便不是罪子身份，以这灵品天至尊的实力，也不可能会让浮屠古族太过重视，但现在不同了……

清衍静脱困，而且摇身一变成了浮屠古族最高权力的执掌者，这些族内的长老，哪里还敢对牧尘有丝毫怠慢，那待遇已达到圣品天至尊的水平。

而对于这种待遇，牧尘倒是保持着相当平静的心态，既然你要给，那我就不客气地收，若是不给，那也无所谓。

即便如今他娘成了大长老，但他对浮屠古族依旧心存隔阂，所以也没有那种想要借助浮屠古族耍威风的想法。

毕竟这些年，他都是这么过来的，没有浮屠古族，他同样能够混得很好。

"牧尘小友，这诸脉会武已经落幕，那我们也要回去了，特来告辞一声。"庄园中，药尘、林貂带着萧潇、林静两人，笑着说道。

他们此行前来浮屠古族，本就只是为了帮牧尘撑腰，如今牧尘安然无恙，他们自然也就到了告辞的时候。

牧尘神色郑重，抱拳诚恳道："此次多谢两位前辈，另外也请给炎帝、武祖两位前辈带句话，这一次，我牧尘欠了无尽火域与武境一个人情。"

药尘、林貂皆笑着点了点头，他们知晓萧炎、林动十分看好牧尘的天赋，觉得有朝一日他将会屹立在这大千世界之巅。

经过浮屠古族这番风波后，药尘、林貂也觉得如此。

大千世界中，不是什么人都有资格欠下炎帝、武祖的人情，而牧尘，显然具备这种资格。

"原本他们是打算亲自来的，不过最近一年来，域外邪族有些蠢蠢欲动，无尽火域与武境皆坐镇大千世界边缘，得随时紧盯着，不敢轻易分神。"药尘、林貂说道。

牧尘闻言，神色微微一凝，毕竟那域外邪族乃是整个大千世界的大敌，他之前在那下位面中也见识了域外邪族的狠毒。

"炎帝与武祖，真是让人敬佩。"

在牧尘身旁，清衍静也抽空前来送行，轻声说道："也请两位带话给炎帝、武祖，我浮屠古族愿与你们结好，日后若是有机会，还可以多加合作。若是域外邪族有异动，请第一时间通知浮屠古族。"

听到此话，林貂与药尘神色都非常郑重。与牧尘不同，清衍静的话，真的能够代表着浮屠古族。浮屠古族乃是五大古族之一，其势力与无尽火域、武境不遑多让。这种善意，即便是炎帝、武祖，想来也会欣然接受。

"必会将大长老之言带回。"林貂、药尘皆说道。

"喂，牧尘，回头有机会可要来武境玩啊，不过等下次见面时，我也一定会突破到天至尊！"林静有些不舍，握紧小拳头冲着牧尘娇声说道。

牧尘笑了笑，道："你一定可以的。"

林静的天赋，其实并不弱于他多少，只不过性子使然，无法如他一般去历经生死磨练，否则的话，定然会远胜玄罗、墨心这些浮屠古族中的骄子。

"原本见你也突破到了天至尊，还想与你斗一斗的，不过看了那诸脉会武，我就不自取其辱。现在我总算知道为何我爹那么看重你，因为你与他一般，都是一个怪物。"萧潇那明亮的眸子紧盯着牧尘，认真说道。

牧尘眉头微皱，心想，这么说你爹是个怪物合适吗？

药尘、林貂都笑了一笑，然后袖袍一挥，灵光卷起萧潇、林静，便冲天而起。

"牧尘小友，后会有期。"

当那笑声回荡在天地间时，灵光已消失不见。

牧尘立于原地，目送着他们离去。

"尘儿，炎帝、武祖皆是当世之雄，虽然出自下位面，但却将大千世界中一些雄才比了下去。他们眼界极其之高，大千世界中，能够让他们看上眼的人屈指可数，你能与之交好，真是让我感到自豪。"在那一旁，清衍静伸出玉手，轻轻揉了揉牧尘的头发，笑吟吟道。

"两位前辈的确是当世之杰。"牧尘对此也深感赞同，在与炎帝、武祖多次接触后，他能够感觉到两人身上所具备的魅力。

"不过尘儿也不差，假以时日，应当也能与他们齐名。"清衍静道。

"那就托娘亲吉言了。"牧尘笑了笑，然后迫不及待道，"娘亲，我们何时回北灵境？老爹等这一天，都等了二十多年了……"

虽然如今在这浮屠古族，几乎无人敢来招惹他，个个对他恭敬有加，但他却并不愿意在这里多待。

他现在最想做的，便是带着清衍静回到那小小的北灵境。

虽然不论与天罗大陆还是与浮屠古族相比，那里都渺小得多，但在牧尘的心中，却有着难以撼动的位置。

他在那里长大，也是在那里下定了走向大千世界的决心……

同时他也不会忘记，在离开的时候，他对自己父亲许下的承诺……

那个男人，虽然只是小小的牧域之主，但却守护着他成长起来。在他的心中，那道身影，同样是伟岸至极。

清衍静的神色愈发温柔，轻笑道："那个家伙，将我儿养成这般模样，算是没让我失望。"

她的声音中，同样带着浓浓的思念之情。

"等娘亲将浮屠古族的事情平定下来，应该就能够与你动身离开。"

清衍静嘴角含笑，她打量着牧尘，忽的一笑，道："不过在这之前，娘亲也要送你一份小小的见面礼。"

话音落下，不待牧尘说话，她便抓着牧尘的手臂，灵光涌动，将两人包裹。

当灵光散去时，牧尘见到眼前的景象出现了变化，那是一片古老的天地，而在浩瀚天地间，一座古老的石塔静静矗立着。

对于这片古老天地与石塔，牧尘并不陌生，当年他修炼出圣浮屠塔时，便来过这里，还险些被浮屠玄抓住。

"娘亲？"

不过他却不知道清衍静为何要将他带到此处。

"在浮屠古族中，只要踏入天至尊，就都有资格进入祖塔，吸收祖气，令自身浮屠塔获得第二次强化。"清衍静微笑道。

牧尘一怔，旋即挠了挠头，道："这有些不合适吧？"

虽然清衍静说得简单，但牧尘却知晓这其中的珍贵。在浮屠古族中，能够获得这种机会的人少之又少，而他从某种意义上来说，还真不算是浮屠古族的人。

清衍静闻言，说道："如今娘是大长老，我说可以就可以，而且，这是浮屠古族欠你的，他们这些年可没少为难你，这就当作赔礼吧。"

瞧得清衍静那难得霸道的姿态，牧尘苦笑了一声，微微犹豫后，最终点了点头。

“好吧，那就谢谢娘了。”

能够让他的浮屠塔获得第二次的强化，他自然知晓这种机会的难得，眼下机会送上门来了，若是放弃，的确是太可惜了。

第14章
百灵大陆

古老的祖塔之内。

牧尘盘坐下来，仰起头来，眼中灵光闪烁，他能够见到那虚无之外闪烁的古老光芒。

"这座祖塔是浮屠古族最强的底蕴，传承数十万载。每一任的大长老在坐化前，都会进入此地，将自身的灵力散开，融入祖塔，久而久之，也令这祖塔具备了无穷之力。"

在牧尘的身旁，清衍静脸色有些凝重，道："若是祖塔威力全开，就算是圣品天至尊，也将会被其镇杀。"

"当年域外邪族入侵大千世界时，也进攻了我们浮屠古族。借助着祖塔的力量，足足有三个天魔帝被斩杀。"

牧尘闻言，神色微凛，天魔帝也就相当于圣品天至尊了，没想到依旧被祖塔所镇杀，由此可见其威能有多恐怖。

"其实简单来说，这座祖塔应该算是一道绝世圣物，在圣品绝世圣物中，都排在前列。"

牧尘微微点头，之前他见过武祖炼制出来的八祖琉璃钵，那也是圣品绝世圣物，在承受了浮屠玄的愤怒一击后，只是被震飞，并没有出现任何破碎迹象，由此可见圣品绝世圣物之强。

显然，浮屠古族的这座祖塔，比八祖琉璃钵还要更强。按照牧尘的估计，这祖塔应该算是大千世界中最强的圣品绝世圣物之一了。

"待会我会引动祖气降临，你便尽力接收吧。如今你的圣浮屠塔，在普通的绝世圣物中能够算作顶尖，但其实连灵品绝世圣物都还不算，希望借助这次强化，能够让其品质更强一些。"清衍静微笑道。

听到此话，牧尘有些心动，他很清楚圣浮屠塔的作用，不仅具备封印之力，还能够将灵力转化成为更为精纯强大的水晶灵力，这是他以灵品天至尊的实力挑战仙品天至尊的最根本底气。

如果光是靠灵力比拼，他就会被仙品天至尊压得死死的。如今若是能够让圣浮屠塔再度强化的话，对于他而言，好处不言而喻。

"好。"

他郑重而期待地点了点头。

清衍静见状，也就不再多说，玉手结印，顿时这虚无空间震荡起来，然后有古老的嗡鸣声响起。

牧尘抬头，便见到一缕缕古老的气息从天而降。

那种古老气息刚刚出现，牧尘便感觉到体内的圣浮屠塔疯狂震动起来，那般模样，犹如饥饿到了极致的人看见了美食一般。

甚至不待牧尘催动，他的天灵盖处，圣光涌动，晶莹剔透的圣浮屠塔便浮现出来，然后迅速膨胀，短短数息，便化为万丈巨大。

圣浮屠塔摇曳着亿万道圣光，将那一缕缕降临下来的古老气息吸扯进塔内。

随着那一缕缕古老气息的进入，只见圣浮屠塔之上，圣光愈发深邃与精纯。

接着，巨大的圣浮屠塔在这种吞吐间身躯开始渐渐缩小。

在缩小的时候，圣浮屠塔散发出来的圣光愈发纯粹。在塔身之外，出现了古老的光晕。

牧尘察觉到圣浮屠塔的变化，双目渐渐闭拢，直接进入了深层次的修炼状态，因为他感觉到，当圣浮屠塔吞吐着古老气息时，竟然也有磅礴的灵力进入到他的体内。

在那一旁，清衍静望着这一幕，微微一笑，然后缓缓消失在虚无之中……

牧尘的修炼，足足持续了一个月的时间。

一月后，当清衍静再次出现在这虚无空间中时，她望着眼前的景象，脸上忍不住掠过一抹惊喜之色。

此时的牧尘，依旧盘坐在虚无中，只不过那原本高达万丈的圣浮屠塔，如今却仅有巴掌大小，悬浮在牧尘的天灵盖上，源源不断地吸收着一缕缕古老之气。

圣浮屠塔变化的不仅是体形，而且那原本晶莹剔透的色彩上，也多了一丝丝厚重之意，同样散发着一缕缕古老的韵味。

此时的圣浮屠塔，不再像由灵力所化，而是犹如一座真正的水晶塔。在其上面，光晕流转，玄奥异常。

而且，在浮屠塔上，有一种极端强横的灵力波动散发出来，仿佛真正的顶尖绝世圣物。

按照清衍静的估计，现在牧尘的这一座圣浮屠塔，应当达到了灵品绝世圣物的品质。

不过，这并非极致……

因为清衍静能够感觉到，此时的圣浮屠塔在不断震动着，在贪婪地吞噬着那些古老之气，这是它还想要再度变强的迹象。

只不过，因为那一缕缕降临下来的古老之气并没有太过雄浑，所以才令它的进一步强化变得缓慢起来。

"既然尘儿有这等能力，那为娘的自然要助他一臂之力。"

清衍静含笑道，若是寻常长老，她自然不会理会，因为这祖塔中的祖气极为珍贵。

清衍静可不是什么太讲究规矩的人，在她看来，祖气固然珍贵，但留在这里无人动用也是可惜，还不如物尽其用。

于是，她玉指一点，只见虚空一震，那一缕缕降落下来的古老之气顿时变得雄浑许多，源源不断地涌入到那巴掌大小的水晶塔内。

嗡嗡！

随着这大量祖气的灌入，那圣浮屠塔开始剧烈震动起来，小小的塔身中，竟爆发出了无尽神圣之光，仿佛能够镇压万物。

清衍静也能够看见，在那塔身上面开始有古老的铭文出现，玄奥至极。

轰！

当那些古老的铭文布满塔身时，水晶塔顿时一震，散发出的光芒竟令清衍静双眸都微微眯了一下。

光芒持续了半晌，终于渐渐散去。

圣浮屠塔静静悬浮在牧尘的头顶，变得古朴厚重，其上有古老的纹路，竟引得虚空都为之震荡。

牧尘紧闭一月的双目也在此时缓缓睁开，他伸出手掌，头顶上的浮屠塔飘落在了他的掌心之中。

他手托水晶塔，眼神灼灼地望着它，他能够感觉到，此时这座水晶浮屠塔所蕴含的威能十分惊人。

按照他的估计，此时的这座圣浮屠塔，比起他从天帝那里得来的天帝剑，威力还要大。

当初天帝剑中残留的力量，可是他的底牌之一。如今他的圣浮屠塔，即便比不上全盛时期的天帝剑，恐怕也相当接近了。

而且，最重要的是，这一月中，圣浮屠塔反哺了他庞大的灵力，他将这些灵力融入身躯后，突然发现，自身的实力又有所精进，已到了灵品中期的程度。

"果然不愧是圣浮屠塔，借助着祖气，竟然能够强化到这种程度。"在那一旁，清衍静出声感叹道。

此时的圣浮屠塔，已达到了仙品绝世圣物的品质。

而一道仙品绝世圣物，就算是仙品天至尊都很难拥有。甚至，一些初晋圣品的天至尊，手中所拥有的都还只是仙品绝世圣物，由此可见仙品绝世圣物的价值。

而这种等级的绝世圣物，就算是一个地至尊大圆满的人持有，都能够与一位灵品天至尊周旋了。

"多亏了娘亲。"

牧尘神清气爽地笑道，他清楚，如果不是他母亲掌控着祖塔，为他提供大量而珍贵的祖气，他想要将圣浮屠塔修炼到这一步，必然需要长久的时间。

清衍静微微一笑，道："这祖气留在这里也无用，既然你有这能力，给你也无妨，不过此物毕竟是浮屠古族所有，日后若是浮屠古族有难，你也当助它一臂之力。"

清衍静知晓牧尘对浮屠古族没有什么好感，同时心存芥蒂，不过这并非她所愿意见到的，所以也想借此化解一些牧尘心中的怨气。

牧尘闻言，自然明白清衍静话语中的意思，想了想，然后点点头，道："只要娘亲无事，我与浮屠古族，也没什么解不开的恩怨。"

"我所修炼的功法源自娘亲，娘亲来自浮屠古族，所以若是日后浮屠古族真有难的话，我自然会出力。"

清衍静欣慰地点点头，宠溺地摸了摸牧尘的头发，然后笑道："你此次修炼完毕，那我们也准备动身吧。"

听到此话，牧尘脸上顿时有欣喜之色浮现出来。

"好！"

望着牧尘脸上浮现的喜悦之色，清衍静也受到了感染，她嘴角含笑，脸上有浓浓的思念之情涌现出来。

浮屠古族，大殿之中。

"在我离开之后，由清天长老暂代大长老一职，我会留下一道灵影，若是有紧急事务，可直接禀报，我知晓后会即刻赶回。"

大殿内，众多浮屠古族的长老云集在此。清衍静望着众人，而后眸子扫过玄光、墨瞳二人，淡淡道："我希望在我离开的这段时间，浮屠古族不会出现什么我不想看见的事，否则我定当严惩。"

被清衍静的眸子扫过，玄光、墨瞳心头一凛，连忙点了点头，他们能够听出清衍静声音中带着的一丝寒气，若是在她离开的这段时间，他们在浮屠古族内搞了什么事，恐怕她真是要将新仇旧怨和他们算个清清楚楚了。

牧尘站在清衍静的身旁，神色平淡地望着下方众多的长老，这些平日里高高在上的长老，此时在清衍静的面前，都乖巧得犹如绵羊一般。

而在玄光、墨瞳他们的后面，牧尘还见到了玄罗、墨心这两位浮屠古族中的骄子，不过此时的两人，都缩在后面，根本不敢与牧尘的目光有所接触。

他们都是识时务的人，知晓现在的牧尘已经达到了他们触及不到的地步，以前他们还可以凭借身份，居高临下地俯视牧尘，但现在，一切都不一样了，伴随着清衍静登上大长老之位，要比后台，显然牧尘胜了他们。

所以在一切都比不过的时候，他们只能偃旗息鼓，不敢再对牧尘有丝毫挑衅行为。

"不知大长老要离开多久？如今大长老刚刚上位，怕是不宜离开太久。"清天长老在此时走出来，小心翼翼问道。

清脉的其他长老，也忐忑地望着清衍静，他们都怕后者又如同以往那般，一离开就是几十年，甚至将浮屠古族都抛到了脑后不管。

如果是这样的话，玄脉、墨脉必然会生出乱子，让浮屠古族出现变故。

清衍静自然也知晓清天的意思，当即一笑，道："放心吧，我自有分寸，会随时关注族内的。"

听到此话，清天他们才松了一口气，如今的清衍静比起以前，总算是性子收敛了许多，不再那么随心所欲。不然的话，他们可真是欲哭无泪。

"那我等就恭送大长老了。"众多长老弯腰拜别。

清衍静微微点头，也不多说，云袖一挥，灵光便涌出，卷起牧尘，眨眼间便消失不见。

浮屠古族的一座传送灵阵之外，清衍静与牧尘的身影显露出来。

"静姨。"早已等待在此的灵溪顿时迎了上来，亲昵地拉住了清衍静的手臂，那原本清冷的脸颊上，极为难得地布满了小女孩般纯真的笑容。

"主母。"还有龙象也恭声行礼。

清衍静拉着灵溪的玉手，嗔道："还跟小女孩一样……"

然后又冲龙象微笑着说："都是老熟人了，不用这么多礼。"

但龙象还是执着地摇了摇头，清衍静见状，看向牧尘，道："在你闭关的这一个月中，我让龙象去搜罗了一些情报。这段时日，正是百灵大陆的朝王祭，那百灵大陆上的所有势力都会前往百灵城，我想，你爹应该也会在那里的，所以我们直接去百灵城找他吧。"

北灵境所在的大陆正是百灵大陆。在牧尘离开时，牧锋在北灵境成立了北灵盟，这在百灵大陆上算是一个不大不小的势力，所以肯定会去参加朝王祭。

牧尘闻言，笑着点点头，迫不及待道："那就走吧。"

百灵大陆，坐落在大千世界西北方向。在这浩瀚无尽的大千世界中，这只是一个不太出名的大陆，与天罗大陆这种超级大陆相比，无疑是小巫见大巫。

浮屠古族所在的浮屠大陆，距百灵大陆有极为遥远的距离。不过，赶路这种事，对于清衍静而言太过轻松，她本就是圣品大宗师，构建传送灵阵几乎是翻手间的事情，所以在她的带领下，牧尘三人根本就不需要像往常那样颇费周折地去寻找跨越大陆的传送灵阵，而是踏上由清衍静随手勾勒出的一座远距离传送灵阵，然后按照传送路线，直接就抵达了另外一座大陆。

不过短短十日的时间，他们便穿越了上百座大陆，渐渐接近了大千世界的西北方向。

这般速度确实快，这么远的距离，若是换作旁人，恐怕需要数月的光景才能够到达。

一片汪洋大海上，牧尘四人踏水而立，清衍静云袖挥动，无数道灵印凝聚，然后一座巨大的传送灵阵便再度成形。

"再传送这一次，应该就能抵达百灵大陆了。"

听到清衍静的声音，牧尘三人都微微松了一口气，这段时间不间歇的赶路，总算是有了尽头。

四人同时踏入传送灵阵，顿时光芒大放，周遭空间剧烈地扭曲着。那穿梭空间的感觉不知道持续了多久，牧尘他们再度睁开了眼睛。

出现在眼前的是山峦叠嶂，显然他们已身处另外一座大陆。

清衍静玉手一按，便将那剧烈的空间波动压制下去，她望着这片天地，眸子中有缅怀之色浮现出来。

那个家伙……不知道如今怎么样了呢……

"走吧，去百灵城。"

按捺下心中的情感，清衍静对着牧尘三人微微一笑，然后云袖挥动，化为一道灵光冲天而起。

"嘻嘻，很少看见静姨这么急匆匆的样子呢。"灵溪见状，不由得掩嘴轻笑道。

"我也很想看看，能让主母倾心的老爷，该是何等伟岸的雄姿。"龙象向往道。

牧尘嘴角微微抽了抽，虽然不太想贬低老爹，但总觉得他跟雄姿没有太大的

关系……

他摇了摇头，也化为灵光，与灵溪二人迅速跟了上去。

百灵城。

作为百灵大陆的主城，百灵城的雄伟自然是整个大陆之最。这里人声鼎沸，繁华无比。特别是在最近的日子，这百灵城更成了整个百灵大陆的焦点所在。

因为这是百灵大陆朝王祭的日子。

所谓朝王祭，自然便是朝拜帝王。而那所谓的帝王，指的就是百灵之主，百灵王。

作为这座大陆上的主宰者，百灵王显然就是百灵大陆上至高无上的存在。百灵大陆上的任何势力，都要如同臣子一般，定期对其朝拜，献上供奉。

所以，每当朝王祭的时候，这百灵城就变得极其热闹，各方势力陆续赶来，令这百灵城更为繁华。

百灵城中心，百灵宫内。

如今这座奢华的宫殿中，鼓鸣声不断，一片歌舞升平之景。一方方席位之后，各方势力领袖跪坐着，美貌侍女玉手持玉壶如蝴蝶般穿梭其中，好不热闹。

在这大殿内坐的，都是百灵大陆上名气不小的各方势力领袖，而这里，从他们的座次就能够看出他们地位的高低。

靠近前方的，都是实力强横的势力，越往后，实力越弱……

而在大殿靠后的一片区域，一方席位之后有数人，与旁人的尽情享乐相比，他们显得有点坐立不安。

那为首者，是一名身姿挺拔的中年男子，他神态坚毅，显得有些气势，他的五官，隐隐与牧尘有几分相似，他自然便是牧尘的老爹——牧锋。

此时，他眉头紧皱。他旁边，有一名女孩安静地跪坐着。女孩面容娇俏精致，身着玄衣，现出玲珑的曲线，乌黑的长发被束成一个马尾，简简单单却透着一股动人的青春活力。

她仅仅只是坐在那里，便犹如靓丽的画一般，吸引着大殿中不少的目光投射过来。

若是牧尘见到这个女孩，定然会惊讶，因为她，正是自从北苍灵院分别后，多年未见的唐芊儿……

此时唐芊儿的心情很糟糕。自从当年牧尘离开北苍灵院后，她便选择留在了灵院内。经过这些年的努力，她踏入了八品至尊的境界，前些时候，她还升任为万凰灵院副院长。

在升任之后，她便向灵院请了一段时间的假，想要回北灵境看望父亲。而当其回来时，正好碰上这所谓的朝王祭，因为她的父亲唐山要跟随着牧叔叔前往百灵城，本就喜欢热闹的她，自然也就跟了过来。

而麻烦也就出现在了这上面，前些天跟随着牧叔叔他们的时候，唐芊儿见到了那百灵王，百灵王显然对她有意思，这些天屡屡殷勤示意，但都被她婉拒了。

如此那百灵王也有些不满，竟限制了牧叔叔他们的自由，想要以此来逼迫她同意。

而这，便是唐芊儿心情糟糕的原因。

"唉，女儿啊……"

在牧锋身后，唐山一脸的苦笑，他紧握着唐芊儿的手，自然也知晓她心情极差，不由得自责道："都怪爹，要让你跟来。"

现在的唐山，可是将这个女儿视为宝贝疙瘩，当初将其送去万凰灵院的时候，可没想过她会如此出息，竟然踏入了八品至尊境，这可算得上是他们北灵境中最强的实力了。

而且，唐芊儿还成了万凰灵院的副院长，这点上，就算是牧锋这个北灵盟盟主，都是远远不及的。

原本女儿如此出色，是一件极为开心的事情，可如今，却又让人头疼……

那百灵王见识过不少美人，但面对着唐芊儿这个万凰灵院的副院长时，却极为心动，甚至不惜做出胁迫之事。

牧锋拍了拍唐山的肩膀，然后对唐芊儿沉声道："芊儿，你尽量找机会自己离开，那百灵王自恃身份，应当也不会对我们怎么样，大不了就解散北灵盟……"

他是看着唐芊儿长大的，而她与牧尘更是青梅竹马，发生这种事，牧锋自然不想见到她吃亏。

唐芊儿闻言，心中轻叹一声，那百灵王怎么看都不是心胸宽阔之人，若是她自己离开，必然会拿她爹与牧叔叔等人出气。

"我不能让牧叔叔在这里出事，不然日后怎么向牧尘交待？"

唐芊儿玉手紧握，眸光闪烁，已下定决心，找到机会就先带她爹与牧叔叔逃走，身为万凰灵院的副院长，她有一些逃遁手段，让那百灵王追不上。

不过若是这样做的话，牧叔叔与爹他们辛苦多年创建的北灵盟恐怕就得被百灵王彻底摧毁了，而北灵境，他们也回不去了。

在那里，她有很多的回忆，这让她很是不舍。

在唐芊儿心思转动时，这座大殿中忽然轰动起来，只见众多势力的首领都起身，神色恭敬地望向大殿首座。

在众多美丽宫女的簇拥下，一个气势雄浑的男子走了出来。那个男子身披金袍，身躯修长，脸庞相当英俊，只是那微微狭长的双目，令他多了一丝阴柔气息。

而其在行走间，身上有一股强悍灵力涌动，显然已达到了下位地至尊的程度。

在金袍男子身后，还有两名黑袍老者不紧不慢地跟着，犹如幽灵一般。

"恭迎百灵王！"

当这金袍男子出现时，大殿内众多势力首领齐齐恭迎，声势浩大。

那百灵王面带微笑地坐于首座之上，手掌一压，道："诸位请坐。"

众多势力首领恭敬谢过，这才坐了下来。那种恭敬的姿态，倒是让那百灵王嘴角微微掀起一抹满意笑容。

他居高临下地俯视着大殿内的各方首领，犹如王者一般，最后他的视线停在了后方北灵盟所在的席位上，当然，准确地说是一名女子身上。

"呵呵，芊儿姑娘，这些天在我百灵城可还满意吗？"百灵王面带温和笑容，也不理会其他的首领，直接对着唐芊儿道。

唐芊儿俏脸平静，道："百灵城繁华，芊儿已见识过了，不过我身为万凰灵院副院长，院内事务繁多，怕是无法久留。"

她的言语间再度有拒绝的意思，同时也搬出了万凰灵院，显然是希望能够让这百灵王收敛一些。

百灵王闻言，呵呵一笑，似是没听出唐芊儿话语中的意思一般，手掌轻抚着面前的玉杯，道："实不相瞒，本王对芊儿姑娘，乃是一见倾心，所以希望芊儿姑娘能够留下来，与我一同执掌这百灵大陆。"

此言一出，大殿内顿时响起哗然声，各方势力首领都羡慕地望着唐芊儿，这在他们看来，简直就是一步登天的好事。

然而，唐芊儿却玉手一握，恼怒至极，恨不得将面前的酒水喷那百灵王一脸，但如今的她已不再是当初那肆无忌惮的少女，当即深吸一口气，冷静下来，道："多谢百灵王厚爱了，不过我喜欢在万凰灵院做事，还望北灵王看在万凰灵院的面上，放过我。"

百灵王把玩着玉杯，似笑非笑道："万凰灵院虽然名气不小，不过恐怕还压不住本王。"

"本王父亲，乃是北玄宫宫主，仙品初期天至尊，而本王母亲，是百花宗宗主，灵品初期天至尊。"百灵王慢悠悠道，旋即他冲着唐芊儿轻笑一声，"你觉得，本王会怕区区一个万凰灵院吗？"

虽然百灵王的声音带着笑意，但大殿内原本热闹的气氛瞬间安静下来，众多势力首领瑟瑟发抖。虽然他们都知晓百灵王的背景，但亲耳听到他本人说出来，依旧感到无比的惊惧。

北玄宫，在这大千世界西北方向，拥有着很响的名声，其麾下坐拥四座大陆，而这百灵大陆正是其一。可以说，北玄宫在这片辽阔的地域中，乃是当之无愧的霸主。

百花宗实力虽然不如北玄宫强悍，但也有天至尊坐镇，同样算是一方霸主。与其相比，他们在座的这些首领，不过只是蝼蚁罢了。

人家吹口气，就能将他们吹成粉末。

这也是为什么百灵王虽然只是下位地至尊的实力，却能够横压整个百灵大陆的原因。一些实力比他强的首领，在他面前，都只能俯首称臣。

因为，这位百灵王，拥有让人恐惧的背景。

唐芊儿的俏脸微微一变，显然同样感觉到了极大的压力。论实力，万凰灵院的确无法与其相比。

不过，这也并不代表万凰灵院是软柿子，作为一个灵院，它还有很广的人脉。

如果那北玄宫、百花宗真想要覆灭万凰灵院，唐芊儿相信，他们会受到不少阻碍。

于是，她玉手握拢，缓缓道："百灵王，你真的是要强人所难吗？"

听到唐芊儿的话，百灵王脸上的笑容淡了许多，双目微眯。

整个大殿寂静无声，众多百灵大陆的势力首领背心全是冷汗，他们暗暗恼怒这唐芊儿的不识相，若是惹怒了百灵王，那可绝没好果子吃。

牧锋眼神变幻，他能够感觉到唐芊儿身上的压力，当即一咬牙，站起身来，面露笑容地对着百灵王抱拳道："大王勿要动怒，芊儿还不懂事，您不要与她计较。芊儿与小儿乃是青梅竹马，大王是成大事者，何必为一个女子……"

然而，他的话还没有说完，百灵王便冷漠地瞥了他一眼。在其身后，一名黑袍老者上前一步，阴冷道："这里有你说话的资格吗?!"

他的声音，似是闷雷，震荡着整个大殿。而牧锋的话音戛然而止，他犹如受到了重击，面色苍白，踉跄地坐了下去，嘴角都流出了一丝血迹。

一股恐怖的灵力威压自那黑袍老者身上散发出来，令在场众多势力首领心头震撼："地至尊大圆满！"

他们暗感惊骇，这百灵王果然是背景强大，虽然本身只是下位地至尊，但随行的两个护卫，却都是大圆满级别的超级强者。

百灵王把玩着玉杯，看都不看牧锋一眼，淡漠道："本王没叫你开口，你哪来的胆子站起来说话？你是什么东西？你那小儿，又算是个什么东西？还敢与本王争女人？"

牧锋面色青白交替，袖中的拳头紧握。

"牧叔叔，您没事吧？"唐芊儿连忙搀扶着牧锋，关心问道。

牧锋苦笑着摇了摇头，叹道："牧叔叔没用。"

唐芊儿银牙紧咬，眸光闪烁，她知道现在还不能和百灵王作对，等安抚住百灵王，之后再找机会催动秘法带着她爹与牧叔叔逃走。

心中闪过这些念头，她便站起身来，俏目投向百灵王，咬着银牙，道："好，我答应和你……"

不过，还不等她说完，一只修长的手便从她身后伸了出来，将那红润的小嘴轻轻掩住了。

　　与此同时，一道她熟悉的声音，在这大殿中突然响了起来。

　　"芊儿姐，可别乱说话，这种废物，可半点都配不上你……"

突兀的声音，在这大殿中响起，令各方首领都瞪大了眼睛，呼吸也变得急促起来，因为他们实在是不敢相信，那句大逆不道的话，竟会是冲着百灵王说的。

那可是整个百灵大陆上的主宰者啊，他一言之下，在座的任何势力都将会烟消云散，那等权势以及力量，足以让在场的人感到恐怖。

然而现在……却有人将之称为废物？

一想到接下来百灵王的那种怒火，在场的各方势力首领都不寒而栗，他们觉得，今日这大殿中，必定要血溅三尺……

在那沉闷的气氛中，一道道犹如看待死人般的目光，汇聚在了唐芊儿的身后。

而唐芊儿此时也被那突然从身后伸出来掩住她红润小嘴的手掌给惊呆了，她几乎条件反射般就要一拳打过去，但在听到那句话后，浑身血液仿佛都在瞬间凝固了起来。

因为那道声音，她实在是太熟悉了。

于是，她一点点转过身子，印入眼帘的，是一张带着浅浅笑容的俊美脸庞。比起以前，这张脸庞少了一些稚嫩，变得成熟起来，同时也给人一种莫名的安全感。

"牧、牧尘?!"

唐芊儿呆呆地望着出现在面前的俊朗青年，忍不住叫道。她觉得这一幕太过虚幻，于是伸出玉手，轻轻摸了摸他的脸庞。

入手的温热，让唐芊儿的美目瞬间瞪大了一圈，震惊道："真的是你？你怎么在这里?!"

牧尘笑了笑，道："当然也是回来探亲啊。"

他拉下唐芊儿摸着他脸的玉手，然后上前一步，冲着一旁席位上目瞪口呆的牧锋嘿嘿一笑，道："老爹，看傻了？"

牧锋就这么瞪圆着眼睛盯着牧尘，到现在还没回过神来。牧尘离开北灵境已经很多年了，牧锋每时每刻都在思念着自己这宝贝儿子，所以当牧尘突然间出现的时候，他是最感到不可思议的。

"臭小子，你终于舍得回来了?!"

半响后，牧锋终于缓过神来，当即便是一声怒骂。

牧尘笑眯眯地凑上前来，在牧锋身旁坐下，拍了拍他后背，笑道："老爹消消气。"

他看到了牧锋嘴角那一丝血迹，脸上笑容虽然灿烂温和，但那漆黑双目中，却掠过一抹刺骨寒意。

牧锋望着那张比起当年成熟许多的脸庞，思绪万千，不过旋即他猛地想起什么，面色一变，连忙起身，对着那百灵王所在的位置抱拳道："还请大王恕罪，小儿不知情况，无礼之处……"

先前牧尘的话，牧锋自然也听到了，现在回想起来，不禁满身冷汗，这百灵王心胸狭窄，手段狠辣，今日被牧尘这当面辱骂，必然会恼怒至极，到时候定会对牧尘报复。

"哈哈哈哈哈！"

不过牧锋的话还未落下，在那首座之上，百灵王便仰天大笑起来，他的笑声回荡在大殿中，却没一个人敢附和，因为谁都能够听出那笑声中蕴含的暴怒以及杀意。

牧锋面色微变，伸出手掌，将牧尘挡在了身后，心中已下决定，今日就算自己死在这里，都得让牧尘逃走。

唐芊儿也快步上前，挡在了牧尘身前，美目戒备地盯着大笑中的百灵王。

而大殿中，其他的那些势力首领都怜悯地盯着牧锋、牧尘一行人，今日百灵王震怒，恐怕这北灵盟的人，都无法活着走出这座大殿。

"那小子，可真是坑爹典范，这下子，北灵盟将会血流成河……"一些人暗自说道，不过北灵盟若是被灭了，他们正好可以插手北灵境。

大殿中，百灵王的笑声持续了好一会，才渐渐收敛起来，他擦了擦眼角，似是笑出了眼泪一般，道："竟然有人说本王是废物……"

他摇头笑着，然后伸出手来轻轻挥了挥，嘴角有一抹暴虐之色渐渐浮现起来："先将他四肢打断丢出来。"

在其身旁，那名地至尊大圆满的黑袍老者阴冷地点点头，然后缓步上前，目光犹如毒蛇一般遥遥看向了牧尘。

牧锋见状，心头顿时一寒，眼中一片焦灼之色。

唐芊儿紧咬银牙，玉手一握，便有一枚凤凰般的玉石出现在其掌心中，若是捏碎的话，即刻就能带着牧尘、牧锋等人逃离。

面对着一位地至尊大圆满，她也感觉到了无穷的压力。

不过，就在她要将其捏碎的时候，一只手掌伸过来，将她阻止了下来。唐芊儿转过头，望着牧尘，焦急道："牧尘，你不要傻，好汉不吃眼前亏，没必要在这里与他斗气。"

她还当是牧尘年轻气盛，忍不下这口气。

牧尘闻言，怔了怔，旋即笑着摇了摇头，道："芊儿姐，放心吧，我自有分寸。"

话音落下，他抬起头，望着那缓缓一步步走来的黑袍老者。老者周身浩瀚灵力涌动，恐怖的灵力威压充斥大殿，他显然是带着一种折磨的心态，想要以这种气势，让他们感觉到无边的恐惧。

"先前是你将我爹打伤的？"牧尘盯着这黑袍老者，眉头微皱，道。

黑袍老者脚步一顿，似是对牧尘的问题感到有些可笑，于是他嘴角掀起一抹难看的笑容，道："放心，接下来我会让你们父子都体会到什么叫作生不如死。"

牧尘笑了笑，然后他缓缓伸出手掌，对着那黑袍老者，轻轻一抓。

轰！

仿佛有一只无形的大手在此时猛然抓住黑袍老者，令其周身原本浩瀚的灵力瞬间爆炸开来。

轰隆！

整个大殿都震动了起来，所有人都目瞪口呆地望着眼前的一幕，因为那先前还高高在上犹如掌控生死的神祇一般的黑袍老者，此时竟然跪在了牧锋的面前，其膝盖下面的大殿石板，都龟裂开来。

"这、这……"

所有人都一脸见鬼的表情，显然不明白为何突然间这地至尊大圆满的强者会跪在牧锋面前。

而黑袍老者也一脸的惊骇之色，他疯狂挣扎着，但一股极为恐怖的力量，将其压制得不能动弹丝毫。

唐芊儿与牧锋、唐山等人也震惊地望着这一幕，显然都有些回不过神来。

"既然是你做的，那就跟我爹道个歉吧。"

牧尘眼神淡漠地望着这黑袍老者，随手一挥，那黑袍老者便猛地磕头，脑袋重重砸在地面上，令地面都塌陷下去。

"啊！"

黑袍老者惨叫着，头破血流，疯狂挣扎。

"还不道歉吗？"牧尘眉头微皱，手掌再度抬起，然后拍下。

砰！砰！砰！

大殿中，各方首领呆滞地望着那在他们眼中高不可攀的超级强者，在牧尘的手中犹如一个玩偶一般，随着他手掌的挥下，不断用脑袋疯狂砸着地面。大殿的岩石地板，在不断塌陷、龟裂……

于是，所有人都一股冷汗冒出来，寒气直冲天灵盖。

他们望着那脸上噙着淡淡笑容，但却随手间将一位地至尊大圆满当皮球拍的牧尘，心中渐渐明白，这个青年原来如此恐怖……

砰！

在那不间断的碰撞声音中，黑袍老者满脑袋鲜血，心中涌起无边的恐惧感。

因为他终于能够感觉到那股禁锢着他的力量相当恐怖，与那等力量相比，他就犹如蝼蚁一般……

这个时候，他哪里还能不明白，眼前这个看似温和的青年，定然是一位货真价实的天至尊！

他踢到了一块足以将其脚掌震碎的铁板。

"大人，大人！我错了，我错了！我道歉，我道歉！"

这般时候，这黑袍老者哪还敢嘴硬，心中惊骇欲绝，他知道一个天至尊要杀他，简直就是易如反掌，当即再不敢抵抗，尖锐的声音带着浓浓的恐惧，在这大殿中响起。

随着黑袍老者的尖叫声响起，牧尘那挥动的手掌才停下来，他淡漠道："早点道歉不就好了，滚吧。"

说着，他一拳打出，那黑袍老者如遭重击，整个胸膛都塌了下去，身躯倒射出去，在这大殿中划出一道深深的痕迹，最后撞在石柱上，昏死了过去。

他能够感觉到，他体内的灵力在牧尘这一拳之下已彻底震碎，甚至连经脉都碎裂开来。牧尘这一拳，虽然留了他的性命，但却将他苦修而来的灵力尽数给废了。

整个大殿一片死寂，各方首领浑身颤抖，那可是一个地至尊大圆满的超级强者啊，在这百灵大陆上足以称霸，然而现在，却在那个年轻人的手中，如同玩偶般毫无抵抗之力。

众多首领不禁疑惑，这个青年，真的是那牧锋的儿子吗？

他们谁都以为这只是一个初出茅庐、不知天高地厚的毛头小子，但哪料到，这竟然是一个深藏不露的恐怖存在！

随手将这黑袍老者收拾了，牧尘那平静的双目才看向那大殿首座之上面色铁青、眼神震惊的百灵王，微微一笑，认真道："在我眼中，你真的是一个废物。"

牧尘的笑声在这大殿中传开，但这一次，却再没有任何一个人感到可笑，众多势力首领反而在发抖。他们暗暗叫苦，从眼前的局势看，他们都看走了眼，这个俊逸的青年，并不是什么初生牛犊，而是一头实实在在的猛兽。

从将一位地至尊大圆满轻易打成废人的恐怖实力来看，这个牧尘，必然是一位天至尊！

虽然他们从未见过如此年轻的天至尊。

"这可真是神仙打架，凡人遭殃啊。"他们大气都不敢出一声，不论是牧尘还是百灵王背后的恐怖背景，对于他们而言，都高不可攀，犹如神灵般能够轻易主宰他们的命运。

所以，面对着这种神仙打架，他们唯一能做的，便是缩起头来当乌龟。

在这些势力首领恐惧的时候，那牧锋以及北灵盟的诸位高层，也目瞪口呆地望着眼前这一幕，甚至连唐芊儿都红润小嘴微张，美目中满是惊愕之色。

因为他们同样没想到，那个地至尊大圆满，竟然会在牧尘的手中如同玩偶般无力与脆弱……

如今北灵盟这些高层，都是当年北灵境的诸位域主，他们对牧尘自然颇为熟悉。当初离开北灵境时，那还只是一个稚嫩的少年，但谁能料到，当再次见到他的时候，曾经的少年已经达到了他们无法想象的地步。

在这般沉闷的气氛中，大殿首座上，那百灵王面色一片铁青，他虽然也有一些震惊，但却并没有如同其他人那般感到惊骇欲绝。

毕竟他的父母，也都是天至尊。

所以，对于牧尘言语间的鄙夷，他感到非常恼怒，冷笑道："阁下真是好大的威风！我这护卫乃是北玄宗的长老，你将其打成废人，可曾将我北玄宗放在眼中？"

牧尘闻言，也笑了笑，道："北玄宗？没听过呢。"

百灵王讥讽一笑，道："我的父亲，就是北玄宗宗主，仙品天至尊！"

说到此处，他的声音中有一丝得意，虽然他看不清楚牧尘的底细，但也能够隐隐猜测出来，后者应该只是灵品天至尊的层次。

百灵王只是下位地至尊，距离天至尊这群大千世界的巅峰人物还差得很远，但因为其爹娘的缘故，他却知晓，天至尊中同样等级分明，一位灵品天至尊在仙品天至尊面前，同样是不堪一击。

也正因为这种底气，即便在知晓了牧尘乃是一位天至尊后，这百灵王依旧没有畏惧。

"仙品天至尊……倒是厉害。"牧尘点了点头，然后道，"但你还是一个废物。"

百灵王脸上的讥讽笑容凝固下来，手掌将椅子扶手都捏碎了，他没想到牧尘如此的狂妄，即便在知晓了他父亲乃是一位仙品天至尊后，还如此不给他面子。

在百灵王身旁，另外一位黑袍老者面色凝重地上前一步，抱拳道："这位大人，您先前已将我们北玄宗的长老打成废人，应当也算是消了气，何必真要与我们北玄宗闹得不愉快？"

"若是大人能够退让一步，今日之事，我们北玄宗可以概不追究。"

身为北玄宗的长老，这位黑袍老者很清楚天至尊的力量，虽然百灵王背景强大，但如果真激怒了这位年轻天至尊，那后果会很严重。

即便到时候百灵王的父亲来为他报仇，和眼前这牧尘决斗，但百灵王也早已死了。

"哼，吕长老，不用怕他！我今日倒是要看看他能将本王如何！就算他将本王给杀了，我父亲自会让他给我陪葬，而一个天至尊给我陪葬，死了也不冤！"

百灵王见到黑袍老者有息事宁人的架势，冷笑一声，毫不退让，他眼神阴鸷地盯着牧尘，脸上满是挑衅之色。

这些年来，借助着父母之威，他在这里称霸，从未有人敢违逆他的意思，今日却被人当场说成废物，这简直让他气炸，而他也有几分狠气，丝毫不惧牧尘暴起杀人。

"呵呵，看来你真不信我敢杀你呢。"牧尘把玩着面前的酒杯，淡漠笑着。

只是那声音中，有一丝杀意流露出来，令大殿瞬间变得寒冷起来，众多势力首领都打了一个寒颤，进而他们惊恐地望向牧尘，这个家伙，不会真的敢将百灵王给杀了吧？

如果百灵王真的死在这里，暴怒之下的北玄宗宗主以及百花宗宗主，恐怕会让这百灵大陆血流成河！

"臭小子……"

牧锋忍不住出声，他倒不是怕那百灵王，而是担心牧尘如果将其斩杀，到时候其父母会对牧尘展开报复。

虽然不知道牧尘现在究竟强到了什么程度，但两位天至尊的报复，必然会相当可怕。

所以，他倒宁愿自己忍口气，也不想要牧尘去冒险。

在其身后，唐山等其他北灵盟的高层也忐忑不安，事情发展到这种地步，他们已插不了手，但他们同样知道，如果百灵王死在这里，一旦其父母报复起来，整个北灵境都将会受到毁灭性的打击。

牧尘虽然实力恐怖，但总架不住两位天至尊吧？而且有一位，还是那传说中的仙品天至尊。

"牧尘……"唐芊儿拉了拉牧尘，虽然那百灵王可恶至极，可这家伙的背景的确强大，彻底撕破脸皮的话，怕是不太妥当。

牧尘见状，冲他们笑了笑，道："相信我吧，我会处理好的。"

望着牧尘的笑容，牧锋也就不多说什么了，对于自家儿子，他还是很了解的，牧尘并不是一个鲁莽行事的人，既然他会如此做，那么必然就有他的一些底牌。

唐芊儿犹豫了一下，也微微点头。

百灵王看着他们，牧锋与唐芊儿的犹豫让他知道了他的威胁已经取得了作用，当即嘴角的笑容愈发得意。

天至尊又如何？在他父母的威势面前，也得向他服软！

"看来你对你父母的信心很足……"

在百灵王得意时，牧尘那漫不经心的声音缓缓传来。他笑了笑，道："既然如此，那我就给你一个机会，将你父母都叫来吧，我倒是要看看，今天究竟谁救得了你？"

百灵王瞳孔微缩，眼神阴冷地盯着牧尘。

"这位大人！"那黑袍老者连忙出声。

牧尘对黑袍老者道："给你半天的时间，去将你所能够请动的救兵都请过来。"

他的声音忽然顿了顿，然后伸出手指，对着那百灵王轻轻一点。

砰！

百灵王的一截手臂直接爆碎开来，鲜血狂流，而牧尘也不管那惨叫起来的百灵王，袖袍一挥，将带血的手臂丢给那面色震惊的黑袍老者。

"拿着它去吧，不然他们会以为我在开玩笑。"

大殿中，所有人望着那捂着手臂惨叫的百灵王，都头皮发麻，他们没想到牧尘如此的果决，看这模样，是真要和百灵王的父母撕破脸皮。

黑袍老者捧着带血的手臂，也是一脸惊骇之色。

"吕长老，你去！你去！快去将我爹娘叫来，我今日要这个杂碎生不如死！我要将他全家杀光！"百灵王捧着断臂，面色狰狞地咆哮道，眼中满是怨毒之意。

牧尘眉头微微皱了皱，又是一指点出，百灵王另外一只手臂也爆裂开来。

"那就带两只去吧。"牧尘将这只手臂也丢给黑袍老者，笑了笑，只是他这笑容，却是令后者遍体生寒。

黑袍老者捧着两截断臂，一咬牙，对着牧尘道："这位大人，你这次，可真是惹了大麻烦了！你一定会后悔的！"

话音落下，他不再停留，直接化为一道流光冲天而起，迅速朝着城中心的传送灵阵暴射而去。

随着那黑袍长老的离去，大殿内的气氛变得无比的沉重压抑。百灵王双臂被断，怨毒地盯着牧尘，只是此时没有惨叫出声，显然，他在等待着他父母的到来……

那时候，他定会在牧尘的眼前，将牧尘所有的亲人都扭断四肢，一点点折磨致死。

而对于大殿中这种压抑气氛，牧尘不太在意，只是转过头对着牧锋露出一抹坏笑，道："老爹，我给你带了一个人回来。"

此时的牧锋满脑子都是那百灵王父母来了怎么办，所以对牧尘的话也没多少兴致，当下没好气道："带谁来我都没兴趣。"

牧尘闻言，顿时面现古怪之色，似是有些幸灾乐祸。

牧锋对于牧尘的面色感到有些奇怪，不过还不待他询问，便听到一道轻哼声自那大殿之外传来。

"哦？对我也不感兴趣吗？"

随着声音传来，大殿内，众多势力首领便见到一个温婉女子自大殿外缓步走进，一对美目，瞪向了牧锋。

啪。

望着那走进大殿的女子，牧锋手中的酒杯瞬间脱手，在那地板上摔得粉碎。

牧锋难以置信地望着那走进大殿的温婉女子，那身影是如此的让他刻骨铭心，即便是多年未见，依旧无比熟悉。

那张容颜上的一颦一笑，都让牧锋心神为之颤抖……

当年为了保护尚在襁褓之中的牧尘，清衍静选择离去，可以想象那时牧锋的心中是何等的痛苦，一边是心爱之人，一边是亲生骨肉。

在抚养牧尘长大的这些年，牧锋承载了太多的孤寂与思念，他几乎每日每夜都在思念着他的妻子，但他知道两人想要再见是何等的困难。在牧尘的面前，他从未表现出那种情绪，但他的心中，无时无刻不在期待着……

当年牧尘离开北灵境时，跟他承诺一定会将清衍静带回来一家团聚，但当时的牧锋，只是将这当作了是少年的意气之言，因为他很清楚其中的难度。

所以，当刚刚听到牧尘说带了一个人回来时，他根本就没想到这一点，他从未想过，牧尘真的可以做到。

"小清……"

牧锋望着那个女子，喃喃道，声音都在微微颤抖着。

那个女子缓缓走来，站在了牧锋的面前，她望着那张比起当年显得沧桑许多的坚毅脸庞，眸子中忍不住泛起了泪花。

当年她迷路来到百灵大陆，因为身受重创，几乎变成一个废人，而那时候的她已是地至尊大圆满，体内隐隐散发的灵力，将那片森林中的灵兽尽数吸引过来，试图将她的肉身啃食。

而也就在那等近乎绝望的时候，她遇见了牧锋，那个原本在她的眼中极为孱弱的男子，却毫不犹豫地将她背起，一路从那众多灵兽的围杀中逃了出来。

即便他遍体鳞伤，即便在那生死一刻，他都未曾将她放下……虽然他的这种行为，在清衍静那时看来是少一根筋，有点笨，但却让她的心微微波动了。她见识过太多的天骄，但在生死关头，傻乎乎的连自己命都不要就去救她的人，清衍静还真是第一次遇见……

"你都变老了。"清衍静略显冰凉的手掌轻轻地摸了摸牧锋布满着胡茬的脸庞，轻声道。

牧锋尴尬地挠了挠头，道："你还是这么漂亮，一点都没变。"

"你刚才还说对我没兴趣的！"清衍静微微一笑，显然，再温婉的女人，在

面对着自己心爱的人时，都要撒撒娇。

牧锋有点头大，然后瞪向一旁正在看好戏的牧尘，道："都是这臭小子搞的鬼！"

清衍静轻笑一声，她自然知道牧锋不是这个意思，她伸出玉手握住牧锋粗糙的大手，道："如果不是尘儿，恐怕我现在都还无法回来呢。"

"你能把尘儿培养得如此优秀，真是没辜负我当初的嘱托。"

牧锋也有些感叹，其实对于自家儿子突然间变得如此有出息，到达这种高度，他也有点蒙。不过这个时候，在自家媳妇面前不能露怯，当即轻咳一声，道："虽然我的教育非常用心，不过这臭小子也算是有些天赋，没白费我对他的谆谆教导。"

一旁的牧尘忍不住翻了个白眼。

此时牧锋也从先前的激动中回过神来，感觉现在场合不对，因为这大殿内众多势力首领都眼巴巴地望着他们夫妻重逢。

被这么多人盯着，牧锋老脸一红，然后对清衍静诉苦道："唉，小清，这臭小子真是一回来就不安生，到处惹祸。"

他现在都还在心惊胆战，万一等会那百灵王的父母来了，今日该如何收场？到时候若是情况不对，就让牧尘带着清衍静赶紧离开。

清衍静闻言，则是一笑，道："尘儿自有分寸，就由他去吧。"

说着，她看向一旁的唐芊儿，含笑道："你是芊儿吧？"

唐芊儿一直都是瞪大着美目望着清衍静，因为她从未见过牧尘的娘亲，此时听到她问自己，顿时有点不知所措地点点头。

然后她看向牧尘，不知道该如何称呼。

"我娘她叫清衍静。"牧尘笑道。

"静姨。"唐芊儿这才乖巧叫道。

清衍静温柔一笑，道："听牧尘说，你和他可是从小一起长大的呢，既然你叫了一声姨，那我也送你一个小礼物。"

说着，她取出一个水晶吊坠，吊坠上有一颗小小的六角形水晶罗盘，其上布满着玄奥的纹路。

"谢谢静姨。"唐芊儿连忙接过，俏脸上布满着欣喜之色。

她只是觉得着水晶吊坠漂亮，但唯有牧尘能够感觉得出来，那水晶吊坠中封印着一座宗师级别的灵阵，在危急关头，就算是灵品天至尊的全力一击，都能够阻挡下来。

这是一件护身宝物。

此时灵溪与龙象也跟着走了进来，让在场不少人都将视线投了过去。

他们看不出牧尘的深浅，但却能够感觉到龙象带来的压力，那赫然也是一位货真价实的地至尊大圆满，并不逊色于百灵王的两位护卫长老。

"这是灵溪，当年一直跟随着我，我可是将她视为亲生女儿。"清衍静拉着灵溪，对牧锋说道。

灵溪有些局促地看了牧锋一眼，然后也乖巧道："灵溪见过牧叔叔。"

牧锋笑呵呵地点了点头，对灵溪颇为喜爱，温和道："好，好，还是女儿看起来更好一些，不像那个臭小子，成天就想看他老爹我的笑话。"

灵溪闻言，莞尔一笑。

"见过老爷，我是主母的护卫，龙象。"龙象则恭敬地对着牧锋一拜。

牧锋见状，连忙将其扶起，有些尴尬，这可是地至尊大圆满的超级强者，放在百灵大陆就是一方豪强，就连百灵王都得给一些面子，而如今却对他如此恭敬，让他很是不习惯。

为了避免尴尬，牧锋拉出身后的唐山等北灵盟的高层，一一介绍给清衍静认识，而清衍静则露出温婉笑容，亲和至极。

牧尘见到这一幕，则忍不住暗笑，若是他们知道母亲是一位圣品大宗师的话，恐怕连和她说话的勇气都没有……

在牧尘他们这边一片热闹的时候，这座大殿中那些各方势力首领都默不作声，不敢出声打扰，同时也不敢上来攀交情。

因为等会那百灵王的父母来了后，必然会和这边有残酷的交手，一旦到时候牧尘不敌，恐怕今日这夫妻相见的喜悦就荡然无存了……

那个时候，谁还敢与北灵盟有半点关系？

在那首座上，双臂齐断的北灵王也眼神怨毒地望着牧尘他们，心中咆哮着，你们就笑吧，等到我父母来时，定会让你们哭都哭不出来！

不过对于百灵王的怨毒目光，牧尘却没有理会，他之所以会让人去将百灵王

斗破苍穹之
大主宰㉓
DAZHUZAI
❋ 213 ❋

的救兵尽数搬来，就是想要干脆利落地将此事解决掉。

北灵境是牧锋的心血，虽然这在如今的牧尘眼中算不得什么，但对牧锋而言，有重要的意义。

所以，为了日后牧锋的北灵盟能够平静，他就必须将一切都料理干净。

不管是这百灵王还是其身后的北玄宗宗主，如果不将他们做个干净的了断，恐怕会留下隐患。

心中想着这些，牧尘便安静坐于一旁，等待着时间的过去。

时间一点点流逝，而大殿内的众多首领则是坐立不安，隐隐的，他们感觉一场暴风雨即将来临。

夕阳逐渐西沉，残阳的红润光芒照耀着百灵城……

嗡。

忽然间，牧尘微闭的双目睁了开来，他感应到，这座城市的传送灵阵中传来了极为强大的灵力波动。

"终于来了。"牧尘淡淡道。

就在他声音落下的那一瞬间，一股浩瀚无尽的灵力席卷开来，整个天地都被笼罩在了其中。百灵城中，无数人瑟瑟发抖，在那种灵力威压下惊恐不安。

那强悍的灵力威压刚刚出现，便洞穿空间，直接出现在了这座大殿的上空。

轰！

大殿忽然在此时剧烈地一颤，然后众人便见到，大殿的穹顶竟然被掀飞，恐怖的灵力威压从天而降。与此同时，一道蕴含着杀意的女人声音，回荡在在场每一个人的耳边。

"哪来的无知蠢货，竟敢斩我儿双臂，跟本座滚出来！"

第16章
不怒自威

轰！

整个大殿的天花板都在此时被一只无形大手撕裂，令残阳光芒照耀进来，然而这光芒落在在场众多人身上，众人却感觉不到半点的温度，反而觉得更加寒冷。

因为随着那光芒进来的，还有一股令人心惊肉跳的冰冷杀意。

于是，大殿中，众人齐齐抬头，然后他们便见到，在那高空之上，浩瀚灵力汇聚成厚厚云层，在那灵云之上，一个宫袍女子凌空而立，她一对美目犹如刀锋般散发着寒气，光是扫视开来，便让人感觉到眼睛刺痛，不敢与其对视。

强悍无比的灵力威压不断自其体内弥漫开来，笼罩整座百灵城。此时城市中，无数人都在这天至尊威压下瑟瑟发抖。

那个宫袍女子正是百灵王的母亲，也是百花宗的宗主——柳百花。同时，她也是一位灵品天至尊。

"娘！娘！快救救儿子！"百灵王瞧着柳百花出现后，顿时疯狂叫起来，之前被牧尘压制的情绪彻底爆发出来，"那个杂碎断了我双臂，你一定不能放过他！"

高空上，柳百花瞧着双臂齐断、满身鲜血显得极为狼狈的百灵王，险些气炸了肺，她将自家儿子视为心肝宝贝，所以才会让他独占一方大陆，成为土霸主。

然而如今这心肝宝贝竟然被人断了双臂，如何不让她暴怒？

"我儿莫急，你父亲正在赶来，还有他的数位至交好友，今日我倒是要看看，哪来的蠢货，敢在百灵大陆上伤我儿子！"那柳百花森冷的声音响起。

而听到此话，牧锋等人再次变色，他们没想到牧尘这次捅了如此大的马蜂窝，看这模样，那北玄宗宗主不仅亲自来了，还带了不少的帮手。

柳百花冰冷的目光扫视大殿，然后问道："是谁做的？"

大殿内，一道道的目光不由自主地射向牧尘，而此时的后者，正把玩着手中的玉杯，半晌后才抬起头来，望向柳百花，道："看这模样，你不像是来道歉的？"

柳百花听到此话，顿时怒极而笑，道："道歉？你脑子坏了吧！既然是你做的，那今天你就算道歉也没用了，伤了我儿子，哪能这么好交代？！"

牧尘淡淡道："你们纵容这个蠢货在百灵大陆上胡作非为，伤我父亲，还想要强霸我友为妻，这些事，既然你们不管，那就由我来管管吧。"

"你算什么东西！"柳百花被牧尘的语气气得柳眉倒竖，厉声道，"这百灵大陆是我丈夫赐予我儿的，他就是这里的主宰，百灵大陆任何生杀都由他掌控，他做了这些事，那又能如何？"

"看来是个不讲道理的蠢女人。"牧尘微微皱了皱眉头，道，"既然如此的话，那么从现在开始，这百灵大陆，就属于我了。"

"黄口小儿，简直不知天高地厚！"

柳百花怒笑道，旋即她一步踏出，袖袍之间有无尽灵力滚滚而出，直接化为漫天花雨，铺天盖地对着牧尘呼啸而去。

"想要抢占百灵大陆，你还没这等能耐！"

那漫天花雨犹如宝石一般璀璨，每一朵鲜花都由无比厚重的灵力所化，仅仅只是一朵，就能够将一位地至尊大圆满轻易抹杀，如此数量汇聚起来，只要这柳百花愿意，恐怕整座百灵城都将会在顷刻间被血洗得干干净净。

然而，牧尘的望着那漫天花雨，却连眼神都未曾波动一下。在灵品初期的时候，他的战斗力就足以匹敌仙品初期，如今他踏入了灵品中期，这柳百花不过灵品初期而已，在他的眼中，简直就不堪一击。

于是，他张开嘴巴，一口气喷出，顿时灵力风暴席卷开来，那漫天呼啸而来的花雨一碰见灵力风暴，便消失得干干净净。

这一幕，让在场不少首领都微微色变，虽然他们知晓牧尘应该也是灵品天至尊，但没想到他能够如此轻易地将柳百花的攻势化解。

"原来是有点能耐，难怪敢如此放肆！"柳百花的眼神一凝，顿时有璀璨的灵光自其体内爆发出来，她的身躯都在此时变得璀璨至极，显然是催动了灵体。

"灵脉神通，百花杀神！"

柳百花玉指对着牧尘遥遥点下，眼神凶狠。

嗡！

就在柳百花玉指点下的瞬间，所有人都见到，牧尘的周身忽然有一朵血红而诡异的花朵生长出来，花瓣张开，直接就将牧尘吞了进去。

"哼，毛头小子，真以为晋入了天至尊就可以肆无忌惮吗？我这灵脉神通最是诡异，只要被吞入其中，就算是灵品天至尊，灵体都得被花液融化！"柳百花见到牧尘被那血红花朵吞噬，顿时冷笑一声。

牧锋、唐芊儿他们见到这一幕，都纷纷色变，倒是一旁的清衍静神色淡然，她拍了拍牧锋的手背，示意无碍。

而其他的那些势力首领则暗暗摇头，看这般模样，两人的交手，还是那柳百花要老奸巨猾一些。

"哈哈！"首座上，百灵王更是大笑起来，然后眼神恶毒地盯着牧锋、唐芊儿等人。

"一道天脉衍生出来的灵脉神通而已，哪有你说的那么厉害。"

然而，就在百灵王大笑时，忽有一道声音自那血红花朵中传出，下一瞬间，众人便见到，紫色的火焰自花朵之中升腾而起，火焰燃烧，那血红花朵竟以一种惊人的速度融化得干干净净。

高空上，柳百花望着这一幕，眼中终于掠过一抹震惊之色，对于她这灵脉神通的威能，她再清楚不过，同等级中的天至尊，一旦落入其中，就算手段不凡，也得费一些手脚才能够打破花朵，但眼下，花朵竟很快消失了？

"看来和你这种无脑女人好好说话是不行的了。"牧尘抬头，眼神漠然地望着柳百花，"既然如此，那就用拳头来说吧。"

当声音落下时，牧尘再度张嘴，下一瞬间，熊熊的紫色火焰席卷而出，直接化为一条紫色巨龙冲天而起，带着龙吟声冲向那柳百花。

紫色巨龙冲来，柳百花瞳孔一缩，在见识了这种紫色火焰的霸道后，她也不敢有丝毫怠慢，当即玉手结印，浩瀚灵力爆发出来，形成一朵朵由灵力凝聚而成的花朵。

花朵看似脆弱，但却有极为坚韧的防御力，足以承受灵品天至尊的全力攻击。

然而，这一切在紫色巨龙的面前都脆弱不堪，巨龙冲过来后，花朵直接燃烧起来，所有的防御都瞬间崩溃。

柳百花的脸上终于浮现了惊骇之色，连她最强的防御，都在那紫色巨龙面前不堪一击，此时她才明白自己与牧尘之间差距很大。

"该死的，必须先退，等我丈夫带着他的朋友赶来，再来对付这家伙！"柳百花一咬牙，然后身形便化为灵光暴射而退，显然是要退避了。

而她这一退，令众多首领忍不住倒吸一口冷气，谁都没想到，这来势汹汹的百花宗宗主，竟然在牧尘的手中连两招都没走过，便要狼狈而退。

一时间，那些看向牧尘的目光变得敬畏起来，牧尘展现出来的实力，显然已经远远超越了那柳百花。

而首座上一直嚎叫的百灵王也闭了嘴，面色铁青。

"既然来了，还想走吗？"

牧尘没有理会他们，只是冷眼望着那想要退避的柳百花，一声冷笑，单手结印，只见那紫色巨龙猛地爆炸开来，化为一只紫色巨手撕裂虚空，一巴掌便狠狠拍在了那柳百花身体上。

砰！

柳百花如遭重击，坠落下来，在大地上砸出了一个巨大的坑，而她躺在其中，狼狈至极。

轰！

牧尘显然没打算给她留丝毫的面子，紫色巨手握紧成拳，携带着毁灭之力，毫不留情地呼啸而下。

柳百花面色煞白，眼中流露出惊骇之色，她没想到牧尘会如此狠辣。

咻！

在那无数道惊骇的目光中，紫色重拳落下来，整座百灵城都在此时剧烈颤抖了一下。

烟尘弥漫，所有人都望向那片区域，疑惑不已：难道那柳百花，就这样被牧尘一拳打死了不成？

牧尘也看了过去，旋即双目微微眯起。

烟尘渐渐散去，只见在那巨大的坑中，紫色重拳保持着轰下来的姿态，而在柳百花的上方数丈处，出现了一副滴溜溜旋转的青色龟甲，龟甲散发着青光，将那柳百花保护了下来。

牧尘看了一眼那青色龟甲，然后伸了一个懒腰，没有什么波动的目光投射向远处，只见那里的天空上，有四个人凌空而立。

一波波恐怖的灵力威压，不断从他们体内散发出来。

在那四人中，一名青袍男子冰冷的目光洞穿虚空，盯在了大殿之中的牧尘身上，声若雷霆，响彻在天地间。

"阁下欺我妻儿，未免也太不将我秦北玄放在眼中了吧?!"

当那声音响起时，无数人都感到了一种由衷的心悸。

这秦北玄的灵力威压没有柳百花来得那般澎湃汹涌，但却犹如大海之下涌动的暗潮，无声无息间，恐怖至极。

大殿中，一道道惊恐的目光望着远处天空中的那个人。此人身躯高大，一身青袍，双目之中灵力内敛，若非是那种恐怖压迫感，恐怕任谁都只会将其当作一个寻常人。

然而，在场的人都清楚，这个看似普通的人，实际不简单。

他就是北玄宗的宗主，同时也是包括百灵大陆在内的四座大陆之主，仙品初期天至尊。在大千世界的西北方向，拥有着极强的名气。

"爹！"

那百灵王见到来人，则再度狂喜起来，激动无比。

"北玄，你一定不能饶过这小子！"而此时那柳百花也回过神来，当即咬牙切齿道。

她感到极为羞怒，原本以为这牧尘顶多也就实力与她相仿，但哪料到这才交手两个回合，她就险些被镇杀在此。

牧尘的惊人战斗力让她心悸，因此她恨不得秦北玄出手，将牧尘斩杀于此。

原本还因为牧尘轻易击败柳百花而松了一口气的北灵盟众人，则再度将心脏提了起来，虽然他们距离天至尊的世界还极为遥远，但这并不妨碍他们知晓仙品天至尊与灵品天至尊之间的差距。

北玄宗是大千世界西北方向中名气颇响的超级势力，不然的话也无法做到横霸四座大陆。而北玄宗能够做到这一点，最重要的原因，便是秦北玄仙品天至尊的强悍实力。

牧尘能够轻易击败柳百花，却不一定就能够在秦北玄的手中讨到好处，更何况，此时的秦北玄，还带了三位好友前来助阵。

如此一算，对方竟然有五位天至尊，此等阵容，足以将旁人吓得头皮发麻。

不过在他们心中惊惶的时候，牧尘的神色却很平静，他望着远处天空上的秦北玄，缓缓道：“你就是北玄宗宗主，秦北玄？”

“正是本座。”秦北玄淡淡道。

“今日之事，你知晓情况吗？”

秦北玄神色淡然，看这模样，显然已从回去搬救兵的那位长老口中知晓了一切，但他还是这样道：“我儿固然有些不对，但你断其双臂，却是过分了一些。”

“为何？”牧尘一笑，道，“我若是再晚来半日，或许我爹就不是受这点伤了，我这朋友，说不定也会受辱，难不成，你儿子比我爹与我的朋友要高贵一些不成？”

他虽然面带笑容，但那声音却十分冰冷。

“痴心妄想的东西，我儿子天生娇贵，自然比你们高贵！”那柳百花闻言，顿时讥讽出声。此时秦北玄在此，她底气再度足了起来，说起话来毫不留情。

牧尘闻言，眼中寒光一闪：“聒噪！真以为这东西护得住你？”

说着，他手掌猛地一挥，只见那被青色龟甲挡住的紫色重拳猛然爆发出一道道火光，紫焰涌动，再度狠狠对着青色龟甲轰了下去。

轰！

紫色重拳全力轰击，温度骤然升高。紫焰包裹着那青色龟甲，将它灼烧得发出尖鸣之声。

这青色龟甲显然是一道灵品级的绝世圣物，但却耐不住这霸道的紫焰，灼烧之下，连龟甲都微微有融化的迹象。

咚！

在紫焰的燃烧下，龟甲防御力大减，而重拳的力量此时也传递下来，还不待那秦北玄反应过来，便一拳将那龟甲连带着柳百花狠狠砸进了大地之中。

一个万丈巨坑出现在城市中，那柳百花浑身焦黑，头发都被烧得干干净净。在青色龟甲表面，光芒变得微弱了许多。若非有此物化解了紫色重拳的大部分力量，恐怕这一拳下来，柳百花的灵体都得出现破碎的迹象。

即便如此，此时的她也身受重创，脸上满是难以置信之色，她无法相信，牧尘竟然如此胆大包天，敢当着秦北玄的面对她出手。

"啊！"暴怒至极的柳百花，尖叫出声，声音中充满着怨毒："北玄，快杀了他！"

秦北玄望着这一幕，面色有些难看，牧尘此举，无疑是半点都不将他放在眼中，这也让他恼怒起来，声音阴沉道："既然阁下如此肆无忌惮，那本座今日只能将你擒下了！"

话音一落，只见其袖袍一挥，那保护在柳百花身躯之外的青色龟甲冲天而起，下一瞬间，便膨胀开来，青光席卷，竟化为一头数万丈庞大的青色巨龟。

那青色巨龟面目狰狞，一出现便张开巨口，喷出青色洪流。洪流每一滴都重如山岳，对着牧尘笼罩而去。

"呵呵，秦兄这北溟龟倒是愈发的厉害了，这北溟洪流所经之处，仙品之下，无人能敌。"在秦北玄身后，那三位前来助阵的天至尊中，有一人开口笑道。

其余两人微微点头，显然对那青色洪流也知根知底。在秦北玄创建北玄宗的过程中，这北溟龟不知道伴随着秦北玄打败了多少天至尊。

而眼前那个年轻人，观其灵力波动，应该只是灵品中期，这般实力，根本无法与秦北玄抗衡。

"北溟龟么……"

牧尘抬头望着那青色巨龟。这北溟龟也是一种超级神兽，成年之后拥有媲美天至尊的实力，这秦北玄应该是得到了其残骸精血，将其炼制成了一道灵品绝世圣物。

按照常理来说，当一位仙品初期的天至尊催动灵品绝世圣物后，灵品天至尊只能束手就擒，但可惜的是，牧尘并不在此列之中。

"看来和你们一家子讲道理没用，既然如此，那还是讲拳头吧。"

牧尘摇了摇头，神色漠然，旋即其单手结印，身躯之上有一道道璀璨的灵纹浮现出来，足足九道。

而与此同时，在牧尘的脑后，一片混沌之光升腾而起，仿佛无上无下，玄奥至极。

"浮屠混沌光。"

牧尘心中冷喝一声，只见那片混沌之光猛地对着那呼啸而来的青色洪流一刷。

唰！

混沌之光掠过，气势汹汹的青色洪流瞬间消失得干干净净，而牧尘脑后那一片混沌光中，则多出了一道青色痕迹。

一刷收走漫天青色洪流，牧尘并未就此停手，心念一动，只见混沌之光再度升腾而起，穿透空间，对着那青色巨龟刷了下去。

唰！

青色巨龟也凭空消失不见，而牧尘脑后的那片混沌之光中，再度多了一头巴掌大小的青色小龟。

一旦卷入这混沌之光中，任何东西，都会被镇压，而且随着混沌光的洗涮，化为虚无。

"什么?!"这一幕，让秦北玄瞳孔一缩，在其身后，那三位天至尊也面色剧变，露出不可思议之色。

他们怎么都没想到，秦北玄那向来无往不利的北溟龟，竟然会在眼前这个青年的手中如此不堪一击。

"那小子背后的光究竟是什么神通？怎么如此霸道?!"一名天至尊震惊道。

那大殿中，众多百灵大陆的首领也神色僵硬，眼前这一幕同样超乎他们的想象。

而北灵盟的那些高层，则早已震惊得不知道该有什么表情了。

远处的高空上，秦北玄的面庞彻底凝重起来，他眼神忌惮地看了一眼牧尘背后升腾的混沌之光，然后转头对身后的三人抱拳道："三位，这一次，恐怕要请大家出手相助一次了。"

此时此刻，秦北玄已不敢再将牧尘当作普通的灵品天至尊，牧尘惊人的战斗力，连他都不得不忌惮，所以，为了不在阴沟里翻船，他也顾不得面子，要邀请朋友帮忙出手了。

听到秦北玄的话，三人中的两位灵品天至尊迟疑了一下，还是点了点头，牧尘的手段虽然惊人，但他们毕竟有人数优势，联起手来，牧尘必然不敌。

秦北玄见状，目光转向了最后一人，这一位的实力和他一样都达到了仙品初期，如果他也帮忙出手的话，那不管牧尘手段再多，今日都难逃一败。

不过，让他意外的是，这位仙品好友这一次却没有豪爽地答应他，反而紧皱着眉头盯着牧尘以及其身后的那片混沌之光，似是在思考什么。

"吕兄？"

秦北玄目光看向他，有些疑惑，这位好友平时与他交情颇深，以往也是互相帮忙，为何今日面对着一个灵品天至尊，反而迟迟没有答应。

那被秦北玄称为吕兄的仙品天至尊没有回答他，他盯着牧尘半响，终于似是想到了什么，神色猛地一变，也不顾秦北玄等人震惊的目光，遥遥对着牧尘抱了抱拳，小心翼翼道："敢问阁下，可是天罗大陆的牧尘府主？"

当那位吕姓仙品天至尊的声音传开时，这天地间寂静了一瞬，特别是那秦北玄以及另外两位天至尊，都震惊莫名地望着吕兄。

"吕兄，你?!"秦北玄神色有些难看，他不知道这请来的帮手，为何会突然间对那个年轻天至尊如此的客气，甚至，那客气中，仿佛还有一些惧意。

另外两名天至尊也是一脸的惊疑不定。

在那大殿中，众多百灵大陆的势力首领也面面相觑。

倒是牧尘微微怔了怔，他看了一眼那吕姓天至尊，然后点了点头，道："如果你说的是天罗大陆上那个牧府之主牧尘的话，应该就是我了。"

听到牧尘这确定的话，吕姓仙品天至尊悄悄松了一口气，旋即抱拳笑道：

"原来真是牧府主在此，此番倒真是得罪了。"

"吕兄！"秦北玄再度沉声道。

吕姓天至尊叹了一口气，他望向秦北玄，道："秦兄，看在我们相识多年的份上，今日的事，还是算了吧。"

秦北玄脸庞微微抽了抽，另外两位天至尊也察觉到不对，他们看了一眼牧尘，谨慎道："吕兄，此人究竟是什么来路？"

此时此刻，他们就是再蠢，也能够察觉到吕姓天至尊对牧尘的忌惮，仙品都如此，更何况他们两人这灵品？

吕姓天至尊苦笑一声，道："这里距那浮屠大陆极为遥远，所以你们一时不知，前些时候，你们眼前这位牧府主，独自一人闯进浮屠古族，以一人之力，将浮屠古族那些长老一网打尽，最后还是浮屠古族当时的大长老浮屠玄出手，才将他阻拦下来。"

听到此处，就连秦北玄面色都一变。对浮屠古族在大千世界中的地位，他自然再清楚不过，那可是五大古族之一，底蕴深不可测。

他北玄宗，虽然能够挤入超级势力的行列，但与浮屠古族相比，还是差了太多太多。而浮屠古族的大长老，更是圣品天至尊的实力，屹立在这大千世界之巅。

这牧尘能够逼得那浮屠玄出手对付他，可想而知究竟是何等恐怖。

"但怎么可能？他只是灵品天至尊的实力。"另外两位天至尊不可思议道，浮屠古族中，光是仙品天至尊恐怕都超过双手之数，就是用人堆，也能将牧尘给堆死啊。

"因为他当时掌控了浮屠古族的护族大阵，借此力量，将浮屠古族的所有长老都镇压了下去，就算是玄脉、墨脉那两位仙品后期的脉首，都不是他的对手。"吕姓天至尊说道。

那两位天至尊闻言，都暗暗咂舌，这牧尘也太疯狂了吧？竟然能够干出这种恐怖的事情，这得将浮屠古族得罪成什么样？

秦北玄神色有些凝重，但也微微松了一口气，原来牧尘是依靠浮屠古族护族大阵，那种恐怖的力量并非源自其本身。

"他能够做出这些事，的确证明他能耐不小，但也不至于让吕兄如此忌惮吧？他得罪了浮屠古族，还能如此肆无忌惮？"秦北玄沉声道。

牧尘这些战绩，的确不凡，但如果说要让他这位仙品天至尊十分惧怕，那也不至于。

吕姓天至尊摇了摇头，道："别看他只是灵品天至尊，但就算是浮屠古族的一位仙品初期的长老，都败在了他手中，这可不是护族大阵的力量，而是他本身的能耐。"

"另外……你们觉得，他将浮屠古族掀得天翻地覆，如今却安然无恙，是为什么？"

听到此话，秦北玄三人都心头一凛，浮屠古族那种古族，最在乎面子，牧尘此举，可谓是扫尽了其颜面，正常来说，浮屠古族决不会善罢甘休，可现在的牧尘，却依旧是活蹦乱跳。

这说明什么？说明就算是做了那些事，浮屠古族依旧拿他没办法，这究竟得多大的能量？

"这牧尘与无尽火域的炎帝、武境的武祖，关系极深，他在浮屠古族闹翻天，炎帝、武祖甚至还为他提供庇护。"吕姓天至尊道。

秦北玄三人的面色再度一变，炎帝、武祖，那可是大千世界中响当当的名字，甚至在圣品天至尊中，都屹立在顶尖处。

而牧尘，竟然能够与他们有不浅的关系？他们甚至不惜为此得罪浮屠古族？

"难怪……有这两位撑腰，就算是浮屠古族，也会忌惮。"那两位天至尊叹息一声，说道。

吕姓天至尊笑了笑，道："这还不是最主要的，你们可知牧尘为何要大闹浮屠古族？那是因为他要去救其母亲。"

"早年其母与其父在这百灵大陆结下私情，浮屠古族大怒，后来将其母幽禁，而牧尘此去，就是为了其母亲。"

"而他这位母亲，也是了不得……此次一现身，就剥夺了浮屠玄大长老的身份，而她本身，更是一位圣品大宗师，所以说，现在浮屠古族的大长老，就是牧尘的母亲。"

秦北玄与那两位天至尊都张大了嘴巴，一脸的震惊之色，搞了半天，这牧尘的母亲，竟然是浮屠古族的新任大长老？！

难怪浮屠古族不追究牧尘大闹的事情，原来这最高权力，都落在了他母亲的手中！

那两位天至尊对视一眼，都讷讷无言，眼神闪烁，显然已有了退缩之意，因为他们已经明白了牧尘身后的牵连之广。

不仅有无尽火域，武境，还有一个浮屠古族。

这可是大千世界中顶尖的超级势力，跺跺脚连世界都会抖一抖。他们虽然也是天至尊，享受亿万尊崇，但他们明白自身与那种顶尖势力、与圣品之间的差距。

有这种背景，这大千世界中还能够让牧尘忌惮的势力，还真是不多。

秦北玄的面色微微发白，他原本以为牧尘只是一个普通的灵品天至尊，但没想到背景如此之深，深到连他都有了惧意。

这下子，可真是搞得他有些进退两难了。

而在秦北玄犹豫间，他忽然见到一旁那吕姓天至尊的面色变了，当即忍不住问道："又怎么了？"

吕姓天至尊目光有些闪烁，他目光掠过大殿，然后瞧见了牧锋身旁一个温婉女子，当即头皮有些发麻道："你们看见那个女子了吗？我看怎么有点像是牧尘的母亲！"

听到他这话，就连秦北玄头皮都炸了一下，另外两位天至尊更是面色惊惧，小心翼翼地将目光投射过去，原本他们并没有在意大殿中的人，而此时仔细打量下，方才隐隐感觉到，那个一直未曾说话，只是温婉坐在那里任由牧尘发难的女子，竟给他们一种无言的压迫感。

"是了！是了！那位就是牧尘的母亲，也就是如今浮屠古族的大长老，清衍静！"吕姓天至尊终于认了出来，当即说道。

另外两名天至尊浑身发凉，自己竟然当着一位圣品大宗师的面，打算联手对付她儿子？他们简直无法想象，如果他们刚才出手了的话，现在会是何等下场。

旋即他们看向秦北玄，道："秦兄，今日之事，我们可差点被你害惨了。"

他们的言语间有些埋怨之意，秦北玄请他们来助拳自然可以，但却连对方的底细都没搞明白就找他们来，简直就是在坑人啊。

秦北玄面色青白交替，最后苦笑一声，道："此事是我做错了，我也没想到这逆子竟然会惹出这种麻烦来。"

"眼下我等先下去，见一见这位大人，看能否将此事揭过。"

秦北玄如此说道，他想下去亲自探测一下，看看那女子是不是真的就是浮屠古族的大长老。

其余三人闻言皆连连点头。

于是，在大殿众多首领的惊疑目光中，先前还气势汹汹要联手对付牧尘的四位天至尊，竟从天而降，落在了破碎的大殿中。

"爹！爹！"

那百灵王瞧得秦北玄到来，则是狂喜，连忙叫道。

不过秦北玄却根本未曾理会他的叫喊，而是与其他三人来到了北灵盟那片席位前，在那一片震惊的目光中，齐齐对着牧锋身旁的清衍静抱拳一礼。

"敢问可是浮屠古族大长老当面？"

秦北玄忐忑的声音在大殿中传开，那原本还一脸狂喜之色的百灵王神色瞬间凝固，目瞪口呆地望着这一幕。而其他各方首领也是一脸的不可思议之色。

北灵盟中，那些先前还和清衍静笑着交谈的高层们也是大吃一惊，然后他们齐齐咽了一口口水，望向牧锋身旁的清衍静。

显然他们不明白，为何眼前的四位高高在上的天至尊，会突然对着清衍静行这般大礼。

而对于眼前四人这般恭谨的态度，清衍静也是微微讶异，旋即她淡笑一声，微微点头，道："我是清衍静。"

此话入耳，秦北玄顿时如处冰窖，通体冰寒。

他们这群瞎眼的人，竟然还真的是当着一位圣品大宗师的面，如猴子一般蹦跶了好半天……

第17章

第17章
故乡

大殿寂静，而秦北玄等四人则浑身冷汗直流，面色微微发白，显然感到了由衷的恐惧。一位圣品大宗师，只要心念一动，恐怕就能将他们困入一座灵阵世界中，然后抹杀成虚无……

圣品与仙品，差距就是这么大。

这就犹如小国的帝皇与超级大国帝皇之间的差距，虽同为帝皇，但后者一念之下，就能令其国破人亡。

"浮屠古族大长老？"

大殿内的其他势力首领以及北灵盟的一众高层，都疑惑地望着清衍静，因为层次的不同，他们自然也很少接触到浮屠古族这种级别的古老势力。

在他们眼中，有天至尊坐镇的超级势力就已经是高不可攀，至于那在超级势力中都是处于顶尖层次的古族，就更不在他们的视野范围了。

不过，虽然很疑惑这所谓的浮屠古族大长老是什么，但从眼前秦北玄四人那发抖的模样来看，他们已能够隐隐感觉到这其中的恐怖。

因为就算是之前牧尘展现出来的那种惊人战斗力，都没令眼前四人忌惮，由此可见，这清衍静所带来的威慑力，远比牧尘强。

咕噜。

这让不少势力首领都悄悄咽了一口口水，望向清衍静的目光中充满着敬畏之色。到了此时，他们方才明白，这大殿中最可怕的，并非是手段惊天的牧尘，而是这个面带温柔笑容，平易近人得让人以为她只是普通人的清衍静。

与牧尘的金刚怒目相比，这才是一尊真正不怒自威的大菩萨。

先前那些还和清衍静谈笑自如的北灵盟高层，则都在此时抹了一把额头上的冷汗。刚才的他们，竟然和一位他们根本无法触及的恐怖存在谈笑风生，如今想想，可真是让人心脏狂跳……

"呵呵，看来还是我媳妇比儿子厉害。"在场中唯一还算镇定的便是牧锋，他见到这一幕，冲着牧尘笑呵呵道。

牧尘闻言，无奈地翻了翻白眼。

"爹！"

大殿首位上，百灵王见到这一幕，如遭雷击，旋即面容扭曲起来，嘶声道："爹，你要为我报仇啊！你不能放过他们啊！"

他怎么都没想到，苦苦期盼而来的救兵，眼下不仅没有如他所愿让牧尘一家跪在他的面前，还屈身在对方面前。这种反差，几乎让一生顺风顺水的百灵王失去理智。

"闭嘴，逆子！"

秦北玄面色铁青，袖袍一挥，一巴掌便隔空扇在了百灵王的脸上，将他打得重重撞在了墙壁上。秦北玄眼神冰冷地盯着他，咬牙道："你还嫌你惹的祸不够多吗？！"

此时的秦北玄，也是一阵后怕，今日之事，如果不是他这朋友发现得早，真动起手来，将这清衍静惹怒，那恐怕整个北玄宗都会烟消云散。

身为一位仙品天至尊，他非常清楚圣品大宗师的恐怖，也更清楚浮屠古族这种古族所蕴含的能量。

一想到整个宗门差点因为百灵王的举动引来灭门之灾，秦北玄便因为心中的恐惧而暴怒。

百灵王的脸在此时肿了起来，他呆滞地望着震怒的秦北玄，脸上传来的剧痛终于让他清醒过来，当即通体一阵冰凉。

到了这一步，他当然看得出来，不是他爹不想给他出气，而是因为他所招惹的敌人，强大到了连他爹都感到恐惧的地步。

眼前那个青年以及那温婉女子，是他们招惹不起的存在。

此时，百灵王能够倚仗的力量破碎，支撑他的底气也消散得一干二净，他望着牧尘那冰冷的目光，终于涌上了恐惧之感，瑟瑟发抖起来。

"北玄！你做什么？"

而此时那柳百花也掠进大殿，她望着被秦北玄一巴掌扇到脸肿起来的百灵王，不由得大怒，这个儿子，一直被其视为心头肉。

"你也给我闭嘴！"

不过，她刚刚出声，秦北玄那冷厉的目光便投射而来："你若是不想我北玄宗以及百花宗从此在大千世界中消失的话，就给我清醒一些！"

柳百花浑身一寒，恐惧地看了清衍静一眼，此时的距离，已经足以让她感觉到后者体内散发出来的那种恐怖威压了。

在那种绝对的压制下，就算是她再心痛与不甘，都不敢出言了。

大殿内，其他的众多首领见到这一幕都暗暗感叹，看来这一次，这百灵王是彻底栽了，不过一开始谁又能够想到，这区区一个北灵盟的盟主，竟然能有这种可怕的背景。

他老婆是那所谓浮屠古族的大长老，而他儿子，也是一位力压秦北玄的天至尊，这简直让他们有点崩溃，因为牧锋的实力，怎么看，都还未曾达到至尊境。

在将自家妻儿都镇压下来后，秦北玄转身对着清衍静恭敬地一抱拳，赔礼道："今日之事，全是我那逆子咎由自取，不知大人，是要打算如何处置？"

清衍静微微蹙眉，对这些事没有半点兴趣，当即摇头，道："这些事都由我儿做主，你自己去问他吧。"

一旁的牧尘扫了秦北玄一眼，声音平静道："秦宗主，这百灵王有你们庇护，在这百灵大陆作威作福，欺压旁人，旁人也只得自认倒霉，不过，今日他欺到我家人头上，那就轮到你们自认倒霉了。"

秦北玄苦笑一声，点了点头，说起来也的确是公平，百灵王以往欺压其他人，他们能够镇住，保他安然无恙，但如今惹到了不该惹的人，自然也要付出代价。

"全凭牧府主处置。"他也干脆，既然无法抗衡，那就表现得顺从一些。

"你倒是个聪明人。"牧尘一笑，这秦北玄能屈能伸，不愧是一宗之主。

"从今往后，这百灵大陆就不归你们北玄宗管辖了，改由北灵盟为主。"

此话一出，大殿内响起哗然声，那些百灵大陆上的众多势力首领都暗感震惊，如此一来，日后他们要朝拜的王，岂非就变成了牧锋？

这让一些势力首领有些不自然，毕竟北灵盟以往在百灵大陆上只能算作中等势力，但如今，却直接压在了他们的头上。

不过，当牧尘的目光扫过来时，他们都打了一个寒战，当即暗骂自己愚蠢，有如此厉害的老婆与儿子，谁还敢将北灵盟当作一个不起眼的势力来看？

秦北玄闻言，微微犹豫，咬牙点头："好，这百灵大陆，我北玄宗就双手奉上，以息两位之怒。"

虽然少了百灵大陆对于他们北玄宗影响极大，但终归是在能承受的范围之内。

"另外，你儿伤我家人，手段卑劣，本该一手抹杀了事，不过念在你的面上，留其一命。"牧尘淡淡道。

秦北玄刚刚松了一口气，牧尘的声音便再度响起："不过死罪可免，活罪难逃。"

话音落下，牧尘天灵盖上，一座古朴的水晶浮屠塔冲天而起，然后悬浮在了惊恐莫名的百灵王头顶之上。

嗡嗡。

水晶般的光华照耀下来，迅速在百灵王身躯上形成水晶般的符文。这些符文，犹如锁链一般，刺入了百灵王血肉之中。

随着这些水晶符文的成型，百灵王惊骇欲绝地发现，自身的灵力竟然开始迅速黯淡，最后彻底消失。

"封印其灵力五十年。"

牧尘冰冷的声音落下来，百灵王如遭雷击，面色如土。

"你！"柳百花见状，顿时紧咬银牙，眼中流露出愤恨之色。

"还有你！"牧尘的目光投向柳百花，冷冷道，"辱我家人，也不可轻饶！"

对这泼妇般的女人，牧尘十分恼怒。正是她的的原因，才令这百灵王肆无忌惮；先前她更是辱其父亲，口舌恶毒。这般女人，也不可轻易饶过。

咻！

当其声落时，水晶塔便洞穿虚空，出现在了柳百花头顶，水晶之光笼罩下来，将其覆盖。

柳百花面露惊惧之色，急忙催动灵力抵御，但当其灵力与那水晶之光接触时，却以一种惊人的速度溃败下来。短短不过十数息，那水晶塔的灵力光芒便在其身体表面烙印下了一个个水晶符文。

柳百花周身浩瀚无比的灵力波动，也在此时迅速萎靡下来。

以牧尘如今的实力，还无法彻底将一位天至尊的灵力封印，但却可以削弱。此时的柳百花，实力也就相当于一个上位地至尊。

"这道封印，将会持续二十年，二十年后，自会消失。"

柳百花面色惨白，她乃是高高在上的天至尊，如今一下子变回地至尊，对于她的打击，显然不同一般。

整个大殿寂静无声，所有人都被牧尘那凌厉手段所震慑。翻手间便将百灵王与柳百花封印，何人能比？

做完这些，牧尘看向秦北玄，缓缓道："秦宗主，我的处置，你可有意见？"

秦北玄面容苦涩，微微摇头，他知道，牧尘已经算是留手了，大千世界中，圣品之威可毁天灭地，一位圣品如果真的动怒了，他们北玄宗与百花宗，都难逃劫难。

如今只是封印了百灵王与柳百花的灵力，比起毁宗般的结果，已是好了太多。

"既然如此，今日之事，就此揭过，还望你日后好自为之。若是这北灵盟以后出了什么问题，我自会登门拜访。"牧尘语气平静道，他不可能一直留在百灵大陆，万一到时候他与清衍静都离开了，这秦北玄想要报复，以北灵盟的实力，必然无法阻挡。

秦北玄自然明白牧尘话语中的意思，当即苦笑着点点头，在见识了牧尘以及清衍静的实力后，他哪里还敢有报复的心思。

"那我等就先行告辞了。"

秦北玄袖袍一挥，灵力卷起百灵王与柳百花，对着牧尘、清衍静抱了抱拳，便不再停留，与另外三位天至尊化为灵光冲天而起。

随着秦北玄他们的离去，那笼罩在这天地间的恐怖压迫感也随之消散。

大殿内众多的势力首领望着一片狼藉的大殿，心中知晓，从此以后，这百灵大陆，就要换天了……

百灵城的事，最终是这样出人意料地落幕了，而当那些各方首领离去之后，百灵大陆则不出意外地为之震动起来。

所有人都为结果而目瞪口呆，谁能想到，一次朝王祭之后，这百灵大陆，就已经易主了……

且此次的大陆之主，还是那从未听闻过的北灵盟。

要知道，那北灵盟以往在百灵大陆上，不过只是一方中小型势力罢了，可这一次，却是直飞冲天。

虽然对北灵盟这种跳跃似的晋升极为艳羡，但诸多势力也知晓，那北灵盟盟主牧锋背景强悍得可怕，虽然他自身实力不怎么样，但那老婆儿子，却是一个比一个恐怖。

传闻其妻清衍静，乃是浮屠古族大长老，而那浮屠古族，即便在大千世界诸多超级势力中，都名列前茅。

而其子牧尘，白手起家，短短十年的时间，便晋入天至尊，而且还在那超级大陆天罗大陆上占有一席之地，创立牧府，使牧府跻身进入大千世界的超级势力之列。

如此背景，也难怪此次连那北玄宗宗主秦北玄都要认输服软，将这百灵大陆拱手奉上。

北灵盟身后有这两尊庞然大物支持时，百灵大陆上的其他势力都不敢有丝毫造次之举。一些机敏的势力更是早早派出使臣，前往北灵盟，以期在这百灵大陆新主子面前讨一个好印象。

百灵大陆，北灵境，北灵盟总部。

如今的北灵盟总部，其实便是当初的牧域主城，而这里，正是牧尘长大的

地方。

在一座幽静庭院中，牧尘躺在石亭内，他望着周围熟悉得仿佛铭刻在记忆深处中的环境，嘴角有一抹笑容浮现出来。他的身躯完全放松下来，一种从未有过的轻松感，弥漫在他的四肢百骸。

从当年离开北灵境的时候起，牧尘便犹如绷紧的弓弦一般，不断前进着，不管遇见任何的艰难险阻，他都抱着一往无前的勇气闯下去。

因为那时候他知道自己的弱小，那时候，甚至连洛璃所在的洛神族，都是他无法触及的层次，更何况浮屠古族，所以，他唯有不断向前。

这些年来，在他的努力下，取得了不小的成就。如今，更是兑现了离开北灵境时，对他父亲所许下的承诺。

虽然一路艰辛，所幸，最终他成功了……

"老爹，我做到了。"

牧尘望着蔚蓝的天空，微微一笑，心中充斥着一种淡淡的喜悦感，此时此刻，如果洛璃在他的身边，那该有多好。

一想到那个女孩，牧尘嘴角的笑容愈发的浓郁，他知道，洛璃之所以会前往太灵古族成为圣女，除了有她的好胜心作祟外，一大部分原因是为了能够帮助他。

在牧尘的认识中，洛璃虽然有令人惊艳的容颜，但她骨子里却十分好胜，不愿输于旁人。

就如同当年在那灵路之中，仅仅只是为了一点心中的执念，她就能够追杀他几天几夜不停歇……

如今的牧尘，已晋入天至尊，想来洛璃对此也感觉到有些压力，她可不是一个喜欢躲在牧尘的身后，让他为自己遮挡风雨的柔弱女孩。

她想要做的，是拥有足够的实力，与他肩并肩，面对着所有的狂风暴雨……

"喂，回神啦！"

就在牧尘满脑子都想着那个绝美清灵的女孩时，眼前有白皙的小手挥了挥，同时也有清脆声在他的耳边响起。

牧尘回过神来，望着出现在面前的唐芊儿，笑了笑，道："芊儿姐，你怎么来了？"

唐芊儿笑吟吟地在他的身旁坐下，纤细的玉腿伸开来，有些怀念地凝视着周围的环境，道："真是熟悉的地方呢。"

两人毕竟从小一起长大，所以这里，唐芊儿也半点都不陌生。

牧尘感叹着点点头，旋即一笑，道："你现在留在万凰灵院了？"

唐芊儿微微点头，道："我觉得万凰灵院挺适合我的，虽然不如你现在这般风光，但能够见到一批批小家伙们如我们当年一般渐渐成长起来，还是蛮有趣的呢。"

牧尘莞尔一笑，道："你现在可是风华正茂呢。"

如今的唐芊儿，比起以往的少女模样，成熟了一些，并且因为担任了万凰灵院副院长的职务，身上有着一种别样的气质。

"那有什么用？"唐芊儿轻叹了一声，然后美目扫向牧尘，笑眯眯道，"洛璃呢？她还好吗？怎么没带回来让牧叔叔他们见见？"

"她挺好的，跑太灵古族当圣女去了，下次有机会的话再带回来吧。"牧尘伸了一个懒腰，道。

听到牧尘那看似埋怨，但嘴角却噙着一丝笑容的模样，唐芊儿眸子微垂，眼眸深处掠过一抹黯色，旋即迅速恢复过来，调笑道："还以为你没追到呢，洛璃那么出色，怎么会看上你的？"

牧尘无奈地摇了摇头，道："我也没那么差吧？"

"这么年轻的天至尊，的确很优秀了。"唐芊儿掩嘴轻笑，"回万凰灵院后，我得和院长她们说说，她们对你印象还很深刻呢，因为那一届的五院大战，风头全被你抢走了。"

牧尘挠了挠头，如今想想，那也真是年少轻狂。

"我再等几天，应该就要回万凰灵院了，不知道下次回来，又会是什么时候。"唐芊儿蜷缩着修长的玉腿，美目凝视着天空，有些低落道。

"放心吧，有机会的话，我会去万凰灵院看你的。"牧尘安慰道，旋即他想了想，取出一个玉符，其上闪烁着灵光。

"你将这个随身佩戴，如果遇见了危险，可以将其捏碎，到时候我会用最快的速度去帮你。"

唐芊儿怔怔地望着玉符，伸出玉手接过，玉符微凉，但却让她感觉到了一股温暖，当即她从怀中取出一条红线，灵巧地将其穿起来，最后贴身放在了胸口。

"还算你有点良心。"她嫣然一笑，笑容明媚动人。

"在我走之前，我们找个时间一起去北灵院看看吧。"

"好。"

唐芊儿冲牧尘摆了摆手，然后便跃下石亭，轻盈远去。

牧尘望着唐芊儿远去的身影，微微一笑，心中不由得愈发思念那个总是令他魂牵梦绕的女孩。

"这小妮子其实挺好的，要不你收了她给我当个儿媳妇？"此时，忽然有一道戏谑的笑声传来，牧尘连忙回头，便见到清衍静站在了身旁。

牧尘有点窘，然后无奈地摇了摇头。

清衍静笑眯眯地揉了揉牧尘的头发，道："不然的话，那就赶紧把洛璃给娘带回家来，那个女孩我上次见过，的确很不错。"

早在北苍大陆上，清衍静就见过当时在牧尘身旁的洛璃，所以她对洛璃有很深的印象。

牧尘笑着点点头。

"对了，娘，您能在北灵城构建一座超远距离的传送灵阵吗？最好是能够直通天罗大陆的牧府总部。"牧尘想起什么，忽然问道。

以后的他，肯定大部分时间都不会留在北灵境，但如此的话，他又不是很放心他老爹，所以最好的办法，是构建一座远距离的传送阵，他便可以随时照料到百灵大陆。但显然，这不是一件容易的事情。

因为百灵大陆与天罗大陆距离太过遥远，这种距离的传送灵阵，就连现在的牧尘都没能力构建出来，所以只能指望清衍静。

"通往天罗大陆的传送阵吗？"清衍静想了想，点点头道，"这种距离的传送灵阵，恐怕非得圣品大宗师才有可能做到了。"

牧尘闻言，顿时大喜。

"不过这种传送灵阵，需要天罗大陆那边有一座副传送阵做空间坐标，不然的话，我也无能为力。"

牧尘对此并不意外，笑道："娘你可别忘了儿子也是灵阵宗师，这种常识怎会没有，早在我离开牧府时，就已经设置好了那座副阵。"

说着，他手中光芒一闪，只见一颗银色的水晶石便出现在了其手中。在那水晶石上，弥漫着浓郁的空间波动。

这是空间石，构建传送灵阵的必需之物，他手中这一颗是主石，而副石已被镶嵌进了牧府总部的那一座传送灵阵内。

清衍静接过这颗空间石，微笑道："既然如此，半月之后，我应该就能将传送灵阵构建成，到时候，你要来往两地，就不用再穿梭一座座大陆了。"

牧尘咧嘴笑起来，高举起手。

"娘亲威武。"

山海大陆，这是一座在大千世界中极为有名的大陆，因为在这座大陆上，有一个大千世界中极为尊贵的种族——凤凰族。

凤凰族乃大千世界无数飞禽种族之祖，地位崇高，在整个大千世界，都享有着赫赫声名。

这座大陆，正如其名，其中山与海纵横，百万大山，连绵无尽。这里的山脉，巍峨雄伟，犹如擎天巨人一般，令这座大陆充满着洪荒般的气息。

而此时，百万群山之间，云雾缭绕，仙禽飞舞，华丽宫宇若隐若现，清脆鸟鸣声回荡在天地间，令此处犹如仙境。

群山中央，有一座巍峨大殿，大殿内溪流纵横，仙气缭绕，一个个石座沿着清澈溪流矗立。在这些石座上，皆有人盘坐，每一个人周身都散发着灵光，这些灵光在他们的身后凝聚，隐隐化为各种飞禽之影。

若有外人在此，怕会相当惊讶，因为那些在座者皆属于大千世界中超级神兽种族。

这些种族，历史悠久，底蕴深厚，实力不弱于大千世界中的那些超级势力。

所以当这些超级神兽种族汇聚起来时，便形成了一股相当庞大的能量。

在大殿最中央的一个石座上，有一中年人盘坐着，此人长发披散，举手投足间，散发着一种难言的尊贵之气。

在凤凰族，由凤王与凰王共治，各分任期，而如今凤凰族内执掌权力的，则正是这中年男子——现任凰王凰金。

"诸位，化神池将会在半月之后开启，到时候各家能够夺得几分血源，就要看各家的本事了。"凰王目光略显威严地扫视开来，淡笑道。

他的声音落下，在座的这些各方存在眼中都神光闪烁，流露出一些迫不及待之色。

化神池，那是由诸多先辈所留下的宝贝。在远古时期，凤凰族与其他飞禽种族结下契约，各家的天至尊在即将陨灭之际，都要进入化神池，消融肉身血脉，将其融入化神池内。

如此一来，以后各家的后辈，若有天骄出现，则能够进入化神池内争夺先辈所留的血源，以此来令自身血脉更为精纯，再度进化。

可以说，这化神池对于大千世界的所有飞禽神兽种族而言，乃是一份由诸家先辈留下的天大机缘。

这种机缘，莫说是寻常神兽种族，就算是凤凰族，都为之心动。

不过由于化神池乃诸家先辈共同所化，谁也无法独占，所以一旦开启，那就依靠各家本事夺取，多与少，就看各家能耐。

凰王凰金望着大殿内众人的神色，微微一笑，然后那幽深的双目便转向了大殿最里面的石座处，那里有两人。

当先一位，一身黑衫，颇有气势，正是九幽雀族的族长——天荒。

而在他的身后，则是一名玄裙女子，女子拥有着高挑修长的身材，曲线玲珑。她的容颜也是极为美丽，有一种冷艳之感，红润小嘴微抿，给人一种充满着野性的美感，动人心魄。

这自然就是九幽了。

"天荒族长，九幽姑娘，不知我之前提议，你们可有结果了？"凰金望着两人，微微一笑，道。

听到凰金的话，那以往在牧尘眼中颇有威严的天荒族长，此时却面色青白交替，一旁的九幽，也是贝齿紧咬红唇。

那凰金瞧得两人不说话，不在意地笑了笑，道："两位，你们也知吾儿修行九转成圣诀，已经历八次涅槃，只要再进行一次涅槃，便可突破入圣，这对于我凤凰族都是至关重要之事，所以还望九幽雀族能够成全。"

说着，凰金看了一眼身后，在那里有一个青年安静地盘坐着，青年模样极为英俊，剑眉星目，一身金袍，尊贵无比，远远看去，犹如帝王之子一般。

而此人，正是凰金之子，也是如今凰族的少族长——凰玄之。

传闻此子修行了凤凰族的无上神通——九转成圣诀，此神通一转一涅槃，涅槃一次需十年之功，待到九转圆满时，便可踏入圣品。

这九转成圣诀同样名列大千世界三十六道绝世神通之列，由此可见其不凡之处。

不过此等神通，修炼极为艰难，对天赋要求极高，而且每一转，都将需要吞噬一种超级神兽血脉。如今的凰玄之，已是功成八转，自身更是踏入了仙品层次。

但随着功到八转，那所需要的超级神兽血脉也越来越难得。显然，他们这一次，看上了九幽身怀的远古不死鸟的血脉。

远古不死鸟，同属凤凰一脉，稀有程度甚至超过了真凤、真凰的血脉。当今世上，唯一还身具不死鸟血脉的人，恐怕就是九幽了。

其他的那些超级神兽种族中的存在，则是冷眼望着这一幕。在这神兽世界中，也是弱肉强食，九幽雀族只是神兽种族，还算不上超级神兽种族，所以当他们拥有不死鸟这种血脉时，无疑会引来诸多觊觎。

天荒的眼中掠过一抹晦暗之色，九幽是他们九幽雀族这万千载以来，唯一一个觉醒了不死鸟血脉的人，所以整个族内都将其视为希望，倾尽资源培养，想要让九幽有朝一日完成最终进化，踏入那圣品之列。

天荒将九幽带到凤凰族来，所为的自然就是那化神池，但他怎么都没想到，也正是因此，九幽的不死鸟血脉落入了这凰金的眼中。

天荒如何不知，如果真让那凰玄之吞噬了九幽的不死鸟血脉，恐怕九幽此生都再进步不得，这对于他们九幽雀族将会是致命的打击。

可凤凰族势大，这凰金更是凰王，也是圣品天至尊，远远不是他们九幽雀族所能够抗衡的，若是拒绝，必然将其激怒。

所以一时间，天荒心乱如麻，只能勉强道：“王上能够看中小女，倒是她的福气，不过小女当年任性，与一人类缔结了血脉链接，恐怕会有些变故。”

此话一处，引得在场一些超级神兽种族投来讶异目光，就连那凰金眉头都皱了皱。凤凰族自诩高贵，喜欢纯净之物，在他们的眼中，就连其他的超级神兽都显得粗鲁，更何况人类？

天荒察觉到这一幕，反而心中微松了一口气，虽然这样对九幽的名声不好，但只要能够保住她，名声也就算不得什么了。

不过，就在他松气时，那凰金身后，凰玄之忽然淡淡一笑，道："此事无碍，将那人类捉来，吾族自有诸多手段解除血脉链接，而且不会伤到九幽小姐丝毫。"

九幽听到此处，心头一沉，解除血脉链接，必然会伤及一方，若是不伤她的话，那么就必然会伤到牧尘。

天荒闻言，只得硬着头皮道："只怕那位不太好捉来。"

"为何？"凰金双目微眯，不在意地笑道，"这大千世界中，能让我凤凰族不好捉的人，可不算太多。"

天荒犹豫了一下，咬牙道："因为与小女缔结血脉链接者，乃是天罗大陆牧府之主，牧尘。"

"牧尘？"

这个名字传出来，一旁的那些超级神兽中的存在，都惊讶出声道："难道是前些时候将那浮屠古族闹得天翻地覆的牧尘？"

天荒点点头，如果不是知晓如今的牧尘非同以往，他也不会将其暴露出来。

凰金闻言，也有些讶异，因为这个名字最近在大千世界中可是相当响亮。当然，对于牧尘那牧府，凰金并不在意，他在意的是，牧尘的母亲如今乃是浮屠古族的大长老。

有这种背景，就算是凤凰族，也无法对牧尘怎么样。

凰金皱了皱眉，如此的话，倒还真不能强行将他捉来解除血脉链接了，否则那清衍静，定不会善罢甘休。

天荒见到凰金沉默下来，心中不由得高兴起来。

但他还没高兴太久，便感觉到凰玄之那若有深意的目光投射过来，并且淡笑道："既是如此的话，那我们就退让一步，这血脉链接，我并不在意，反正不会影响到我。"

他们凤凰族喜欢纯净之物不假，但如果为了得到不死鸟血脉，他也愿意忍受一下。

天荒闻言，心头顿时一沉。

凰玄之眼神淡漠地扫了他一眼，似是洞穿了其心思，道："那个牧尘，有其母撑腰，我们凤凰族拿他没办法。不过，你们也莫要以为我凤凰族就怕了他，你们要拿他来威慑我凤凰族，我只能说，他牧尘，现在还没那种资格。"

"至于你要说，到时候那牧尘会为九幽小姐出气，呵呵，那我凰玄之倒是想要见识一下这位将浮屠古族闹得天翻地覆的天骄，究竟有何等能耐！"

说到这里，他微笑地望着面色铁青的天荒与俏脸冰冷的九幽，道："而且，我可不信，那牧尘真有胆量来我凤凰族撒野，他若真来了，我便将他擒下，也让他知晓，何为那天外天，人外人。莫以为他在浮屠古族撒野一通，这大千世界就没人制得了他。"

大殿内，凰玄之语气从容，气势平和，却有着一种难言的傲气，隐隐显出王者之相。那般气度，的确非同凡响。

凰金见状，微笑着点头，对于凰玄之的表现极为满意，那牧尘名气虽响，但与自家儿子一比，还是有所差距的。

因为他的儿子，才是真正的绝世天骄。

于是，他凤目蕴含威严地转向天荒、九幽，淡淡的声音，在大殿中响起。

"本王已有了决定，半月之后，化神池开时，便是吾儿九转之日。"

"到时入了化神池，你们若还是不愿，那吾儿便只有自己来取了。"

第18章
九幽有难

牧府后山。

一座山峰之上，牧尘静静盘坐，浩瀚的灵光闪烁在其周身。在其身后，一尊万丈高的紫金法身矗立着，吞吐之间，天地间的灵力犹如洪流般顺着它的鼻息而入，轰鸣声响起，气势浩荡。

牧尘的这般修炼持续了整整一日才停歇。当那旭日东升时，他双目才缓缓睁开，黑眸之中，两道万丈灵光暴射而出，连天地都被撕裂开来。

而他身后的不朽金身微微波动着，然后渐渐消散。

牧尘感应着不朽金身的散去，眼光流动，他能够隐隐感觉到，他所修炼的不朽金身，其威能已接近了顶峰。

这也就是说，不朽金身的力量已经达到极限，日后想要提升，就只能靠牧尘本身实力的精进了。

"你这不朽金身，已是炉火纯青了。"

忽然有一道声音从身后响起，牧尘转过头，只见清衍静正饶有兴致地望着他身后消散的不朽金身。

牧尘微微点头，如果只是比不朽金身的话，恐怕现在的他都快接近天帝前辈了。

"以你这不朽金身的火候，倒是有资格去争夺那万古不朽身。"清衍静笑道。

听到那万古不朽身，牧尘的眼中掠过一抹火热之色，那可是他的终极梦想，从当初修炼大日不灭身的那一刻起，他就无时无刻不在期待着那终极形态的万古不朽身。

"不过万古不朽身由摩诃古族保管，想要获得，怕是不易。"牧尘叹了一口气，道。

"当年不朽大帝只是将万古不朽身给予摩诃古族保管而已，他们只是保管者，并非万古不朽身的主人。按照不朽大帝留下的规矩，每隔一些年头，摩诃古族就需举办万古会，所有修成了不朽金身的人，都有资格参与。届时，万古不朽身，自会择主。"

"不过如今的摩诃古族，倒的确开始以万古不朽身拥有者的姿态自居，千方百计地阻扰其他不朽金身的修成者，想要让自家族人获得万古不朽身的认可，但是可惜，直到如今，都未曾得手。"说到此处，清衍静冷笑一声，有些嘲讽。

"他们守护了万千载，哪会想平白将其交给外人。"牧尘一笑，对此倒不感到意外，因为他很清楚万古不朽身的吸引力，就算是摩诃古族这种底蕴深厚的种族，都无法抗拒。

毕竟那是天地间五座原始法身之一，造就了不朽大帝这位远古时期的最强者。

"不管他们有多不舍得，万古会开启的时候，我都定会去那摩诃古族。不朽大帝既然想要为万古不朽身挑选一个最好的主人，那我自然也要去争一争。"牧尘双目微闪，低声说道。

他一路从大日不灭身修来，直到如今的不朽金身大成，之间付出了无数的艰辛，所为的，就是那最终一步的万古不朽身，所以，不管到时候那摩诃古族多不愿，他都将全力争夺。

当年，天帝告诉他，实力未到时，不可前往摩诃古族争夺。但如今的他，早已今非昔比……

"既然我儿有这般雄心，那娘自然会支持，到时候你尽管去争，若你得到

243

了万古不朽身的认可，那摩诃古族敢生事，欺负你，娘自然不会与他们善罢甘休。"清衍静摸了摸牧尘的头发，霸气道。

牧尘闻言，笑了一笑，点头道："那就谢谢娘了。"

他的声音落下，神色忽然一动，手掌一握，手中出现了一枚玉符，玉符闪烁着灵光，然后碎裂开来，灵光升起，在他的面前化为一行灵光字体。

牧尘眉头微皱地望去，然后面色瞬间剧变。

"九幽有难，速回天罗。"

牧尘望着这八字，瞳孔紧缩，霍然站起身来，脸色铁青。这枚玉符，乃是他留给曼荼罗的，嘱咐她若是遇见紧急之事，可捏碎玉符，他便能够有所感应。

显然，九幽遇见了极为麻烦的事情，这才让曼荼罗以此来传信。

"九幽究竟出什么事了？"牧尘眼中凶光闪烁，对九幽，他有不一般的情感，虽非手足，但却胜似亲人。

当年，牧尘在北灵境遇见她时，两人便因为那血脉链接而连接在了一起，可以说，牧尘成长到如今的地步，九幽是他的领路人。

在他不能真正独当一面之前，都是九幽在保护他，为他提供庇护，所以对九幽，牧尘的心中始终都保持着一分感激与尊敬。

所以当牧尘看见这道传信时，情绪才会如此激动。

"怎么了？"一旁的清衍静瞧得牧尘这般脸色，眸子微凝，开口问道。在清衍静的眼中，牧尘可谓是心智坚定，轻易不为外物所动，然而如今却有这般情绪，想来必然是极为重要的事情。

"娘，与天罗大陆之间的传送阵好了吗？"牧尘伸出手掌，将那灵光字体抹去，然后目光转向清衍静，郑重问道。

清衍静想了想，道："正常来说，还需要五日的时间，不过看你这么急迫的样子，我抓紧时间，两日就能搞定。"

一般而言，以清衍静这圣品大宗师的身份，若要帮人构建什么灵阵，就算是那些顶尖级别的超级势力都不敢催促她，但眼下为了自家儿子，她自然打算加班加点，全力而为了。

"那就劳累娘亲了。"牧尘感激道。

清衍静温柔地笑了笑，道："和娘还说这些话……"顿了顿，她看向牧尘，问道："出什么事了？需要娘帮忙吗？"

"一个很重要的朋友出了事，不过暂时还不清楚具体情况，需要先回天罗大陆。不过我会搞定的，暂时先不打扰娘和老爹的团聚了。"牧尘笑道。

"因为你把你老爹弄成了这百灵大陆之主，他最近可是忙得不可开交。"

清衍静抱怨了一声，然后对牧尘微笑道："不过既然你有信心的话，那我也就不多说了。如今你是我儿子的消息，怕是那些顶尖超级势力都已知晓，所以就算你与他们起了冲突，他们也会把握分寸。"

牧尘点了点头，虽然他并不打算借助他娘的名气去作威作福，但两人的母子关系无人可改，所以这也算是他的背景，可以用来震慑一些他暂时还无法对付的对手。

牧尘虽然自信，但并不愚蠢。

两日之后，牧府后山。

在那巨大的山谷中，有一座千丈庞大的灵阵。灵阵之中，散发着极为可怕的空间波动，引得附近的空间都在不断扭曲。

灵阵上空，亿万道灵印若隐若现，显露出其内部的复杂结构。如此程度的大阵，就算是此时的牧尘都造不出来。

"不愧是圣品大宗师……"

立于大阵外，牧尘望着这等规模的传送灵阵，忍不住感叹一声。

在其身后，清衍静、灵溪、龙象都在，甚至连这段时日忙得不可开交的牧锋都抽出时间跑来送行。至于唐芊儿，早在前些时日，便与牧尘告别，回了万凰灵院。

"臭小子，你可得小心一些……"

牧锋已知晓牧尘遇见了紧急之事，所以有些担忧，毕竟那大千世界强者如云。

"老爹，你还当我是当年初出北灵境的小子啊。"牧尘无奈一笑，当年离开北灵境时，牧锋也是这般嘱咐他。

"等这百灵大陆的事情清闲下来了，我就和你爹去你那天罗大陆看看你所创建的牧府。"清衍静笑道。

"那儿子就准备恭迎了。"

牧尘笑了笑，然后深吸一口气，不再多说，对着清衍静、牧锋、灵溪等人点点头，迈步踏入了那座灵阵之中。

他袖袍一挥，磅礴灵力灌注进入传送阵内，顿时，浩瀚的空间波动爆发出来，这片天地都迅速扭曲，最后在牧尘的身后，形成了一个空间通道。

"老爹，娘，我走了。"

牧尘对他们摆了摆手，便霍然转身，漆黑的双目瞬间变得凶狠起来。他望着空间通道，一脚踏了进去。

与此同时，他双掌紧握。

"九幽，你可千万不要出事啊……"

"以往是你保护我，这一次，就让我来护着你吧。"

巨大的传送阵在此时爆发出万丈光芒，而牧尘的身影也随之消失在了浓郁的光芒之中。

天罗大陆，北界牧府总部。

在那总部后方，一座高台之上有一座巨大的灵阵，只不过这座灵阵灵光黯淡，显然是属于未完成品。

不过今日，这座灵阵上忽有万丈光芒绽放，狂暴的空间波动传开，灵阵中央渐渐撕裂开了一条空间通道。

而通道之中，一个人缓步踏出。

"看来这传送阵是连接成功了。"踏出的人望着脚下的灵阵开始爆发出灵光，那是被激活的迹象，当即微微一笑。

这个人，自然便是从北灵境赶回北界的牧尘，在那空间通道中被传送了整整五日的时间，他才抵达北界。

不过对于这种速度，牧尘已极为满意，不然一座座大陆跨过去，起码得两三月的时间。

咻！

就在牧尘刚刚出现时，在那不远处立即有一道道井然有序的光影暴射而来。靠近牧尘时，才显露身形，乃是一位位身披甲胄、气势雄伟的护卫。

"来者何人，敢闯牧府总部?!"

那些守卫厉声大喝，同时灵力爆发，眼神锐利地锁定牧尘。

"反应倒是挺快。"牧尘见状，则是一笑，对这些守卫颇感满意。他走出传送阵，面目也清晰显露了出来。

"是府主！"

"属下拜见府主！"

瞧得他的面目，那些原本气势汹汹的守卫顿时一惊，旋即都连忙凌空单膝跪下。

"都起来吧。"牧尘不在意地笑了笑，袖袍轻拂，便将他们尽数扶起。

唰！

也就在此时，又是两道灵光从天而降，现出身来，赫然便是曼荼罗以及那位玄天老祖。

"你终于回来了。"曼荼罗见到牧尘，顿时如释重负地松了一口气。

牧尘先是冲她笑了笑，然后对玄天老祖抱了抱拳，道："这些时日，真是劳烦玄天长老守护我牧府了。"

玄天老祖见状，老脸上连忙堆满笑容，极为热情道："府主说的哪里话，我乃是牧府长老，守护牧府是我应尽之责。"

牧尘闻言，讶然一笑，要知道之前他将玄天老祖逼为牧府长老，这老家伙可是百般不情愿，如今怎么变了个态度？

似是瞧出了牧尘的疑惑，玄天老祖尴尬一笑，道："府主前些时候在浮屠古族的威风，可是传遍了大千世界。"

要知道，在听到那些消息的时候，玄天老祖也吓了一大跳，虽然他知道牧尘手段不弱，但没想到，这家伙竟然真的把浮屠古族给掀了个天翻地覆，更是凭借一己之力，将浮屠古族玄脉、墨脉的长老尽数给镇压了下去。

当然，最令玄天老祖头皮发麻的是，牧尘的母亲，如今竟然成了浮屠古族的大长老。

有了这等背景，在如今的大千世界中，恐怕没多少势力再敢小觑牧尘以及这个牧府了。所以，按照玄天老祖的想法，牧府未来必然前途不小。

牧尘目光闪动，显然明白了玄天老祖心中的想法。不过他并不介意，若真能够让玄天老祖安心成为他牧府的长老，对牧府而言，也有极大的好处。

于是，他看向玄天老祖的眼神变得温和了一些，再对曼荼罗道："近来牧府

247

如何？"

如今牧府彻底霸占了北界，而且还在不断对天罗大陆伸出触角，这必然会引得其他一些老牌势力背后的超级势力忌惮，所以也极容易出乱子。

"原本还有些动静，不过自从你在浮屠古族的消息传出去后，天罗大陆就安静了，那些躲在他们背后的各方超级势力，也隐隐有退缩的迹象。"曼荼罗感叹了一声，原本以为他们牧府会面临诸多激烈竞争，没想到这些对手却被牧尘在浮屠古族的作为尽数镇压了下去。

牧尘闻言，也有点感叹，他知道，那些超级势力忌惮的并非是他，而是他娘亲这个浮屠古族大长老。

显然，一位圣品大宗师的威慑力，各方超级势力都不敢小瞧。

不过如此也好，若是那些超级势力有退缩之意，迟早有一天，他们北界将会成为天罗大陆当之无愧的霸主。到时候，借助着这座超级大陆，牧府也将会跻身进入大千世界的顶尖超级势力之列。

当然，前提是牧尘也能够问鼎圣品，否则，牧府始终无望。

"九幽出什么事了？"

收敛了这些心思，牧尘神色变得严肃起来，沉声问道。

"让天雀长老和你说吧，我已通知他过来了。"曼荼罗道。

就在曼荼罗声音刚落时，只见远处有一道流光火急火燎地疾射而至，在牧尘他们前方停了下来，现出身形，正是天雀长老。

"九幽族天雀，见过府主。"

天雀长老望着那立于曼荼罗身前的青年，老脸上划过一抹激动之色，然后又有些感慨，要知道他上一次来到这里时，这里还只是大罗天域，北界之中的一个一流势力而已。

那时候的天雀长老，对这大罗天域自然抱着居高临下的态势，因为九幽族好歹也是神兽种族，底蕴与实力，远非大罗天域可比。

那时候的他，恐怕没想到过，短短数年之后，大罗天域便改为牧府，称霸北界，甚至连天罗大陆上其他的顶尖势力都不敢与其争锋。还有那原本只是一个小小至尊的牧尘，如今已踏入了天至尊的层次，连浮屠古族那等超级势力都奈他不何。

上一次在见到牧尘时，天雀长老还将其当作一个小辈，但现在再见面时，却不得不尊称一声府主了。

"天雀长老太客气了。"牧尘面露温和之色，并没有半点天至尊的盛气凌人之态，还抱拳还礼。

瞧得牧尘依旧和当年一般温和从容，天雀长老在心中悄悄松了一口气。当年他们九幽族内，为了让九幽解除与牧尘之间的血脉链接，没少给牧尘脸色，但眼下看来，后者显然并没有将这些放在心上。

"还是九幽眼光好，比我们这些老家伙会识人。"天雀长老苦笑道，若是当初他们能够知晓牧尘有今日这般成就，哪里还会纠结于牧尘与九幽的血脉链接，反而更是乐得如此。

"天雀长老，还是说说九幽的事吧。"牧尘微微一笑，道。

提起正事，天雀长老面容发苦，悲声道："还请府主这次救救九幽，也救救我九幽族！"

牧尘脸上的温和之色渐渐收敛，目光也变得锐利起来，道："放心，不管发生了什么事，我都不会让九幽出事的。"

"事情是这样的，前些时候九幽回来，缠着族长，说要寻找进化的机缘，她说现在她太弱了，必须找到进化之路，彻底觉醒不死血脉，踏入超级神兽之列。"天雀长老苦笑道。

牧尘闻言，双目微眯，他知道九幽必然是看见他突破到了天至尊，而她迟迟未能跟上脚步，不能再对他有什么帮助，所以才会回九幽族找寻进化之道。

而一想到此，牧尘便有些心绪复杂，说来说去，九幽如此，都是为了他。

"族长被她缠得没办法，就打算带他去凤凰族。凤凰族有一座化神池，诸多飞禽神兽的天至尊先辈，每当陨灭时，都会在其中坐化，将毕生精血化入其中。而我们九幽族也曾经有过一位先祖坐化在其中，所以我们族内，也有一个名额可以去化神池争夺机缘。经过族内商量，将这个名额给了九幽。"

说到此处，天雀长老便满脸苦涩之色，道："然而问题也就出现在这里，谁都没想到，那凤凰族的凰王之子，修行了九转成圣诀。此等绝世神通，每一转都需要吞噬一个超级神兽的血脉，所以九幽的不死鸟血脉就被他看中了。"

"九转成圣诀？"牧尘眼神一凝，此等神通可是位列那三十六道绝世神通，

作用非同凡响，没想到竟被那凰王之子凰玄之修成了。

"要知道九幽是我九幽族的希望，若是她的不死鸟血脉被凰玄之给吞噬了，她毕生就再难以精进半步，那她基本就废掉了！"天雀长老咬着牙说道。

"那凰王也说了，若是我们不愿，一旦进入化神池，那凰玄之就会自取。到时候，说不定九幽连性命都保不住！"

"虽然按照规矩，进入化神池后可以找寻一位护法者，但我们九幽族唯一的一位天至尊也才达到灵品中期，根本护不住九幽。"

"这段时日，我们九幽族费尽周折，想要邀请一些往日与九幽族有一些关系的天至尊，但他们都惧怕凤凰族的威势，不敢帮忙。"

"我们九幽族已被逼得没有路子可走了，所以……所以只能求上门来，希望府主能够看在九幽的面上，出手相救！"

话到最后，天雀长老已是老泪纵横，就要跪拜下来，不过却有一股大力将其撑起。他抬起头，望着牧尘那俊美的脸庞，心中有些忐忑，他不知道牧尘究竟会不会答应，虽然他与九幽有血脉链接，但那毕竟是凤凰族，大千世界中顶尖的超级势力，一般的天至尊根本不敢招惹。

在他的注视下，牧尘的脸庞上终于有一丝淡淡的嘲讽之意流露出来。

"自取么？"

牧尘的目光转向天雀长老，平静的声音却令天雀长老激动得浑身颤抖了起来，老眼通红。

"天雀长老，带我走一趟吧，我倒是要看看，他凰玄之有什么能耐来取走这道血脉。"

山海大陆。

在数座山脉交汇的地方，有一口碧绿色的湖泊。湖泊犹如明镜一般，湖面不起波澜，倒映着天地。此湖看上去平平无奇，但不知为何，却给人一种沉重压迫感，即便是天至尊在此，都微感压力。

此地素来宁静，不过今日，平静却被喧哗所打破。当晨曦破开大地时，只见无数道流光犹如彗星般划过天际，然后从天而降，铺天盖地地落在了那口湖泊周围的山峰上。

随着这些身影的到来，这天地间有无数叫声响起，似鹤唳，似雀鸣，宛如万鸟齐聚。

化神池在飞禽神兽种族中，拥有着非同凡响的地位，所以即便进入的名额有限，但每当开启时，都会引得众多神兽种族前来观礼。

众多种族会聚，吵杂声，响彻在山林间。

伴随着越来越多的种族到来，日色渐烈时，这天地间忽有一道嘹亮凤吟声响起，紧接着，一股无法形容的威压铺天盖地地笼罩下来，令在场众多来自神兽种族中的强者都面色微变，旋即眼露敬畏之色。

他们抬起头望着远处，只见那里彩霞弥漫天地，彩霞之上有两人，徐徐落在了这碧绿湖泊最近的一座高大山峰之上。

随着彩霞散去，两人现出身形，当先一人，正是那凤凰族的凰王凰金，而在其身后，便是身姿挺拔、剑眉星目、浑身散发着尊贵之气的凰玄之。

"见过凰王！"

当这凰金出现时，在场那众多飞禽神兽种族中的强者皆恭声相迎。

凰金气度不凡，冲众人微笑点头，然后抬头望着远处，那里也有一道道光影掠来，紧随其后落在了附近山峰上。

这些人一出现，整个天地间便弥漫了一种强横的威压。在他们身后，灵光凝聚，化为种种巨大神禽光影。

其中有九个头颅的金色巨雕，还有似龙似雀的生物、眼光锐利如刀般的神鹰。

望着这一幕，在场的那些神兽种族的强者都神色凝重，眼中有艳羡之色，因为这些人，全部都是超级神兽。

神兽与超级神兽之间，虽然仅仅只有两字之差，但却有天大的差距。

"我大千世界飞禽属的超级神兽种族，共十五个，如今基本上都已汇聚于此……"

"据说为了此次的化神池之争，这些超级神兽种族都将族内顶尖的人才派了出来，看来都是想要借助化神池的机缘精炼血脉，百尺竿头再进一步啊。"

"不过化神池内凝结出来的血精终归有限，如此看来，怕是少不了一场龙争虎斗了。"

"呵呵，有凤凰族的凰玄之在，谁能争得过他？所以此次，大头恐怕会落在他的身上。"

"那倒也不一定，凰玄之固然非凡，但九头金雕族的林苍、九彩孔雀族的孔灵儿这些人也不见得比他弱。"

"的确啊，这些超级神兽种族的天才，韬光隐晦百来载，都打算要在今日，借这化神池打下未来晋级圣品之基，所以一场激烈大战，在所难免。"

群山间，诸多窃窃私语声不断响起，那一道道目光在前方的山头上来回扫视，眼中皆充满着热切之色。

"咦，那九幽族竟然也在此，难道也有化神池的名额吗？"在扫视间，一些人发现了一座山头上的数道身影，当即就将他们辨认了出来。

"嘿，九幽族数百载前，有一位先辈进入化神池坐化，为他们族内争到了一个名额，看来眼下他们是打算用掉了。"有人酸溜溜道，毕竟这化神池的名额太难得，需要一位天至尊用命来换。

"喊，看来你们真是什么都不知道，这九幽族现在的处境，可是有苦说不出。"不过也有情报敏锐之人，当即低声冷笑道，"据说那九幽族的九幽，进化出了上古不死鸟血脉，但如今却被凰玄之看上了。他修炼的九转入圣诀，就缺这最后一道引子了。"

"所以那九幽只要一进入化神池，凰玄之就会强行出手，将其血脉剥夺。"

在神兽种族的世界中，比人类世界更加崇尚弱肉强食，所以即便听见了凰玄之要行此等霸道之举，大多数人都觉得是理所应当。

匹夫无罪，怀璧其罪。这九幽族出了一个如此罕见的超级血脉，自然会引来他人惦记，而且若是闷声发大财也就罢了，偏偏还要出来炫，眼下落到了凰玄之的眼中，哪还能让你轻易逃脱。

在那不远处的山头上，似是察觉到了各种目光，九幽族的天荒族长面色有些难看。

在天荒身后的是九幽，今日的她，一身紧身玄衣，合身的长裤勾勒着修长纤细的双腿，紧抿的红润小嘴显示着她的倔强和执着。

与天荒的难看面色相比，她的神色要平静许多，只是那微微紧握的玉手，也暴露了一些心中的波澜。

"陆老，这次，就只能拜托你了。"天荒深深叹了一口气，对身旁的一位灰袍老者说道。这位老者，正是他们九幽族唯一的一位天至尊，本是在闭关中，但为了九幽的事，不得不出动了。

只是，这位九幽族的长老，仅仅只是灵品后期的实力。

灰袍老者闻言，苍老的面容上浮现一抹苦涩之色，但他还是点了点头，道："族长放心吧，老夫会尽全力保全九幽的，不过，我可能并不是凰玄之的对手。"

天荒族长身体微微颤了颤，他何尝不知道，那凰玄之如今已是仙品初期的实力，战斗力非同凡响，据说曾经有个同为仙品初期的强者陨灭在其手中。

"也不需要与那凰玄之硬拼，只要到时候在化神池中带着九幽远离他，最好拖一些时间，然后趁机带九幽出来。"天荒族长安慰道。

"老夫尽量吧。"陆长老点点头，旋即他深吸一口气，那苍老脸上有决然之色浮现。对凤凰族的咄咄逼人，他心中也是愤怒至极，今日不管如何，就算是丢了这条老命，他都要护住九幽。

不过，他忽然想起什么，看了九幽一眼，犹豫道："天雀长老那边还没消息传过来吗？那个牧尘，据说如今有些了不得，若是他能够出面，说不定能够抗衡那凰玄之。"

天荒微微皱了皱眉头，道："还没有，咱们九幽族没必要靠外人，而且，他若是此番前来，那就会得罪凤凰族，那小子，怕是会权衡一下利弊的。"

他言语间，并没有责怪之意，因为这本就是情理之中的事。大千世界中，没有谁敢为了他们一个九幽族去得罪凤凰族，难道没见之前那些与他们九幽族关系还不错的神兽种族，都不敢对他们施加援手吗？

"父亲！"不过他的声音落下，九幽俏目却瞪了过来。

天荒见状，只得苦笑着摇摇头，道："好好，我不说他的坏话。"

在他们这边说话间，那最高的一座山头上，万众瞩目的凰金忽然低头，望向了九幽族所在的方向，淡笑道："不知道你们想好了吗？"

无数道目光投射过来，天荒族长只能硬着头皮道："凰王，就不能放我九幽族一马吗？"

他的言语间，已是有了一些哀求之意，彻底放下了族长的尊严。

凰金见状，轻叹一声，道："你们这又是何必？若是满足了吾儿，本王自

253

然将此视为你们九幽族的恩情，日后自有报答，可你们却屡屡拒绝，实在不知好歹。"

他的眼神淡漠，没有多少情感地注视着天荒，道："既然你们执迷不悟，那就各凭本事吧。"

天荒面色苍白，整个人都颓丧了下来。

在凰金身后，那凰玄之犹如王者般高高在上的目光瞥了陆长老一眼，淡笑道："这位就是你的护法吧？"

"灵品后期……"

凰玄之嘴角掀起一抹讥讽笑容，他摇了摇头，道："若只是这般实力的话，你们还是直接放弃吧。"

当声音落下时，他一步踏出，刹那间凤鸣声响起，一股滔天般的威压席卷开来，整个天地都开始瑟瑟发抖。

那等威压，主要冲着陆长老而去。后者当即身躯一震，面色青白交替，膝盖都渐渐弯了下来，就要直接跪下。

显然，这凰玄之打算在还没进入化神池时，就将陆长老镇住。等到进入了化神池，陆长老在他的面前将会失去所有的勇气。

陆长老也明白凰玄之的打算，当即死死咬着牙，额头上青筋跳动。但那股来自仙品天至尊的恐怖压迫，以及凰玄之本身真凰之威，令他双膝愈发低下。

在那一旁，天荒族长、九幽皆是面色铁青，但在凰玄之的威压下，他们也只能眼睁睁看着陆长老缓缓曲下膝盖。

天荒族长眼前阵阵发黑，一口鲜血喷出来，如此屈辱，简直就是要丢尽他们九幽族的颜面。

九幽玉手紧握，指尖都掐入了掌心，鲜血顺着指尖流淌下来，此时此刻，即便倔强如她，都忍不住有泪花顺着脸颊流淌下来。

那种无力之感，令她无比自责。

"够了，你想要这血脉的话，那就拿……"她猛地瞪圆双目，直视凰玄之，声音凄厉地响起。

然而，当她的声音还没有完全落下的时候，这天地间忽有雷声响起。无数强者猛地抬头，眼神凝重地望着远处的天空，只见那里忽有浩瀚灵力如重重海浪般席卷而来。

轰轰！

浩瀚灵力冲击过来，瞬间便将凰玄之的灵力威压震碎。紧接着，一道低沉之声，响彻在天地间。

"想要这道血脉，你还没这个资格！"

惊雷响起，九幽猛地抬头，然后便见到那天空上，一道年轻修长的身影踏空而来。

九幽呆呆地望着那道熟悉的身影，再然后，泪水便止不住地从眼角流淌了出来。

第19章
初战扬名

轰隆！

狂暴的灵力波动犹如风暴般肆虐在天地间，那等强悍的灵力威压引得在场不少强者微微失色。

天空上的身影，自然便是马不停歇赶来山海大陆的牧尘，他身形自天空中落下，落在了九幽所在的山峰上。他望着九幽俏脸上的水花，心中不由得涌上了阵阵怒意。

从认识九幽到现在，她总是显露出坚强的一面，倔强执着的性子让牧尘很是记忆深刻。然而如今，这个印象中坚强的女子，竟被逼得流出泪来，可以想象，她承受了很大的压力与委屈。

"天荒族长，你们没事吧？"

落下身的牧尘，看向天荒族长，伸手将陆长老僵硬的身躯扶了起来，抱拳道："晚辈来晚了，实在抱歉。"

天荒与那位陆长老都怔怔地望着牧尘，无法相信牧尘竟然真的来了。

这个小子，竟然真的敢为了九幽而不惜得罪凤凰族？

"不晚，不晚……"天荒族长连连摆手，进而有些苦涩道，"只是我九幽族也没什么办法了，所以才派了天雀长老去通知你，还望不要见怪才是。"

牧尘闻言，笑了笑，神色认真道："天荒族长说的哪里话，九幽当年对我照拂有加，若不是她，说不定我早已陨灭。如今她有麻烦，就算我身在天涯海角，也得赶回来帮她。"

天荒族长闻言，神色复杂，心中则既惭愧又欣慰，惭愧的是自己的小人之心，欣慰的是九幽能够结交到如此仗义之人。

牧尘与天荒族长他们说了两句，待到一旁的九幽情绪平复后，这才靠过去，瞧得她那通红的美目，轻笑道："没想到你也会哭鼻子。"

九幽擦去脸颊上的水花，美目轻瞪了牧尘一眼，伸出修长玉腿一脚踢在他的脚背上："你还敢取笑我！"

不过旋即她又幽幽道："你真不该来。"

虽然如今的牧尘已是今非昔比，但那凤凰族同样不可小觑。

牧尘摇了摇头，目光直视着九幽，认真道："当初是谁护持着我走出北灵境，闯入大千世界的？是你，你当年不嫌弃我的弱小，今日我为何会抛下你？"

那个时候，尚是孱弱少年的他，自身实力微弱，之所以能够闯过道道险境，是因为有九幽暗中护持，如果不是她，牧尘也无法到达今天的高度。

听到牧尘此话，九幽鼻尖不由得微酸，那美目中的水汽又凝聚出来，不过为了保持形象，她强行压制了回去。

"你是何人？为何要插手我飞禽神兽种族之间的事？"

就在他们说话间，忽有一道质问声响起，只见那凰王凰金，双目紧盯着牧尘，道。

牧尘闻言，抬头望着那凰王，声音平淡道："在下牧尘，应九幽族之邀，前来为九幽护法。"

他的话落下，天地间顿时传出一些惊异之声，一道道目光审视般地停留在牧尘的身上。显然大家对这个最近在大千世界中传开的名字，并不陌生。

虽然对于这个回答早有预料，但凰王的眉头还是皱了皱。若是一般的人类天至尊想要来插手此事，恐怕当场就会被他强行撵出去，可这牧尘却不能如此对待，因为此人的母亲，如今已是浮屠古族的大长老，他又与炎帝、武祖交好，甚至其本身，还是大千宫的诛魔王，这种种身份，都让他具备威慑力。

这让凰王颇感棘手，因为牧尘的背后也有圣品天至尊，所以他无法以圣品之威去压迫牧尘。不然的话，很有可能将其背后的圣品天至尊惹出来，到时候圣品交手，必然会是惊天动地。

"父王不必多想，此等小事，哪需要您来烦恼。"

而在凰王踌躇着如何对付牧尘时，在其身后，凰玄之淡淡一笑。他散发着金光的狭长双目盯着牧尘，微笑道："早就听闻牧府主在浮屠古族中的威风，不过今日这里，可并不是浮屠古族了，此处的护族大阵你也动用不了。"

他的言语平淡，却让众人微微点头，因为按照情报所说，牧尘之所以能够在浮屠古族中力压诸多长老，是因为借助着浮屠古族的护族大阵，其本身的实力仅仅只是灵品中期。

今日要进入化神池的，无不是各大超级神兽种族中的绝世天骄，个个战斗力恐怖，牧尘想要在这里再现浮屠古族时的威风，恐怕是不可能的事情了。

这凰玄之不愧是凰王之子，三言两语便将牧尘那等显赫战绩的背后原因暴露出来，让其声望下降。

牧尘闻言，笑着点点头，道："浮屠古族那些长老有些麻烦，所以我不得不借用护族大阵，不过今日一场小戏，哪里需要那么大的阵仗？"

"呵呵，牧府主可真是豪气。"凰玄之笑了笑，漫不经心道，"看来阁下真是将我们这些超级神兽种族视为无物呢。"

他的嘴角挂着玩味的笑容，说出来的话却是相当狠毒，显然打算将牧尘置于所有超级神兽种族的对立面。

凰玄之的声音落下，周围山头上，那一直在冷眼旁观的超级神兽种族中的绝世天骄们，都冷哼了一声，将目光投向了牧尘。

那些目光，有好奇，也有冷漠，还有讥讽以及不屑。

"嘿，一个区区灵品中期的人类天至尊，也敢在这里大放厥词，也不怕大风闪了舌头！"一道阴沉笑声在此时响起，其中蕴含着浓浓的轻蔑之意。

无数道视线立即顺着声音望去，然后便见到，在不远的一座山头上，一名面容阴郁的男子负手而立，其嘴唇如刀锋，给人一种刻薄之感。

在其身后，散发着万道灵光，灵光中有一只通体如黄金所铸的似凰似雕般的巨鸟。

"那是金凰雕族的绝世天骄方镜，这金凰雕族与凰族有血脉关系，可以说是凰族的铁杆盟友。"在牧尘身旁，天荒族长见到此人开口说话，面色难看道。

"区区灵品后期而已，不足为虑。"牧尘一笑，对于那方镜的挑衅，他完全没有理会，甚至看都没看他一眼。

在他看来，这方镜不过只是跳梁小丑，此时刷一下存在感以讨好凰玄之罢了。

"嘿，找死的家伙！"

方镜听到此话，怒笑一声，不过并没有当场发作，只是眼神阴鸷地扫了牧尘一眼，其中有凶光浮现。

"阁下也不用在这里使这些无用的挑拨伎俩，没人是傻瓜，我牧尘有多少斤两，阁下来称量一下便知晓。"牧尘依然对那方镜不加理会，只是看向凰玄之，语气平静。

凰玄之英俊脸上的笑容渐渐收敛，双眼泛着冷光地盯着牧尘，一字一顿道："这不死鸟血脉，我凰玄之，要定了！"

牧尘同样盯着凰玄之，缓缓道："我也说过，你还不够这个资格。"

天地间，一片寂静。两人对峙，如针尖对麦芒，看得不少人暗暗咂舌，这两人可真是龙争虎斗，一人是凤凰族中的绝世天骄，而另外一人，也是如今大千世界中煊赫的天才。

只是不知，这两人的对碰，究竟谁能笑到最后。

嗡嗡！

就在两人剑拔弩张的时候，山脉交会处，那一口碧绿湖泊上忽然荡起了涟漪，无尽的灵光犹如喷泉般冲天而起。

轰隆！

顿时，一股无法形容的灵力威压自其中爆发出来。在这等威压下，就连牧尘眼神都微微一凝，因为他见到，那喷薄而出的灵光竟在湖面上化为诸多光影，那些光影呈现各种飞禽神兽之形。

显然，这些光影，应该便是曾经坐化在其中的诸多天至尊。

"这口湖泊，不简单。"牧尘自言自语道。虽然在肉眼看来，这座湖泊不大，但牧尘的感知却告诉他，那口湖泊无边无尽，自成一片世界。

"化神池将要开启，诸位准备吧。"凰王凰金见到这一幕，淡淡的声音响起。

听到此话，这方天地间的气氛顿时紧绷起来，那些超级神兽种族中的天骄，眼神也变得极为火热。

嗡！

就在下一刻，碧绿的湖泊掀起水浪，那种感觉就仿佛是表面的封印在此时被解开，其中有滔天般的灵光疯狂肆虐，震荡着天地。

"进！"

伴随着凰金的喝声响起，那一座座山头上，一道道流光冲天而起，然后俯冲下来，直接冲进了那碧绿湖泊之中。

而当他们的身影冲入湖泊后，瞬间消失不见，犹如进入了另外一个世界。

这些绝世天骄都是独自一人，因为按照规矩，唯有天至尊之下的人才能够携带一位护法护持，而他们，显然不需要。

九幽在此时深吸一口气，美目看向牧尘，道："你真不后悔？待会进入之后，必然会有惨烈之战。"

牧尘笑了笑，伸出手掌。

"你保护了我那么多年，现在，也该轮到我来保护你了。"

九幽那俏脸上浮现出一抹动人的笑容，然后她也伸出修长玉手，轻轻握住了牧尘的手掌。

下一刻，两人化为两道流光暴射而出，在那无数道目光的注视下，噗通一声，冲进了碧绿湖泊之中。

入水的那一霎，牧尘清晰感觉到周身空间泛起剧烈的波动，再然后，才有了一种入水般的感觉。

他目光扫视开来，只见此时的他与九幽二人竟身处一片汪洋大海之中，大海上不见头，下不见底，给人一种幽深恐怖之感。

两人的身体上有灵光升腾，将海水隔绝。牧尘望着这碧绿海水，眼神微凝，因为他能够感觉到，这些海水给人一种沉重之感，每一滴海水中都蕴含着极为微小的神禽之影。

"这海水中，蕴含了好雄浑的血脉之力。"

牧尘感叹一声，这所谓的化神池，其实与当初他们在神兽之原中遇见的三兽尊的神海有些相似。但化神池乃是人为的，而且因为前来坐化的天至尊都是自愿的，所以导致化神池偏向温和，在其中炼化吸收相对而言容易许多。

神海是由当年神兽之原的那些天至尊战死前所化，自然就蕴含着各种不同的意志，其中的血脉之力相当狂暴，寻常人根本不敢轻易吸收炼化。

"可惜你如今并未踏入天至尊，不然的话，去三兽尊的神海闭关修炼，必然比这里更强。"牧尘说道。

三兽尊曾经给了牧尘一道玉符，牧尘可以凭此再进入一次神海，但此后，那片神海或许就会消散在无尽虚空中。

"那神海虽强，但也太危险了，而且，最后一次的机会，还是你更适合。"九幽不在意地一笑，道。

牧尘无奈摇摇头，目光扫视开来，说道："我们现在要怎么做？"

"这化神池内，因为诸多先辈的坐化，所以血脉之力极为浓郁。血脉之力最终会凝结成为血精，这对于我们神兽而言是绝世大补之药，若是能够吞噬炼化，对于自身血脉将会有提炼进化之效。"

九幽美目中掠过一抹火热之色，她看向四周，道："血精血气极为旺盛，足以化为神兽之影，遨游在这化神池内，我们若是能够找到，便可将其捕获。"

"不过我们得抓紧一些时间，这化神池看着无边无尽，但每一次凝结出来的血精总是有限，其他的那些超级神兽种族的天骄，必然会以最快的速度抢夺。"

"血气旺盛么……"

牧尘微微沉吟，然后便双目微闭，灵力感知横扫开来。虽然这片大海中到处都弥漫着血气，但那些血精必然更为浓郁，所以若是靠近的话，他定会有所感应。

九幽见到牧尘探测，便立于一旁，默不出声，免得打扰到他。

牧尘的探测持续了半响，然后双目便陡然睁开，看向了西北的方向："那边，有一道旺盛血气！"

"走！"

九幽闻言，精神顿时一振。两人便暴射而出，身形在碧绿海水中划出两道深深水痕。

按照牧尘所指引的方向，两人疾掠了数分钟，速度便渐渐减缓下来。他们目露奇光地望着前方，只见那里有一只巨大的金色神鹰振翅翱翔，滔天般的血气滚滚散发出来。

牧尘眼中灵光凝聚，自然能够看出这只金色神鹰的身体中央处，有一颗血红圆润的灵珠。那颗灵珠之上蕴含的血气之旺盛，令他都暗暗咂舌。

"这只金色神鹰虽然只是血精所化，但其血气太强，足以匹敌地至尊大圆满的强者。"九幽苦笑一声。这也是为什么天至尊以下的人进入化神池都需要带一位护法，否则的话，凭他们的实力，就算是找到了血精，也无法将其打回原形，吞噬炼化。

"交给我来吧。"

牧尘笑道，旋即他袖袍一挥，浩瀚灵力席卷而出，直接化为一只遮天大手，一把就对着那金色神鹰抓去。

察觉到大手抓来，那血精所化的神鹰虽然没有灵智，但却能够依靠本能行事，当即就要振翅逃离。

轰！

不过其双翼刚刚展开，大手便落下，毫不客气地将其重重捏在手中，力量爆发开来，神鹰便随之爆裂。

血气蔓延开来，牧尘伸出手掌，只见那之中便射出一道血光，悬浮在了他的掌心之上。

那是一颗约莫拳头大小的血红灵珠，其颜色极为鲜艳，其中散发出来的浓郁血气，几欲冲天。

牧尘盯着这颗血精，感受着那种血气，忍不住有些惊叹，进而他神色忽的一动，因为他感觉到，在他的双臂上，那一直隐匿着的真龙、真凤之灵，竟在此时发出了龙吟凤鸣之声。

它们散发出一种极为饥渴的冲动，仿佛恨不得一口将这颗血精吞噬掉。

感觉到体内真龙、真凤之灵的变化，牧尘有点讶异，在尚未踏入天至尊之前，这真龙、真凤之灵对他的战斗力提升还有不小的帮助，但如今随着牧尘成为天至尊，这两道真灵便成了鸡肋。

因为它们只有地至尊的战力，即便召唤出来，也毫无作用。牧尘想尽了许多办法，试图让这两道真灵也获得进化，真正地化灵为实，成为真龙、真凤，但可惜的是，始终未能成功。

"看来这化神池，对于我这两道真灵，也是一个机缘。"牧尘若有所思，如果这两道真灵也能够突破到天至尊的实力，那对他的帮助就大了。

这些想法在牧尘的心中掠过，然后又被他按捺下来。他屈指一弹，就将这颗血精弹向了九幽。

这一次前来化神池，最主要的目的是帮九幽彻底完成进化，至少要等九幽目标达成后，他才打算考虑自身。

"谢啦。"

接过血精，九幽也不矫情，檀口一张，只见那血精便化为一道血光钻了进去。下一瞬间，滚滚血浪，陡然自其体内爆发出来。

九幽柔嫩的肌肤上有道道血纹浮现，她的体内，仿佛在发生着巨大的变化，磅礴血气汇入血肉中，令她体内隐藏的不死鸟血脉开始渐渐变得浓郁。

这般变化持续了约莫半炷香的时间，九幽才睁开美目，顿时眸子中，有幽暗的深紫色火焰浮现。

"不愧是化神池。"

九幽忍不住赞叹了一声，以往她苦苦修炼，都难以让体内的血脉浓郁一分，然而如今，一颗血精却能够让她明显感觉到增长。这两者间的对比，让她感叹不已。

牧尘也能够清晰感觉到九幽的提升，不过他对此并不意外，神兽修炼，与人类不同，人类生来孱弱，但经过苦修，实力可一步步提升；而神兽生来强横，想要提升，相当艰难，可一旦有了机缘，便能突飞猛进。

"继续吧。"

牧尘笑道，这化神池内的血精的确稀罕难得，数量有限，所以必须抓紧时间掠夺。

话音落下，他便再度朝着前方疾射而出，九幽也立即紧随而上。

在接下来的数个时辰中，借助着牧尘的感应，他们又陆续遇见了七头由血精所化的巨兽。这些巨兽都被牧尘轻轻松松一巴掌打回原形，化为一颗颗血气澎湃的血精，落入了九幽的肚内。

而在那一颗颗血精的灌溉下，九幽的气息节节攀升，体内气血磅礴浩瀚，散发出来，在其身后隐隐化为一颗黑色巨蛋的光影。

　　牧尘知晓，这是九幽体内血脉的具象化，待到巨蛋破开那一刻，便是她真正进化成为上古不死鸟的时候了。

　　"总算感应到了进化的契机。"九幽睁开俏目，此时此刻，她的脸上有一丝激动之色，毕竟对于这一天，她期待了太久。

　　"不过想要把握住这个契机，恐怕还需要海量的血脉之气。"

　　牧尘一直凝视着左方的远处，听到九幽此话，他微微一笑，道："我感应到一个大家伙。"

　　在先前九幽吞噬血精的时候，他便散开了感知，然后在左边的方向，感应到了一道极为旺盛的血气。那等血气，比起之前那些加起来还要浓厚。

　　这颗血精，血气之强，怕是足以媲美灵品天至尊了。

　　"走！"

　　牧尘迫不及待地暴射而出，九幽见状，连忙跟上。

　　十数分钟后，牧尘停下了身影，目露奇光地望着前方。而其身后，九幽脸上也掠过一抹震惊之色。

　　因为在两人的前方有一头数万丈庞大的巨鲲在缓缓翱翔，它的每一次翻滚，都卷起层层浪流。

　　"这血精的血气，堪比灵品初期。"

　　牧尘赞叹一声，毫不犹豫地出手，灵力巨手从天而降，封锁了那头血精巨鲲的所有退路。它虽然有堪比灵品初期天至尊的血气，但手段贫弱，根本不可能会是牧尘的对手。

　　所以，牧尘一出手，必然将其擒住。

　　不过，就在灵力巨手即将擒住那头血精巨鲲时，忽然一对金色翅膀洞穿虚空，呼啸而下，直接将牧尘那一只灵力大手斩碎开来。

　　突如其来的变化，让牧尘眼中掠过一抹寒芒，他缓缓抬起头，眼神凶狠地望着远处。

　　只见那里，一个周身闪着金光的人踏水而来，他双臂抱胸地立在远处，面带讥讽之色。看其模样，赫然便是之前在化神池外，对牧尘冷嘲热讽的金凰雕族中的方镜！

方镜双臂抱胸，眼露凶光地望着牧尘，冷喝声在这深海之中传荡开来。

"这头血精巨鲲是我看上的，给你们十息时间，立即滚得远远的！"

化神池外，当凰玄之、牧尘、九幽等人进入碧绿湖泊之后，那凰金便袖袍挥动，只见碧绿湖泊上，一根根水柱冲天而起，在那半空中凝结成了一面面透明的水镜。而水镜之内，有人影闪烁，赫然便是深入化神池的众人。

而化神池外，那些各方神兽种族的强者，便不断扫视着水镜。当他们瞧到其中出现的一头头血精神兽时，都爆发出低低的惊呼声，声音中充满着羡慕之情。

那种血精神兽，对于每一个神兽而言，都是大补之物，寻常时候，根本无处可寻，唯有在这化神池中，才能够找寻到。

"咦？"

而在他们羡慕间，忽有惊咦声传出，有人指向了一面透明水镜，惊声道："那方镜找上牧尘了。"

听到此话，众多强者立即看向那面水镜，果然见到在那水镜中，牧尘、九幽正与金凰雕族的方镜对峙着。

265

"嘿，看来这方镜铁了心要去对付牧尘，以此来讨好凰玄之啊。"望着水镜中的对峙，顿时有人暗自笑道。

"不过牧尘可不是什么软柿子，莫看他只是灵品中期，但据说在那浮屠古族中的时候，他凭借自身实力，打败了一位仙品初期的长老。"

"你也太小看方镜了，他身为金凰雕族的绝世天骄，至今苦修已有两百多载。他虽然只是灵品后期，但身为超级神兽，战斗力本就比人类强悍。前些时候，我可听说了，方镜与一位人类的仙品初期天至尊交过手，后者全力而为，依旧奈何不得他。"

"这样吗？那倒是有些意思了，牧尘大闹浮屠古族的事早就听了无数遍，今日我倒是要来看看，这个家伙究竟是不是真有这个本事。"

"呵呵，若是他直接败在了方镜的手中，那就有些可笑了，到时候浮屠古族那些长老恐怕脸都得绿掉。"

化神池周围，众多神兽种族的强者窃窃私语，显然大部分都抱着看好戏的心态。在人类与神兽之间，他们自然倾向于方镜获胜，如此，也好让大千世界的生灵知晓，人类的天骄与他们超级神兽种族之间的天骄，还是有差距的。

"十息已到，你们还不滚？"

而在在化神池之中，双臂抱胸的方镜眼神带着凶光地盯着牧尘，咧嘴道。

"蠢货。"

牧尘看了他一眼，只淡淡地吐出两字，然后再没理会。他嘴巴一张，只见紫色火焰席卷而出，直接对着不远处那头即将要逃跑的血精巨鲲笼罩过去。

紫色火焰一出现，附近的海水瞬间被蒸发，恐怖的高温弥漫开来。

"不知死活！"

方镜瞧得牧尘竟然理都不理他，直接就对血精巨鲲出手，也勃然大怒，眼中凶光强盛。他手掌伸出，顿时化为璀璨金光，一只犹如黄金所铸般的金爪撕裂空间，紧随其后地对着血精巨鲲抓去。

牧尘目光凶狠，屈指一弹，原本对着血精巨鲲而去的紫焰猛地掉头，化为一条巨龙，与那黄金巨爪缠绕在一起。

嗤嗤！

紫焰蔓延开来，所过之处，只见那黄金巨爪竟迅速融化，短短数息，便化为一片虚无。

"什么？！"方镜见状，瞳孔顿时一缩，他没想到牧尘的紫焰如此霸道。

融化了那干扰的黄金巨爪后，牧尘袖袍一挥，紫焰再度将血精巨鲲笼罩，顿时巨鲲疯狂地翻腾起来，十数息后，便化为一颗人头大小的血精射入了牧尘的手中。

牧尘轻轻抛了抛这颗弥漫着恐怖血气的血精，然后将其抛给九幽，道："你先吞噬了。"

九幽接过血精，却有些担忧地看了方镜一眼。

"不用担心，凭他还没资格抢走血精。"牧尘淡笑道。

听到牧尘如此说，九幽就彻底放下心来，于是径直盘坐下来，将那颗人头大小的血精置于双掌之间。

灵力运转间，只见那血精顿时化为浓郁的血气袅袅升起，顺着九幽的鼻息钻入其体内。

随着这等磅礴血气的灌注，只见九幽身后灵光涌动，其中有一颗黑色巨蛋，蛋壳之上的颜色逐渐深邃。

而在九幽吞噬血精时，牧尘便立于她的前方，眼神平静地望着那面色铁青的方镜。

"你简直就是在找死！"

方镜暴怒的声音中满是杀意，他没想到牧尘如此不把他放在眼中，不仅丝毫不理会他的威胁，反而直接出手夺走了血精，甚至还让九幽在他的眼皮底下炼化吸收。

"想要讨好你的主子，还是选个稳妥的方法吧，别来我这里丢人现眼。"牧尘瞥了他一眼，漫不经心道。

"哈哈！"

方镜彻底被气炸了，暴怒地狂笑起来。下一瞬间，只见浩瀚金光陡然自其体内爆发开来，而他的身形则化成一只金色巨鸟。

这只巨鸟极为神异，通体布满着金色凤羽，但那头部却是雕首，巨大的双目闪烁着金光，十分可怕。

这就是方镜的本体——金凰雕，拥有着凰族与雕族的血脉，极为凶悍。

显然，方镜彻底起了杀心，一出手，就直接显露了本体。

"小子，今日我要将你碎尸万段，将你的血肉投入这化神池！"巨大的金凰雕发出尖锐的声音，双翼扇动，带起风暴。

"就怕你没这等本事。"牧尘冷笑道。

嗡嗡！

不过这一次，金凰雕没有再言语，而是直接扇动巨翼，顿时浩瀚金光爆发开来，无数片金色的翎羽暴射而出，笼罩方圆数万丈范围。

那每一片金色翎羽，都由极端浓郁的灵力所化，锋锐无比，即便是灵品绝世圣物，都将会被其生生撕裂。

金色翎羽笼罩过来，牧尘的身后便有紫金光芒绽放开来，巨大的不朽金身现出身形，不朽之光散发，形成光罩。

叮叮叮！

无数片金色翎羽狠狠射在那紫金光罩上，却始终无法深入，不断被弹射开来。

一番攻击无果，方镜立即停止无用攻势，金色眼瞳中闪烁着寒光，旋即他缓缓举起了巨大的金色羽翅，那羽翅之上，翎羽犹如金色的钢铁，坚固得足以撕裂虚空。

一丝丝无法形容的锋锐之气散发出来，足以让一般的仙品初期天至尊惊恐。

"那方镜要动用天生神通了。"在化神池外关注着两人战斗的众人，都是眼神一凝，沉重道。

大凡超级神兽皆拥有天生神通，威能恐怖，这也是为何超级神兽的战斗力总是比大多数同等级人类强横的缘故之一。

"小子，你能死在我的天生神通之下，也不算辱没你了！"方镜所化的金凰雕发出尖锐声，下一瞬间，只见他那双翼之上，金光弥漫开来，最后双翼陡然斩下。

"天生神通，斩神之翼！"

金色的双翼发出金色的光芒，陡然斩下，前方的海水都被硬生生切割开一条深不见底的裂缝。

这金色的双翼，犹如能够斩裂世间万物，锋利得无法形容。

一道金光从天而降，牧尘抬起头来，双目微眯，然后他双手闪电般的结印。

嗡！

其身后的不朽金身身躯上，紫金光芒爆发，只见一道道不朽神纹显露出来，犹如巨龙一般，盘踞在周围。

短短数息，那不朽神纹的数量便达到了惊人的七百道！

以牧尘如今的实力，不朽金身已修炼成功，那所能够现出来的不朽神纹数量，比起以往，简直就是暴涨。

七百道不朽神纹最后在牧尘屈指一弹间，以一种惊人的速度融合在一起。

紫金光芒大放，其中隐隐现出了一把紫金长刀，刀上环绕着不朽之气。

牧尘淡淡一笑，道："你有斩神翼，我有屠凰刀。"

声音一落，只见那紫金大刀以一种惊人的速度掠出，与那金色的双翼重重相撞。

轰轰！

方圆数十万丈的海水都在此时被排挤开来，形成了一个巨大无比的真空地带。

在化神池外，众人紧张地望着水镜中，显然不知如此激烈对碰，最终谁能占得上风。

碧绿深海中，海水渐渐平复，光芒消散，巨大的金凰雕高悬，不过在它的一只金色羽翅上，竟出现了一道深深的血痕，血痕附近的翎羽都碎裂开来。

"怎么可能?!"化神池外的众人不由得震惊道。

"怎么可能?!"

同样尖锐的声音，也在那碧绿海洋中，从方镜的嘴中发出。他望着自己羽翅上的那道血痕，觉得不可思议。

要知道，他乃是超级神兽，肉身强悍无比，足以媲美灵品绝世圣物!

"不愧是超级神兽，果然是皮糙肉厚。"

而在方镜感到骇然的时候，牧尘却皱了皱眉头，原本以为手到擒来的一招，竟然连方镜的羽翅都未能斩断。

"你，你给我等着! 伤我羽翼之仇，我定要报的!"

方镜眼神狠戾地望向牧尘，厉喝一声，当机立断震动双翼暴退。

这番交手，已让他明白过来，眼前的牧尘虽然只是灵品中期，但战斗力却比他这超级神兽还要恐怖。

虽然这一点，他根本不想承认。

但不管想不想承认，他都知道，如果继续留下来，说不定真的会栽在牧尘的手中。

牧尘冷漠地望着振翅逃窜的方镜，脸上浮现出一抹冷笑："想打就打，想走就走，哪有这么容易?"

"哈哈，那你又能如何? 老子打不过你，你也追不到我!"

方镜刺耳的笑声传来，他毕竟是飞禽神兽，最擅长的就是跑，一旦要逃跑，就算是仙品至尊都只能在他身后吃灰。

"是吗?"牧尘讥诮道。

方镜心头一凛，感觉到一些不安，然后疯狂震动双翼，打算立即逃离。

不过，他忽然感觉到四周的空间凝固了，同时一片巨大的阴影笼罩在他头顶。

方镜骇然抬头，然后便见到，一座巨塔从天而降。

而方镜的眼前，瞬间黑暗下来。

第20章
联合

轰隆！

古老的巨塔从天而降，犹如封闭了所有空间，当其落下时，方镜所化的巨大金凰雕则被直接罩了进去。

牧尘手掌一招，水晶般的浮屠塔便微微摇晃着，然后徐徐朝着他的掌心落下。同时他也打算催动八部浮屠，彻底将那方镜镇压下来。

唰！

不过，就在他刚要动手时，他眼神忽然一凝，只见手中浮屠塔一阵猛烈的震动，一抹血光陡然自塔中暴射而出。

"咦？"

牧尘惊咦了一声，抬起头来，只见那数万丈外的空间撕裂开来，一头金凰雕破空而出，赫然便是那方镜。

只不过此时的他，一只如黄金所铸般的羽翼竟然断裂开来，鲜血如洪流般流淌出来，将这片碧绿海水都染红了。

"断翼之术？"牧尘双目微眯，旋即笑道，这方镜还真是狠辣果断，为了不被他镇压，竟然用出了这等自残的手段。

方镜本体乃是金凰雕，这类超级神兽速度极快，双翼能够撕裂空间，若是以一只羽翅为代价的话，足以突破绝大多数的封锁。

不过，这样做的代价也极重，虽说天至尊能够肉体重生，但超级神兽的肉身中凝结了无数的血脉，若是被燃烧，对自身将会造成极大重创。可以说，这方镜想要再将这只断翼修炼回来，起码得再费百年之功。

"啊啊啊啊，牧尘，我绝对不会放过你的！"方镜头也不回地狼狈逃窜，同时有近乎疯狂般的咆哮声远远传来。

显然他也很清楚自己付出了什么样的代价。

不过对于他的咆哮声，牧尘只是笑了笑，然后袖袍一挥，手中的水晶浮屠塔便消散而去。这方镜全盛时期他翻掌就能镇压，如今断了一翼，实力大减，更是不成气候。

收起浮屠塔，牧尘忽然抬眼看了一眼上方，眼神淡漠，显然是察觉到了一些窥视的目光，那应该是化神池之外，各方神兽都在关注着化神池内的动静。

对此他没有过多理会，转过身来，静静立于九幽身旁，等待着她吞噬完血精。

而与此同时，在那化神池外，各方神兽都目瞪口呆地望着那一面水镜。整个天地，都一片寂静。

半晌后，他们才渐渐回过神来，忍不住咂了咂舌，眼中满是凝重之色。

谁能想到，那方镜竟然在牧尘的手中如此不堪一击，被牧尘轻轻松松就给收拾了，甚至最后还不得不断翼逃生。

"这牧尘，真是好生凶悍。"

"他才灵品中期啊，这战斗力也太恐怖了吧？"

"不简单不简单，难怪他能够将那浮屠古族掀得天翻地覆，这小子就是个妖孽。"

"看来恐怕也只有凰玄之那等人物，才能够镇服他了。"

……

大家议论纷纷，牧尘在浮屠古族中的事，毕竟只是传闻，他们并未亲眼看见，而今日亲眼见到了，他们才知晓，这个青年原来其正拥有恐怖的战斗力。

在那最靠近化神池的一座山头上，凰王凰金望着那面水镜，双目微微一眯，淡淡道："这小子，不愧是清衍静的儿子。"

在其身后，一名凰族长老则笑道："此子虽强，但与少族长相比，却还差了不少的火候。"

方镜实力虽然不弱，但若是面对着凰玄之，恐怕连出手的勇气都没有，所以牧尘能够打败方镜，对于凰玄之而言，依旧算不得什么威胁。

"那是自然。"

凰金傲然一笑，凰玄之的天赋乃是他们凰族这万千载之最，否则的话也无法将那九转成圣诀修成。而牧尘虽然也算是天骄，但与凰玄之相比，还是差了一些。

待到那牧尘与凰玄之交手后，他应该就会知晓两者之间的差距了。

海水深处，九幽的炼化吞噬持续了半炷香左右，终于结束了。待到最后一缕血气钻入她的檀口时，只见其身后灵光涌动，那颗黑色巨蛋颜色愈发的深邃，犹如在孕育生命一般。

九幽睁开了双眸，眸子中那紫焰愈发的浓郁，甚至开始渐渐朝黑色转变。

呼。

一支气箭自其红润小嘴中喷吐而出，九幽感受着体内澎湃浩瀚的血脉之力，脸上有欣喜之色浮现出来。

这一次吞噬了一颗堪比灵品天至尊的血精，对她自身大有裨益。

"可惜，想要彻底进化血脉，还不知道需要多少血精。"旋即，九幽又苦笑了一声，因为在她的感知中，想要做到那一步，还需要海量的血脉之力。

"慢慢来吧，这化神池内血精不少，总能满足你的。"牧尘在一旁安慰笑道。

九幽点点头，然后想起什么，连忙紧张地朝四周望去，但并未见到方镜的身影，当即疑惑道："那家伙呢？"

"自断一翼跑了。"牧尘笑道。

九幽忍不住瞪大美目，那方镜好歹也是灵品后期的天至尊，威名在神兽种族中都相当显赫，没想到她才一个修炼的功夫，对方就直接被牧尘打跑了，而且还付出了一只翅断的惨重代价。

牧尘这家伙，现在竟然变得这么强了？

"你真是一个怪物，看来我如果再不赶紧进化，真是连你的影子都摸不到了。"九幽叹息一声，想当年，她可是牧尘身后最强的助力，那时候的牧尘也将她视为最强的倚仗，而如今，当年的孱弱少年已经成长到了连她都触及不到的程度。

这对于向来有些好胜的九幽而言，无疑有些打击。

"我可是你保护着成长起来的，所以你应该为此感到自豪。"牧尘调侃道。

九幽白了他一眼，长身而立，修长纤细的娇躯很有诱惑力。她美目望着四周，有些期待道："接下来我们去哪？"

"我先前已经感知过了，附近都没有血精神兽的波动。"牧尘摇了摇头，然后问道，"什么地方血精神兽出现的概率大？"

九幽闻言，犹豫了一下，指了指那深不见底的大海深处，道："化神池越深的地方，血精神兽就越多，不过那些超级神兽种族的天骄恐怕都是在深处，若是碰见了的话，难免会有激战。"

一般说来，他们这种神兽种族都选择在化神池中部的位置，而深处那些好位置，都被超级神兽的天骄占据了。

"那还等什么？"

牧尘笑了笑，眼中并没有丝毫的畏惧之色，淡淡道："巅峰之路，本就是互相争夺那一线生机，退让哪能成功？"

九幽微怔，旋即俏脸凝重地点了点头，她此时终于明白，为何牧尘能够勇猛精进，那是因为他拥有无尽的锐气，不管前方有任何艰难险阻，都怡然不惧，誓要将其突破。

而她，反而在晋升为神兽后变得有些束手束脚，这才令她的修炼速度变得缓慢。

"那咱们就去抢吧！"

仿佛心中有什么枷锁被打破，九幽玉手紧握，展颜一笑。那般笑容，竟又有了曾经那股野性。

察觉到九幽心性的变化，牧尘忍不住一笑，然后点点头，身形一动，便化为一道流光直接对着化神池深处暴射而去。

而九幽，娇躯一动，立即跟上。

九幽说的并没有错，在化神池的深处，血精神兽的数量开始变得多了起来。随着这一路的迅速深入，两人已遇见了不下十头。

　　所遇见的这些血精神兽，最终都成了九幽的口粮，在被牧尘打回原形后，被她一口吞噬。

　　在其身后，灵光中涌现的黑色巨蛋，隐隐开始有些一道裂纹出现。

　　察觉到这般变化，九幽愈发的迫不及待，美目望向那些血精神兽时，都有饥渴的光芒在闪烁。

　　不过，也正如九幽所说，在这化神池深处，大多都是超级神兽种族中的天骄，所以，当他们游荡在其中到处搜寻着血精神兽时，不出意外地与一位天骄所撞见。

　　那一位天骄，出自神鹏族，实力丝毫不比方镜弱，在这神兽种族中，也拥有极响的名气。

　　当九幽发现此人时，立刻变得紧张了许多，全身戒备。

　　不过，让九幽有些诧异的是，那神鹏族的天骄只是远远看了牧尘一眼，似是犹豫了片刻，最终竟没有上前驱赶他们，而是迅速退走。

　　"看来方镜的下场他们都知道了。"牧尘望着那神鹏族天骄退去的身影，淡笑一声，道。

　　有了方镜的前车之鉴，这些超级神兽的天骄又不是蠢货，自然不会再轻易前来冒犯他。

　　天骄退走，九幽显然放心了许多，然后继续在牧尘的带领下，游荡在这化神池深处，找寻着血精神兽的踪迹。

　　不过短短一炷香的时间，两人的收获便是盆满钵满。将近二十头血精神兽尽数被九幽吞噬，她身后灵光中浮现的黑色巨蛋上裂纹越来越多。

　　"那里还有一头！"

　　在吞噬掉一头血精神兽后，九幽兴奋地看向远处，只见那里还游动着一头巨大的血精神兽。

　　牧尘远远看了一眼，不过并没有靠近过去，反而伸手将九幽拉到身后，漆黑眸子泛着冷光地望着四周，淡淡道："既然来了，你们还藏头露尾的做什么？"

　　"牧府主真是好强的感知。"

就在牧尘声音落下的时候，周围的空间忽然波动起来，只见三个人缓缓从海水中浮现出来。

九幽望着那三个人，俏脸忍不住大变色，震惊的声音响起。

"九彩孔雀族，孔灵儿？"

"九头金雕族，林苍？"

"天龙鹤族，萧天？"

此时此刻，即便她对牧尘颇有信心，都忍不住忐忑不安起来。要知道，这三人在神兽种族中，威名可是仅次于凰玄之，难道他们三人是打算联手来对付牧尘吗？

三个人带着磅礴灵光，自那海水中出现。而当他们出现时，也有三道异常强悍的灵力威压弥漫开来。

相对于九幽的紧张戒备，牧尘神色倒还算是淡定，只是眼眸中也有惊讶之色，显然没想到他们三人会出现。

"看来你们倒是看得起我，竟然结伴前来了。"牧尘冲三人淡淡一笑，周身灵力渐渐流动起来，身躯有转化为璀璨灵体的迹象。

他与三人素不相识，如今他们突然找上门，怕是来者不善。

不过牧尘也丝毫不惧，虽然眼前的三人实力不弱，赫然都达到了准仙品的层次，但若是以为凭借人多就能降服他牧尘，恐怕是太天真了一些。

"牧兄可莫要有如此深的敌意，我等前来，并非是要为了那凰玄之而对付你。"出乎牧尘与九幽意料的是，当牧尘声音落下时，那三人中的孔灵儿轻轻一笑，娇声道。

牧尘眉毛微挑了一下，他望向那说话的女子，此女容貌极为美丽，而且美丽之下，有一种尊贵之气，犹如凤凰一般。

她身着彩裙，娇躯修长，那白皙的脖颈以及锁骨，都透露着一股难言的妩媚。

"什么意思？"牧尘讶然道，因为他实在想不出来这三个家伙找他干什么。

一旁的九幽也有些疑惑。

孔灵儿盈盈一笑，道："我等找上门来，其实是想要与牧兄合作一场。"

"合作？"牧尘一怔，愈发有些莫名其妙起来，在这化神池内，他们还能合作什么？

孔灵儿笑容迷人，她玉指指向另外两人，道："牧兄，这两位是九头金雕族的林苍以及天龙鹤族的萧天，皆是如今飞禽神兽种族中的佼佼者。"

那林苍与萧天皆对着牧尘点了点头，神态略微有点高傲。如此也算正常，毕竟那等声望，足以让他们傲视旁人。

牧尘只回以淡笑，然后直接道："你们找我们有什么好合作的？"

其实他对所谓的合作并没有太大兴趣，因为对于眼前的三人，他并没有太高的信任度，与他们合作，难免顾虑多多。

似是瞧出了牧尘的不甚在意，孔灵儿微微一笑，道："不知道牧兄对圣品的血精神兽有兴趣吗？"

此言一出，莫说是九幽，就算是牧尘，瞳孔都猛地一缩，眼中有震惊之色浮现出来，圣品的血精神兽？！

那种等级的血精神兽，竟然会在这化神池中孕育出来？

要知道，他们先前找到的等级最高的血精神兽，也不过只是灵品初期而已，那已经让九幽狠狠大补了一次，至于圣品根本想都未曾想过。

但是，如果真的能够得到圣品血精神兽，即便只是其中的一部分，就足以让九幽完成进化，甚至剩余的还能够让牧尘尝试将身体之中的真龙、真凤之灵都化为实体。

震惊持续了好一会，牧尘才渐渐冷静下来，他看向孔灵儿，缓缓道："如果真是圣品血精神兽的话，我劝你们还是放弃吧，那种东西，不是我们吃得下的。"

虽然血精神兽仅仅只拥有浩瀚血气，并没有任何手段，但在这大千世界中，任何东西与圣品沾染上了关系，都不是凡物。

以他们这些人的实力，真要遇见了圣品血精神兽，直接掉头跑恐怕更现实一些。若说去捕获，就算他们联手，也是不可能的事情。

对于牧尘的话，孔灵儿并没有反驳，反而赞同地点点头，接着反问道："如果是真正的圣品血精神兽，我们自然只能逃得远远的，但若只是一只即将要突破到准圣品的血精神兽呢？"

牧尘的眼中精光一闪，他盯着孔灵儿，微微皱眉，道："如果真有这种大机

斗破苍穹之
大主宰 23

·277·

缘，你们为何会找我？"

如果孔灵儿他们真的知道有一头即将突破到准圣品的血精神兽，为何不独吞？自己与他们素不相识，他们怎么会白白地让他来分一杯羹？

孔灵儿与林苍、萧天二人对视一眼，都苦笑了一声，道："因为那头即将突破到准圣品的血精神兽，凰玄之也知晓。"

牧尘一怔，旋即更有些疑惑道："既然如此，那你们不去找凰玄之，来找我做什么？"

从正常的角度来说，找凰玄之合作，显然比找他更靠谱。

听到牧尘此话，孔灵儿三人神色皆有些尴尬，半晌后，才道："因为那凰玄之太霸道了，他说，那准圣血精，他一人要占七成，而我等三人只有三成。"

牧尘闻言，这才明白过来，原来是这群家伙分赃不均，起了内讧，于是孔灵儿三人不甘，便打算找其他的帮手。

"你们三人，都抢不过凰玄之？"牧尘扫了三人一眼，他们都是准仙品层次，真要说起来，以他们的战斗力，就算是遇见一般的仙品初期也能够一战。

"哼，你是不知晓凰玄之的厉害，他乃是真凰，万鸟之尊，更修有九转入圣诀这等三十六道绝世神通之一，如今他是仙品初期的实力，但真要斗起来，仙品中期都不是他的对手。"那九头金雕族的林苍冷哼一声，道。

他们三人虽然都是各自种族中费尽无数资源培养出来的天骄，但也不得不承认，比起凰玄之，他们差了一些。

孔灵儿微微点头，嫣然笑道："我等三人的确是没有抗衡凰玄之的把握，所以还需要一个强有力的帮手。先前我们听说了方镜的情况，知晓牧兄深藏不露，这才找了上来。"

牧尘笑了笑，这孔灵儿话语虽然说得隐晦，但他也听了出来，这三个家伙从一开始是没打算找他合作的，或许是觉得他不够这个资格，但在听到了方镜被他轻易收拾的消息后，才开始真正正视他，于是找上门来。

"你与凰玄之有恩怨，你们之间必有一战，若是能够与我们合作，说不定能够削弱一下他，到时候你也能多几分机会。"那天龙鹤族的萧天，也开口说道。

不过听他的语气，显然并不认为牧尘真的够资格与凰玄之一战。

牧尘淡笑一声，也不与他多说，只是面露沉吟之色，因为他对那头准圣品的血精神兽，的确非常感兴趣。

如果能够得到的话，不仅九幽进化的问题彻底解决，甚至连他，都能够从中获取到一份巨大的机缘。

孔灵儿三人安静下来，盯着牧尘，略微有些紧张，因为按照他们的评估，如果牧尘不参与的话，他们恐怕无法抢在凰玄之的前面将那头准圣品的血精神兽擒住。

在他们的注视下，半晌后，牧尘抬起头来，盯着三人，缓缓道："我可以和你们合作。"

孔灵儿美丽的脸颊上，顿时有欣喜之色浮现出来。

"不过，我们也得先说好到手之后的分配比例。"牧尘再度说道。

"那是自然。"孔灵儿微笑道，"不过想来牧兄应该没凰玄之那么霸道吧？"

牧尘笑了笑，伸出四个指头，道："我并不过分，我们有两个人，所以我们要那圣品血精的四成。"

林苍、萧天闻言，眉头紧皱，他们扫了九幽一眼，沉声对牧尘道："我们可只是找你合作，没找她。"

以九幽现在的实力，显然并不被他们放在眼中，所以要让他们分出两成给九幽，显然极为不情愿。

牧尘淡淡一笑，并未辩驳，但那态度显得极为坚决。因为按照他的估计，四成准圣血精最为稳妥，能够让九幽不出任何意外地完成进化。

瞧得牧尘坚决的态度，孔灵儿犹豫了一下，最终银牙一咬，道："好，四成就四成！"

林苍、萧天顿时不满地看过去，但在见到孔灵儿微微闪烁的眸子后，便将嘴中反对的话给吞了回去。

牧尘仿佛并未看见这些，只是冲着孔灵儿一笑，道："既然如此，那这个合作请求，我就接下了。"

"事不宜迟，尽快动身吧，我们必须抢先一步抵达目的地，并且要有一番布置，才能够阻扰凰玄之。"孔灵儿也是果断之人，当即说道。

"请带路吧。"牧尘闻言也点点头，并无异议。

孔灵儿微微点头，然后三人便直接化为灵光，撕裂海水，对着碧绿大海深处急射去。

而牧尘望着他们的光影，目光微闪，袖袍一挥，灵力鼓动，卷起九幽，两人也化为流光，迅速追了上去。

碧绿的海水深处，五道流光疾射而过，高速将海水都撕裂开来，待到他们远去之后，许久才渐渐平复。

这五道光影，自然便是与牧尘、孔灵儿等人。

"按照我们的速度，再有半炷香的时间，应该就能够抵达目的地。"

听到孔灵儿的声音，牧尘微微点头，然后道："到了目的地后，你们打算怎么做？直接出手捕获那头血精神兽吗？"

孔灵儿摇摇头，道："虽然我们使了一些手段阻扰凰玄之，但以他的能耐，恐怕很快就能赶来，不将这个大麻烦先解决掉，我们怕是无法安心捕获。"

"那你们是打算先解决掉凰玄之咯？"牧尘淡笑道。

"解决？"那九头金雕族的林苍嗤笑了一声，道，"别看我们人多，但想要解决掉凰玄之，恐怕还做不到。"

"看来他给你们留下了不小的心理阴影。"牧尘笑了笑。

"哼，你真以为他飞禽种族第一天骄的名头是白来的？"天龙鹤族的萧天也冷哼一声，辩解道。

"好了好了，都不要争执了。"孔灵儿出来打圆场，旋即对牧尘道，"我们没有解决掉凰玄之的打算，我们要做的，只是将凰玄之困住，然后我们才有足够的时间去捕获那头血精神兽。之后我们分配完毕，就迅速离开化神池，出了化神池，凰玄之再不甘心，也拿我们没办法。"

牧尘点点头，道："那你们打算怎么困住他？又需要我做什么？"

孔灵儿嫣然一笑，只见她玉手一握，竟有一个金色的圆盘出现在了她的手中。那圆盘之上，铭刻着复杂的符文，有强横的灵力波动散发出来。

"阵盘？"

牧尘双目微眯，一眼就认了出来，孔灵儿手中这金色圆盘，乃是一个阵盘，其中应该铭刻着一座威能强大的灵阵。

"这阵盘之中，铭刻着一座虚空灵阵，乃是仙品大宗师级别的灵阵，虽然攻击性不强，但用来困人，却极为适合。若是落入其中，就算是仙品天至尊，起码都得被困上数日。"孔灵儿笑盈盈道。

显然，他们此行，也是有备而来。

牧尘微微点头，旋即又平静道："不过这种阵盘灵阵虽然方便，但却限制极多，只能设置在一个固定的点，而灵阵一成，便会散发出波动，凰玄之不是傻瓜，不会一脚踩进来的。"

他乃是灵阵宗师，对这种阵盘自然不陌生，所以也很清楚它的弊端。

"牧兄所言极是。"孔灵儿点头道，"所以我们请你来的目的，便是为此，到时候我们会埋伏，伺机出手，希望牧兄能够全力协助，将凰玄之逼入其中。"

牧尘想了想，也点点头，虽然他并不忌惮凰玄之，但也没必要在这里就与他展开决战，毕竟他对孔灵儿三人并不是完全信任，所以自然不会做出鹬蚌相争之事。

瞧得牧尘点头，孔灵儿微微一笑，然后五人速度陡增，划过海水。

半炷香后，五人的速度开始减缓，而牧尘的神色则渐渐变得凝重起来，因为他能够隐隐感知到，在那前方某处，有一股极为恐怖的血气波动在荡漾。

那股血气波动之强，比他之前遇见的任何血精神兽散发出来的都要恐怖。即便隔着如此遥远的距离，都让人心惊。

五人渐渐接近，到了某一刻，终于停了下来。此时此刻，他们已能够见到，在那远处的海底中，匍匐着一头庞然大物。

它通体血红，似凤似雀，巨大的双翼卷着，一屡屡血气散发出来，引得海啸不断。

"它在积蓄血气，试图冲击准圣品。"牧尘望着那头庞然大物，神色凝重道，此时这个大家伙，应该处于仙品后期，但它却有了突破的契机。

这让牧尘有些感叹，还好这血精神兽并无灵智，空有一身浩瀚血气，无法发挥出力量，否则的话，就算是换作一位货真价实的仙品后期天至尊在此，都奈何它不得。

"我们赶紧布置吧。"

孔灵儿提醒了一句，然后她便将手中那个金色圆盘抛出，只见一道金光掠过，圆盘悬浮在海水中，金光蔓延开来。

无数道灵光在其中交织，数十息后，一座巨大的灵阵便缓缓成形。

随着这座灵阵的成形，一股强大的灵阵波动散发出来，引得附近海水动荡。

"你这动静太大了。"见到这一幕，那林苍、萧天眉头都是一皱，忍不住说道，显然这座灵阵的动静有些出乎他们的意料。

孔灵儿也柳眉微蹙，她并非灵阵师，没想到这座灵阵的动静如此之大，这样的话，凰玄之必然会有所感应，提前防备。

"无妨，在其周围再设置一座敛灵阵即可。"一旁的牧尘却是淡淡一笑，然后他袖袍一挥，只见无数道灵印呼啸而出，最后迅速在那座虚空灵阵之外，凝结成了另外一座灵阵。

而随着这座灵阵的出现，那虚空灵阵引起的动静便迅速平复，最后两座灵阵都渐渐融入海水中，难以被人感知。

"原来牧兄在灵阵上面还有如此高深的造诣。"孔灵儿望着这一幕，惊喜道。

那林苍、萧天也惊讶地看了牧尘一眼，这个家伙，能够在大千世界中有响亮的名声，果然的确有点本事。

"一座小小的灵阵而已。"牧尘不在意地摇了摇头，道，"我们也准备吧。"

孔灵儿三人点点头，然后身形渐渐化为虚无，融入了海水之中，所有的灵力波动都消失了。

"九幽，你先离开这里。"

随着他们隐匿灵力融入海水，牧尘则望向九幽，低声说道。

九幽的实力不够，无法做到将灵力彻底收敛，所以只能远离，不然可能会被凰玄之提前察觉。

九幽点点头，低声道："你小心点。"

她语带深意，提醒着牧尘不仅要小心凰玄之，也要多小心一下孔灵儿等人。

牧尘微笑着点点头，他素来谨慎，自然不会真的将孔灵儿等人视为可以绝对信任的伙伴。

"你将这玉符携带，若是你那边出了变故，我会立即感知到。"牧尘将一枚玉符悄悄递给九幽，虽然孔灵儿他们与凰玄之勾结的可能性有点小，但他必须做最坏的打算，到时候若真是如此，他就可以第一时间下杀手。

九幽接过，也不多说，转身便化为一道流光远去。

牧尘望着她消失的身影，身形微微波动，迅速融入海水之中。很快，这片海水便恢复了安静，唯有远处那头庞然大物，正在酝酿着恐怖的血气。

不过，这种安静，并未持续太久。

约莫半个时辰后，碧绿海底忽有动静传来，只见一道金光划破海水，以一种惊天动地般的声势呼啸而来。

金光速度极快，不过数息便跨越了数万里，直接出现在了这片海域。而那金光中，一个人负手而立，他的背后，两只凤翼伸展，闪烁着璀璨金光，散发着尊贵之气。

这个人自然便是凰玄之！

他抵达此处，目光第一时间便凝聚在了远处那头庞然大物身上，然后便暴射而出，就要直接动手。

轰！

不过，就在他将要对着那头庞大血精神兽动手的刹那，在其周身，海水忽然爆炸开来，同时，尖锐的雕鸣声、雀吟声、鹤唳声响起。

三道蕴含着全力的灵光，直接将方圆数万丈内的海水震成虚无，成三角阵型，凶悍无比地对着凰玄之冲过去。

如此攻势，凌厉至极，就算是一位真正的仙品天至尊在此，都得被重创。

突如其来的灵光呼啸而至，但出乎人意料的是，凰玄之不仅脸上没有半点惊慌之色，反而朗笑一声，然后其袖袍鼓动，修长双手伸出，对着虚空轻轻一拍。

咚！

空间在凰玄之一掌之下碎裂开来，一道道空间裂纹蔓延着，携带着毁灭之力。

海水奔腾，三道人影一震，便自那海水中浮现出来，赫然便是面色微微发白的孔灵儿三人。他们眼中有一些震惊之色，显然是没想到即便三人联手，都被凰玄之轻易化解了攻势。

凰玄之面带微笑地望着三人，犹如帝王一般，笑声在这海底响起。

"孔灵儿、林苍、萧天，你们三人果然不死心啊！"

（第二十三册完）

284

斗破苍穹之大主宰. 23

著者

天蚕土豆

出品

大周互娱

总策划

周政

总监制

杨翔森

视觉策划

木子棋

封面设计

彭意明

版式设计

李映龙

封面绘制

王华俊

内插绘制

潜艇工作室

营销推广

冯展

特约编辑

许逸　非蓝

流程编辑

李晶

运营发行

曾筱佳

出版者

湖南人民出版社

官方微博

http://e.weibo.com/wuliangweiye

平台支持

图书在版编目（CIP）数据

斗破苍穹之大主宰. 23 / 天蚕土豆著. —长沙：湖南人民出版社，2017.4

ISBN 978-7-5561-1627-0

Ⅰ．①斗… Ⅱ．①天… Ⅲ．①长篇小说—中国—当代 Ⅳ．①I247.5

中国版本图书馆CIP数据核字（2017）第021032号

DOUPO CANGQIONG ZHI DAZHUZAI 23

斗破苍穹之大主宰. 23

著　　者　天蚕土豆

出　　品　大周互娱
总 策 划　周　政
总 监 制　杨翔森
责任编辑　彭富强
特约编辑　许 逸　非 蓝
封面设计　彭意明
版式设计　李映龙

出版发行　湖南人民出版社 [http://www.hnppp.com]
地　　址　长沙市营盘东路3号
邮　　编　410005
经　　销　湖南省新华书店

印　　刷　湖南凌宇纸品有限公司
版　　次　2017年4月第1版
　　　　　2017年4月第1次印刷
开　　本　710mm×1000mm　1/16
印　　张　18
字　　数　312千字
书　　号　ISBN 978-7-5561-1627-0
定　　价　29.80元